古都

こと

[日] 川端康成 著

高慧勤 译

中国友谊出版公司

图书在版编目（CIP）数据

古都 / (日) 川端康成著 ; 高慧勤译. -- 北京 : 中国友谊出版公司, 2023.3

ISBN 978-7-5057-5604-5

Ⅰ. ①古… Ⅱ. ①川… ②高… Ⅲ. ①中篇小说—小说集—日本—现代 Ⅳ. ①I313.45

中国国家版本馆CIP数据核字（2023）第024533号

书名　古都
作者　[日]川端康成
译者　高慧勤
出版　中国友谊出版公司
发行　中国友谊出版公司
经销　北京时代华语国际传媒股份有限公司　010-83670231
印刷　北京盛通印刷股份有限公司
规格　787 × 1092 毫米　32 开
　　　15.75 印张　232 千字
版次　2023 年 3 月第 1 版
印次　2023 年 3 月第 1 次印刷
书号　ISBN 978-7-5057-5604-5
定价　68.00 元
地址　北京市朝阳区西坝河南里 17 号楼
邮编　100028
电话　（010）64678009

目录

美丽与悲哀 233

古都

春之花

千重子发现枫树的老干上，紫花地丁含苞吐蕊了。

“哦，今年又开花了。”千重子感到了春的温馨。

在市内这方狭小的庭院里，这棵枫树显得特别大，树干比千重子的身腰还粗。树皮又老又糙，长满青苔，当然同千重子那婀娜的腰肢无法相比……

枫树的树干，齐千重子腰际的地方，略向右弯，到她头顶上面，愈发弯了过去。而后，枝叶扶疏，遮满庭院。长长的枝梢，沉沉地低垂。

在树干屈曲处的稍下方，似乎有两个小洼，紫花地丁就长在两个洼眼里，而且，逢春必开。自千重子记事时起，树上便有这两株紫花地丁了。

上面一株，下面一株，相距一尺来远。正当妙龄的千重子常常寻思：

“上面的紫花地丁同下面的紫花地丁，能相逢不？这两枝花彼此是否有知呢？”说紫花地丁“相逢”咧，“有知”咧，究竟是怎么回事呢？

每年春天花开不过三五朵。可是，到了春天，就会在树上的小洼眼里抽芽开花。千重子在廊下凝望，或从树干向上看去，时而为这紫花地丁的“生命力”深自感动，时而又泛起一阵“孤寂之感”。

“长在这么个地方，居然还能活下去……”

到店里来的顾客，有赞赏枫树长得美的，却几乎无人留意紫花地丁开花。苍劲粗实的树干上，青苔一直长到老高的地方，显得格外端庄古雅。而寄生其上的紫花地丁，自然不会博得别人的青睐。

然而，蝴蝶有知。千重子发现紫花地丁开花时，双双对对的小白蝴蝶，低掠过庭院，径直飞近枫树干上的紫花地丁。枫树枝头也正在抽芽，带点儿红，只有一丁点儿大，把翩翩飞舞的白蝴蝶衬映得光鲜夺目。两株紫花地丁的枝叶和花朵，在枫树干新长的青苔上，投下疏淡的影子。

这正是花开微阴、暖风和煦的春日。

直到白蝴蝶一只只飞去，千重子仍坐在廊下凝望枫树干上的紫花地丁。

“今年又在老地方开花，真不容易呀。”她独自喃喃，几乎脱口说出声来。

紫花地丁的下面，枫树根旁竖了一盏旧的石灯笼。灯笼柱上雕了一个人像。记得有一次，父亲告诉千重子说，那是基督。

“不是圣母玛利亚吗？”千重子当时问道，“有座大的和北野神社里供的天神像极了。”

“据说是基督。”父亲肯定地说，“手里没抱婴儿嘛。”

“哦，当真……”千重子点了点头，接着又问，“咱家祖上有人信教吗？”

“没有。这盏灯大概是设计庭园的师傅，要么是石匠搬来安在这儿的。灯也没什么稀罕的。”

这盏基督雕像灯笼，想必是从前禁教时期造的。石头的质地很粗糙、易脆，上面的浮雕人像，经过几百年的风吹雨打，已经毁损残破，只有头脚和身子依稀看出个形影来。恐怕当初的雕工也很简陋。长袖几乎拖到下摆处。双手似乎合十，手腕那里略微凸了出来，辨不出是什么形状。印象之间，与菩萨和地藏王是截然不同的。

这盏基督雕像灯笼，不知从前是为了表示信

仰，抑或是用来当作摆饰，标榜异国情调？如今因其古色古香，才搬到千重子家店铺的院子里，摆在那棵老枫树脚下。倘使哪个来客发现了，父亲便说“那是基督像”。至于店里的顾客，难得有人留心大枫树下的旧灯笼。即或有人注意到，院子里竖上一两盏灯，本是司空见惯的事，谁也不会去看个仔细。

千重子的目光从树上的紫花地丁向下移，看着基督像。千重子上的不是教会学校，但她喜欢英语，常出入教会，读新旧约全书。可是，给这盏灯笼供花点烛，却似乎有点不伦不类。灯笼上哪儿都没雕十字架。

基督像上面的紫花地丁，令人联想起圣母玛利亚的心。于是，千重子从基督雕像灯笼抬起眼睛，又望着紫花地丁。——蓦地，她想起养在旧丹波[①]瓷壶里的金钟儿来。

千重子养金钟儿，比她最初发现紫花地丁在老树上含苞吐蕊要晚得多，也就这四五年的事。在一个高中同学家的客厅里，她听见金钟儿叫个不停，

① 旧地名，现大部分属于京都，出产瓷器。

便讨了几只回来。

“养在壶里，多可怜呀！”千重子说。可是那位同学却说，总比养在笼子里白白死掉强。据说有些寺庙养了好多，还专门出售金钟儿的子。看来有不少同好者呢。

千重子养的金钟儿如今也多起来了，一共养了两只旧丹波壶。每年不迟不早，准在七月初一前后孵出幼虫，八月中开始鸣叫。

只不过它们出生、鸣叫、产卵、死亡，全在又小又暗的壶里。但是壶里可以传种，也许真比养在笼子里只活短暂的一代强。而壶中讨生活，亦别有天地。

千重子也知道，“壶中别有天地”是中国古代的一个故事。说是壶中有琼楼玉宇，珍馐美酒，完全是脱离尘世的化外仙境，是许多神仙传奇中的一个。

然而，金钟儿却并非因为厌弃红尘才住进壶里的。虽然置身壶中，却不知所处何地，就那么苟延残喘下去。

顶叫千重子惊讶的，是要不时往壶里放入新的雄虫，否则同是一个壶里的金钟儿，繁衍的幼虫又弱又小，因为一再近亲相交。所以，为了避免这情形，一般养金钟儿的人，彼此经常交换雄虫。

眼下正是春天，不是金钟儿引吭的秋天。可是，千重子从紫花地丁今年又在枫树干的洼眼里开花，联想到壶里的金钟儿，倒并不是毫不相干的两件事。

金钟儿是千重子给放进壶里的，而紫花地丁又为什么会长在这样一个局促的地方呢？紫花地丁业已开花，金钟儿想必年来也会繁殖鸣叫的吧？

"难道是自然赐予的生命吗……"

千重子将春风拂乱的鬓发掠到耳后，心里一面同紫花地丁和金钟儿相比较："那么我自己呢……"

在这万物勃兴的春光里，瞧着这小小的紫花地丁的，怕也只有千重子了。

听见店里有动静，大概正在开午饭。

千重子应邀要去赏樱花，也该去梳洗打扮一下了。

昨天，水木真一打电话给千重子，邀她上平安神宫去赏樱花。真一有个同学打工，半个月来，天天在神宫门口查票。真一听他说，眼下正是花事最盛的时节。

“好像派人专门守望在那儿似的，这消息最确实不过了。”说着，真一低声笑了起来。真一低低的笑声很美。

“恐怕他会瞧见我们的。”千重子说。

“他是把门的呀。谁都得从把门的跟前过嘛。”真一又笑了两声。“你若觉得这样不合适，咱们就分头进去，到院子里的樱花下碰头好了。那儿的花，即便一个人赏，也看不厌的。”

“那你就一个人去赏花，岂不更好？”

“好固然好，万一今晚下了大雨，花事凋零，我可不敢保。”

“那就看落花的风情吧。”

“雨打泥污的落花，难道还有什么风情可言？这就是你所谓的落花……”

“你真坏！”

“到底谁坏……”

千重子穿了件素净的和服，走出家门。

平安神宫以“时代祭”[①]而著称，明治二十八

① 时代祭：为纪念桓武天皇奠都京都，自1895年平安神宫建成以来，每年10月22日举行祭祀活动。在神舆前，游行者身着各时代服饰，展示平安朝至明治年间的风俗变迁。

年（1895 年），为纪念一千多年前桓武天皇奠都京都修建的，所以殿堂不太陈旧。据说大门和前殿是模仿当年平安京[1]的应天门和太极殿。右有橘林，左有樱花。迁都东京之前的孝明天皇（1846—1866），从一九三八年起，也同历代天皇一起在这里祭祀。在神前举行婚礼的人为数不少。

最美的，莫过于一簇簇红垂樱，装点着神苑。如今真可谓“除了此地樱花，无以代表京洛的春天”。

千重子走进神苑的入口，便见樱花满枝，姹紫嫣红，觉得赏心悦目。“啊，今年又看到京都的春天了。”她伫立着凝视樱花。

然而，真一在哪儿等她呢？难道还没来不成？千重子打算找到真一后再看花，便从花丛中走下缓坡。

真一正躺在下面的草地上闭目养神，两手交叉枕在头下。

千重子万没想到，真一会躺在那儿。真讨厌，居然躺着等年轻姑娘。倒不是千重子觉得受了羞

---

① 即现在的京都。

辱，或者是真一没有礼貌，而是他那么躺着就让人觉得不顺眼。在千重子的生活里，难得见到睡着的男人，所以有点看不惯。

在大学校园里，大概真一也常和同学一起在草坪上，或支肘侧卧，或仰天而躺，谈笑风生。他此刻的样子，不过是一种习惯姿势罢了。

真一的身旁，坐着四五个老婆婆，摊开提盒，在谈天说地。想必真一感到她们仁厚和蔼，就坐在一旁，而后才躺了下去。

这么想着，千重子微微笑了，但是面颊上也跟着飞起一片红晕。她不去惊动真一，只一味站在那里。终于，抬脚从真一身旁走开了……千重子确实从未见过男人的睡相。

真一的学生服穿得整整齐齐，头发梳得光光溜溜，长长的睫毛合在一起，看来依然像个少年。可是，千重子正眼也没瞧他一下。

“千重子！”真一叫住她，站了起来。

千重子陡然着恼起来：“睡在那儿，多不雅观！过路人都看着你呢。”

“我没睡呀。我知道你来了。”

“你真坏。”

“我想，要是不喊你，看你怎样。”

“你看见我，还装睡，是吗？”

“我心里在想，进来的这位小姐多幸福啊！不觉感到有些悲哀。而且，还有些头痛……”

“我？我幸福？……”

“……”

“你头痛吗？”

“不，已经不痛了。”

“脸色看着不大好。”

“不，没什么。”

“简直像把宝刀似的。”

真一不大听人说，自己的脸“像把宝刀”。千重子这么说，却还是头一次听到。

每逢别人这么说他，正是一股激情胀满他的胸臆之时。

“放心，宝刀不伤人。而且，这儿又是樱花树下。”真一笑着说。

千重子登上缓坡，往回走到回廊的口上。真一也离开草坪，跟了过来。

“这些花真想全看一遍。”千重子说。

站在回廊西口，望着一簇簇红垂樱，顿时使人感到春意盎然。这才是名副其实的春天呀！连纤细低垂的枝头，也开满了嫣红的重瓣樱花。樱花丛中，与其说是花开树上，看起来倒像枝丫托着繁花朵朵。

“这儿的樱花，我最喜欢这棵树上的。”千重子说着，带真一走到回廊另外一个拐弯处。那儿有棵樱花树，格外显得花繁叶茂。真一也站在一旁，望着那棵樱花。

“仔细看上去，颇有些女性的风韵，”真一说，“纤细低垂的枝丫，以及枝丫上的花朵，那么柔媚又那么丰满……”

重瓣樱花，朵朵都红中带紫。

“我从未想到，樱花竟这么富有女性风度。无论是色调、姿态，抑或是娇艳的风韵。”真一又说了一句。

两人离开这棵花树，向池边走去。窄窄的小径旁，摆着坐榻，上面铺着大红毡子。游客坐在那里喝茶品茗。

“千重子！千重子！”有人喊道。

幽阴的树丛里，有间叫“澄心亭”的茶室。真砂子穿着长袖和服，从里面走出来。

“千重子，来帮个忙吧。我都累死了。我正帮师傅点茶呢。”

“我这一身，只配洗洗茶杯什么的。”千重子说。

“不要紧，洗茶杯也成……反正我端出去。”

“我还有个伴儿呢。”

真砂子这才发现真一，便咬着千重子耳朵问：

“是未婚夫吗？”

千重子微微摇了摇头。

“男朋友？”

又摇了摇头。

真一转身走开了。

“那么，你们就一起到茶会上来吧……这会儿正空。”真砂子这么邀请，千重子谢绝了，回头追上真一说：

“是和我一起学茶道的。人很漂亮吧？”

“平平而已。”

“瞧你，不怕人家听见。”

真砂子站在那里目送他们。千重子向她点头致意。

穿出茶室下面的小径，便是池塘。岸边那片菖蒲叶子，绿意迎人，竞相争翠。水面上浮着睡莲的叶子。

池塘的四周，没有樱花。

千重子和真一沿着池塘，向一条林荫小路走去。嫩叶的清香和着湿土的气息，溢满空中。这条林荫路又窄又短。走到尽头，豁然开朗，呈现一片池水，比方才的池塘还大。池边的红垂樱，映在水中，照人眼明。外国游客对着樱花纷纷拍照。

池对岸的树丛里，马醉木开出朴素淡白的小花。——千重子想起了奈良。有不少松树，虽然谈不上古木参天，却婆娑多姿。倘若没有樱花，苍翠的松树也足以使人注目观赏吧？想必不错。眼下，高洁的青松，澄明的池水，把一朵朵红垂樱衬映得格外妍媚。

真一走在前面，踩着池中的石步。这叫作“渡水”。一块块石步，圆圆的，仿佛是从牌楼柱子上截下来的。有的地方，千重子须略微撩起和服的下摆。真一扭过头来说：

“真想背你过来呢。”

“你背个试试，算我佩服你。”

这些石步，连老太婆都能踱得过的。

石步旁边，也飘浮着睡莲的叶子。快到对岸时，石旁的水面上映着小松树的倒影。

“这些石步排列的形状，很有点像抽象派。”真一说。

“日本的庭园，不是全有点像抽象派吗？醍醐寺院的杉形藓，大家也都说什么抽象抽象的，听着叫人反感……”

“诚然，那里的杉形藓，确很抽象。醍醐寺里的五重塔，已经修缮完毕，就要举行竣工典礼了。去看看好吗？”

“那五重塔，也会跟新金阁寺[①]一样吗？”

“想必也会焕然一新，富丽堂皇吧。尽管塔没烧掉……也是拆掉后，照原样重盖的。竣工典礼正赶上樱花盛开的时候，恐怕会人山人海。”

“要讲赏花，看了这里的红垂樱，别处的就不会再想看了。”

两人说着，走完了最后几块石步。

走完石步，池边是片松林。再走不多远，便上了“桥殿”。“桥殿”也者，实则为桥，因造型像座

---

① 即京都北山上的鹿苑寺，寺内有三层的舍利殿一座，柱子和墙壁均饰以金箔，故名金阁。1950 年焚毁，后重建。

宫殿，故名日泰平阁。两侧的桥栏，有如带矮靠背的长凳，游人可以坐在上面休憩，隔池眺望园景，不，应说眺望带池塘的庭园。

坐在桥边的人，吃的吃，喝的喝，也有小孩子在桥心跑来跑去。

“真一，真一，这儿……”千重子先坐了下来，右手给真一占了个座位。

“我站着好了，”真一说，“蹲在千重子小姐脚下也行……”

“不理你。”千重子倏地站起，让真一坐下。“我去买些鲤鱼饵来。”

千重子买回鱼饵，撒到池里。鲤鱼一群群聚拢来，有的跳出水面。涟漪一圈圈漾了开来。松阴樱影，摇曳流荡。

剩下的鱼饵，千重子问真一：“给你吧？”真一默不作声。

“头还痛吗？”

“不痛。”

两人在桥上坐了很久。真一脸色发青，兀自凝睇水面。

“想什么呢？”千重子问。

“哦，想什么？有时会什么都不想，却觉得挺幸福！”

“在这樱花烂漫的春日……”

“不，在幸福的小姐身旁……或许也沾到点幸福，那么温婉可人而又富有朝气。”

“你说我幸福？……”千重子反问了一句，眼里忽然蒙上一层忧郁的阴影。她低垂着头，池水仿佛映上她的眼帘。

千重子站了起来。

“桥对面有棵樱花，我最喜欢。”

“这里也看得见，是那棵吧？”

那株红垂樱，极其俏丽。尽人皆知，是名花。花枝有如弱柳低垂，疏密有致。走在花下，轻风微拂，花瓣飘落在千重子的肩上、脚下。

树下也有点点落花，间或也散在水面上。不过，算来怕只有七八朵的样子……

有的垂枝虽撑以竹竿，但树梢纤纤，仍一味下垂，几乎拂到地面。

繁花如锦，透过隙缝，隔池犹可望见东岸树丛之上嫩叶覆盖的一发青山。

“是东山的余脉吧？”真一问。

“是大文字山。”千重子答。

“哦，是大文字山？怎么看着那么高？”

“恐怕是站在花丛里看的缘故。”然而，千重子自己也是在花树丛中的。

两人都有些流连难舍。

那棵樱花四周的地面上，铺满了白色的粗砂。右边，松林高耸，在这座园子里可谓挺拔优雅，接着便是神苑的出口。

走出应天门，千重子说：

“我想去清水寺看看。”

“清水寺？”真一脸上的表情，仿佛是说，去这么个不足道哉的地方。

“我想从清水寺那儿看看京都的黄昏，还想看看西山上落日的霞空。”听千重子一再这么说，真一便也点头同意。

“好，那就去吧。”

“走着去好吗？”

路相当远。他们避开电车路，绕道南禅寺，出知恩院后门，穿过圆山公园，踏上一条羊肠古道，便来到清水寺前面。这时已是春日向晚，暮霭沉沉了。

清水寺的舞台上，游人只剩三四个女学生，她们的面容已经看不甚真切了。

这正是千重子最喜欢的时刻。漆黑的正殿里已点上明灯。千重子停也不停，径直走过正殿的舞台，从阿弥陀佛殿前面走进里院。

里院也有座“舞台”，是筑在悬崖峭壁上的。屋顶葺以桧树皮，檐角轻扬，舞台小巧玲珑。但这舞台是面西而坐的，朝着京城，对着西山。

市里已经灯火点点，夜色微茫。

千重子靠着舞台的栏杆，仰望西天，仿佛忘了同来的真一。真一走到她身旁。

“真一，我是个弃儿。”千重子突兀地说。

“弃儿？”

“嗯，弃儿。”

这“弃儿”二字，难道是别有用意？真一颇感迷惑不解。

“弃儿？”真一喃喃地说，“你怎么胡思乱想自己是个弃儿！你算弃儿，那我更是弃儿了，那种精神上的……也许人人都是弃儿。一个人降生到世上，就像是被上帝抛到人间一样。”

真一望着千重子的侧脸，隐隐约约好像染上一层暮色似的。也许是春宵恼人，她才凄然不乐？

“正因为是上帝之子，所以抛弃在前，拯救在后……”

真一的话，千重子似乎没有听进去，只管俯瞰灯光灿然的京城，对他看都不看一眼。

看到千重子这种莫名的悲哀，真一不觉抬起手来，往她肩上放去。千重子把身子一闪，说道：

“别碰我这个弃儿。”

“明明是上帝之子，却说是弃儿……”真一的声音提高了一点说。

“别说得那么玄……我才不是什么上帝之子，实在是为人间的父母所遗弃的孩子。”

“……”

“是个扔在铺子外面格子门前的弃儿。”

“你胡说什么呀！”

“是真的。虽说这事告诉你也没用……”

“……”

“从清水寺这儿，望着暮色中广漠的京都，我心里想，自己果真是出生在京都的吗？”

“看你说的，简直是发神经……”

“我干吗要瞎说呢？”

“你难道不是批发商的掌上明珠吗？独生女就爱想入非非。”

“当然，他们疼我。如今弃儿不弃儿也没什么要紧，可是……”

“你说是弃儿，有什么根据吗？”

“根据？铺子外的格子门就是根据。古老的格子门，知道得最清楚。”千重子的声音愈发清朗悦耳，“记得上中学时，母亲把我叫去，告诉我说：‘千重子，你不是我亲生的。我看到一个可爱的婴儿，就抱了乘上车，一溜烟逃回了家。’不过，在什么地方偷抱的，父亲和母亲有时不留神，说法互有出入。一个说在祇园[①]的夜樱下，一个说在鸭川边上……要是照实说，我是给扔在店门前的弃儿，他们准是觉得我太可怜，才这么说的……”

“哦，那你不知道生身父母是谁吗？”

“现在的父母很疼我，我也就无意再去打听了。也许他们早已成为仇野墓场里的孤魂野鬼了。石冢已经陈旧不堪……”

春日的溶溶暮色，宛如一片淡红的云霞，从西

---

① 祇园为京都八坂神社的旧名，也指附近一带地名。

山一路笼罩过去，遮蔽京都的半边天空。

真一简直难以置信，千重子会是一个弃儿，更不消说是偷来的孩子。她家在古老的批发商大街上，到附近一打听就能知道。当然，眼下真一还没打算要去查个明白。他感到迷惘，并想知道的是，千重子为什么要在此时此地告诉他这些话。

难道说，约他真一到清水寺来，就是为了说这事的？千重子的声音更加清越明澈了。语调优美，透出刚毅的韵味。看来并非向真一诉苦。

千重子隐隐约约知道，真一在爱她。莫非千重子的这些话，是为了叫所爱的人知道自己的身世不成？真一听着又不像。不如说，正相反，言外之意是她压根儿就拒绝他的爱。然而，即便“弃儿”一说是千重子编造的也罢……

真一心里寻思，在平安神宫里，他几次说千重子“幸福”，千重子的话要是用来反驳他的，那就好了。真一想试探一下。

“你知道自己的身世以后，感到失望没有？伤心了吗？”

“不，一点都不失望，也没伤心。”

“……”

“只是我提出要上大学的时候，父亲说，一个要继承家业的女孩儿，上什么大学！反倒误事。还不如好好学做生意实惠。当时听了父亲这话，我才有些……”

“是前年的事吧？”

“是啊。”

“你对父母总百依百顺吗？”

“嗯，百依百顺。”

“婚姻大事也如此？”

“嗯，目前还是这么打算。”千重子毫不犹豫地答道。

“难道就不考虑你自己，不考虑个人的感情吗？”真一问。

“考虑得简直过分，为此都苦恼不堪。”

“你想压制自己，扼杀自己的感情吗？”

“不，没有的事。”

“你尽说谜一样的话。”真一轻轻一笑，声音有些颤抖。他把身子探出栏外，想窥探千重子的脸色。“我要看看这个谜一样的弃儿的尊容。”

“恐怕太暗了。”千重子这才把脸转向真一，目光闪闪。

“怪吓人的……”千重子抬眼望着正殿的屋顶，上面的桧树皮葺得厚厚的，显得又重又暗，逼仄过来，阴森可怖。

尼姑庵与格子门

千重子的父亲佐田太吉郎，三四天前来到嵯峨[1]躲进一座尼姑庵里。

庵主已经六十五岁开外。这座小尼姑庵，虽然地处古都，又是名胜，但是庵门隐没在竹林深处，几乎无人观光，如今颇为萧条冷清。厢房里难得举行什么茶会，也称不上是有名的茶室。庵主常常外出传授插花之道。

佐田太吉郎在尼姑庵租了一间屋子，他这一向的境遇，恐怕也跟这座尼姑庵相似。

佐田好歹开了一爿绸缎批发店，坐落在京都的市中心。周围的店家大抵都成了股份公司，佐田

① 京都市西北角的名胜地，隔大堰川与岚山相对，有清凉寺、天龙寺、大觉寺等著名古刹。

的铺子形式上也是股份公司。不用说，太吉郎是老板，一应业务都托付掌柜（现时叫专务董事或常务董事）。店里还保留不少从前老店的规矩。

太吉郎年轻时就有一种名人派头，性情落落寡合。至于把自己染织的作品拿去举办个人展览什么的，他丝毫没有这类野心。即使展出，对时尚来说恐怕也过于新奇，难以售脱。

上代的太吉兵卫并不干预，由着太吉郎自己画去。要画趋附潮流的图案，店内有的是图案设计师，店外也不乏各类画家。可是，太吉郎没有多少天赋，设计也没有多大长进，只好借助麻药的药劲，在友禅绸上画些怪诞的花鸟图案。等到发现他这样我行我素的时候，才赶紧把他送进医院。

太吉郎这一代当令之后，他设计的花样已经没什么稀罕的了。于是，他感到悲哀，独自躲进嵯峨的尼姑庵里，同时也为了能获得设计方面的灵感。

战后[①]，和服的花样有显著变化。他想，当年靠麻药的药劲画出的花样，如今再拿出来，说不定既

---

① 指第二次世界大战之后。

新鲜又抽象。然而，太吉郎已是年过半百的人了。

“干脆采用古典图案，也许行得通。”太吉郎有时自言自语，眼前不禁浮现出以往各种款式的精品。古代衣料和旧时和服的花样与色调，全在他的脑海里。当然，太吉郎有时也到有名的园林和山野去写生，以设计和服图案。

中午时分，女儿千重子来了。

“爸爸，您尝尝森嘉老店的烫豆腐吧。我给您买来了。”

“嗯，好极了……有森嘉的烫豆腐可吃，当然高兴，可是千重子来了，我更高兴。索性待到傍晚再回去吧，让爸爸的脑子也休息休息，说不定倒能想出好的图案来……”

当绸缎批发商本无须乎设计图案，再说，这样也耽误做生意。

可是，太吉郎的店里，面向竖着基督雕像灯笼的院子，靠近客厅的后窗下，摆了一张桌子，有时太吉郎一坐就是半天。桌子后面，两只古色古香的桐木衣柜里，放着中国和日本的古代衣料；衣柜旁边的书箱里，塞满了各国的纺织品图录。

后院的厢房当仓库用，二楼上存放相当多的能乐[1]戏装和武士家妇女穿的礼服，保管得还很完好。南洋各国的印花布也不在少数。

有些衣料是太吉郎的父亲甚至祖父收集来的，要是举办什么古代衣料展览，别人要太吉郎参展的话，他会毫不客气地拒绝说：

“先祖立下的规矩，舍下的藏品概不出门。”话说得很生硬。

房子是京都那种老格局，去厕所要经过太吉郎桌旁那条狭窄的走廊。他尽管皱皱眉头，也终于不说什么。一旦店堂那边人声嘈杂，他马上厉声喝道：

“不能静一点吗？”

于是掌柜进来，两手扶着席子说：

“是大阪来的客人。”

“他不买算了，批发店有的是嘛。”

“是从前的老主顾……”

“买衣料得凭眼力，光用嘴巴，岂不等于没长眼睛吗？行家一看就知道好坏，虽然咱们柜上便宜货很多。”

“是。”

---

① 日本的一种古典戏剧。

太吉郎从桌下到坐垫下，铺着一条有点来历的外国毛毯。四周挂满南洋各国名贵的印花布幔帐。这还是千重子想的主意。挂上幔帐，多少可以挡一下铺子里嘈杂的声音。千重子常常换挂幔帐，每当更换之时，父亲心里深感女儿的体贴，同时解释说，这帐子是爪哇的咧，波斯的咧，某朝某代的咧，什么图案咧，等等。说得很详尽，可是有时千重子听了不甚了了。

“用来做手提袋，太可惜；做点茶用的小绸巾，又太大了；要是做腰带，倒可以裁成好几条。”有一次千重子打量着幔帐说。

“去拿把剪刀来。”太吉郎说。

父亲果然手巧，竟将印花布幔帐剪成了几幅。

“来，给你做腰带，不错吧？”

千重子一怔，眼睛都湿润了。

“爸爸，这是怎么说的！”

“很好，很好。千重子要是系上这条腰带，爸爸也许能想出个新图样来。”

千重子到嵯峨的尼姑庵来，系的就是这条腰带。

不用说，女儿系着这条印花布腰带，太吉郎一眼就看见了，但却装作视而不见。父亲寻思，就印花布的图案来说，一朵朵大花很漂亮，颜色也浓淡有致。但给豆蔻年华的女儿做腰带用，究竟好不好呢？

千重子把半月形的食盒放在父亲面前说：

“这就吃吗？那您等等，我先把烫豆腐预备好。”

“……”

千重子趁站起来的当口，回头瞥了一眼门外的竹林。

“已是竹叶枯黄的三月天了。”父亲说，“土墙也倒的倒塌的塌，光秃秃的，就跟我这个人似的。”

千重子听惯父亲这种说道，也不去安慰他，只是重复了一句：“竹叶枯黄的三月天……”

“来的路上樱花怎么样了？”父亲轻声问道。

“落英缤纷，有的花瓣飘在池子里。山上的绿树中间，还有一两棵没有凋谢，一路上走来，远看反而更美。”

“嗯。”

千重子走进里屋，太吉郎听见她切葱削鲣鱼。一会儿她端着煮豆腐的家什“樽源”进来——都是从家里带来的餐具。

她悉心伺候着。

“你也来尝尝，怎么样？”

"哎，好的……"千重子答应着。

父亲打量着女儿，从肩头看到身上，说道：

"太素了。你尽穿我设计的和服了。也许只有千重子一个人才肯穿，穿这些店里卖不掉的东西……"

"我喜欢，您就让我穿好了。"

"实在太素了。"

"素倒是素……"

"年轻姑娘穿素点倒也不坏。"父亲的口气忽然严正起来。

"看见我这么穿，人家都夸说好看呢。"

父亲默不作声。

设计图案，现在成了太吉郎的兴趣和爱好之所在。尽管是批发店，现在也搞些零售，太吉郎画的花样，掌柜还是看老板的面子，才印上两三块。其中一块，一向是千重子自己做来穿的。料子倒很考究。

"不要尽穿我设计的，"太吉郎说，"也别尽穿店里的……不必顾这个情面。"

"情面？"千重子一怔，"我可不是为了顾什么情面。"

“千重子要是穿着漂亮起来，那准是有了意中人了。”父亲高声笑道，脸上却没什么表情。

千重子侍候父亲吃烫豆腐时，自然会看见父亲的大桌子。桌上，供印染用的画稿之类一件都没有。

桌子的一角，只摆着江户[①]产的描金文房四宝盒和二本高野[②]帖临摹本。

千重子寻思，父亲住到尼姑庵里来，难道是为了忘记店里的生意吗？

“我算是活到老学到老了。”太吉郎自我解嘲般地说道，“不过，藤原体[③]的假名[④]，线条流利，用于画花样并非无益。”

---

① 东京的旧名。

② 指“高野切”，是敕撰《古今和歌集》现存最为古老的抄本通称。丰臣秀吉命高野山文殊院住持木食应其所书尺牍，因高野山之名广为人知，后统称为高野切。为假名书道中巅峰之作，立于书道界北斗之尊，在日本书道史上举足轻重。

③ 自古相传高野切为纪贯之所书，实为他逝世后一个世纪，十一世纪中期书写完成。随着近代笔迹研究的发展，高野切笔迹被分为三类，共二十卷，权且称作第一类（卷一、九、十、十一、十二、二十）、第二类（卷二、三、四、五、六、七、八）、第三类（卷十三、十四、十五、十六、十七、十八、十九）。相传一至三类，分别由藤原行经、源兼行、藤原公经三人书写。

④ 日文字母称为假名。

“……”

“说来可叹，手开始发抖了。”

“要是写大一点呢？”

“是写得挺大的……”

“文具盒上的那串旧念珠，是哪儿来的？”

“哦，那个吗？我无意中和庵主提了一句，便送给我了。”

“爸爸戴上可以拜佛了。”

“用现在的话来说，可算是 mascot[①] 了，有时真恨不得把珠子放嘴里咬碎。”

“哟，那多脏呀。长年的手垢，还不脏吗？”

“脏什么！传了二三代尼姑，一片虔诚，哪里会脏！”

千重子觉得触到了父亲的隐痛，便默不作声，低头收拾吃烫豆腐的家什，搬到厨房去。

“庵主呢？”千重子从里屋出来问。

“已经回来了吧。你打算做什么呢？”

“想去嵯峨走走。这个季节，岚山人太多。我

---

① 英文：吉祥物，如意儿。

喜欢野野宫[1]，二尊院[2]的幽径，还有仇野[3]这些地方。”

“你年纪轻轻，就喜欢这等地方，日后真叫人不放心。千万别像我似的。”

“女人跟男人能一样吗？”

父亲站在廊檐下，目送千重子出去。

不久，老尼姑回来了，随即动手打扫院子。

太吉郎坐在桌前，脑海里浮现出宗达[4]、光琳[5]两位画家画的蕨菜和春天的花草，心里想着刚走的千重子。

一走上乡间小路，父亲遁迹的尼姑庵便完全给遮蔽在竹林里了。

千重子打算去仇野的念佛寺，便登上古旧的石头台阶，一口气走到左面悬崖上的那两尊石佛前。听到上面人声嘈杂，她便收住脚步。

---

① 野野宫，在嵯峨，为日本中古时期，未婚的内亲王或皇族女子斋戒期间寄寓的宫殿。

② 二尊院位于京都右京区，为一所天台宗寺院，本堂供奉释迦如来（右）、阿弥陀如来（左）两位本尊立像。

③ 仇野为爱宕山下的墓地，在嵯峨深处。

④ 宗达（生年不详）为日本江户（1600—1867）初期的画家。

⑤ 光琳（1658—1716）为江户中期的画家。

几百座倾圮的石冢，通称无缘佛[1]。这一向，常举行摄影会之类，让一些遍体轻罗薄纱、奇装异服的女人，站在这些低矮的石冢之间拍照。想必今天又在弄这些名堂？

千重子便在石佛这里转身下了石阶，想起方才父亲的一席话。

即使是为了规避岚山的春游客，跑到仇野和野野宫这种地方来，确也不像年轻姑娘的做法。这比穿父亲设计的素色和服更加过分……

“爸爸在尼姑庵里似乎什么也没做。”千重子心里感到一阵凄凉。“他嘴里咬着有手垢的旧念珠，心里在想什么呢？”

千重子知道，父亲有时会产生恨不得把念珠咬碎的心情，以前在店里是强压着的。

“还不如咬自己的手指呢……”千重子喃喃说道，摇了摇头，想把心思转到和母亲一起到念佛寺撞钟的往事。

那口钟是新铸的。母亲身材矮小，怎么撞也不大响。

---

① 死后无人祭祀的荒冢。

“妈，您先吸口气。”说着千重子把手掌和母亲的合起来，一起敲钟，钟声轰鸣。

“真的。能响多久呢？”母亲高兴地说。

“您瞧，和尚敲惯了，同他们不一样吧。”千重子笑着说。

千重子心里一面想着这些往事，一面从小路朝野野宫方向走去。这条小路，不久前竖了块牌子，上写“通向竹林深处”。原先颇为幽阴僻静，现在也豁亮起来了。宫门前的小卖店里，人声喧哗。

但是，野野宫依旧不改其简朴幽静。《源氏物语》一书里也写到，官居伊势神宫[①]的斋宫内亲王，以清净无垢之身，在此斋戒三年，所以，这儿是神宫古迹。牌楼是用带树皮的黑木做的，篱笆低矮，野野宫即以此而知名。

从野野宫往前走，出了荒村野径，地势豁然平阔，便到了岚山一带。

在渡月桥前，松荫夹岸，千重子乘上公共汽车。

“爸爸的事，回去怎么说好呢……虽然妈心里透亮……”

---

① 位于三重县伊势市，为皇室的宗庙。

明治维新前，京都市中心的市房，在一七八八年和一八六四年那两次大火中，给烧掉了许多。太吉郎家的店房也未能幸免。

所以，尽管这一带的店铺还保留格子门和二楼小木格窗这些京都古风，实际上都还不到一百年。——太吉郎家后面的仓库，据说未遭大火……

太吉郎家的铺面，格局至今原封未动，没去赶时髦，这或许同主人的人品有关，但也可能因为批发生意不大兴隆。

千重子回来，打开格子门，里面便一览无余。

母亲繁子正坐在父亲一向坐的那张书桌前抽烟，左手支颔，微弯着背，仿佛在看书写字，可是桌子上什么也没有。

“我回来了。”千重子走到母亲身旁说。

“噢，你回来了。累了吧？”母亲瞿然一惊，回思过来，说道，“你爸他好吗？”

“嗯。”

千重子在回答之前先说道：

“我给他买了豆腐。”

“是森嘉的吗？你爸该高兴了吧？做烫豆腐了？”

千重子点了点头。

“岚山怎么样？”母亲问。

“人多极了……”

“没叫你爸陪你去岚山吗？”

“没有。那会儿庵主不在家……”

隔了一会儿，千重子才回答说：

“爸爸好像在练毛笔字。”

“练字？”母亲并未显得意外，“练字可以涵养身心。我也想练呢。”

千重子望着母亲白皙端正的面孔，看不出她内心有什么波动。

“千重子，”母亲平静地叫她，“千重子，你要是不愿继承这份家业也成……”

“……”

“想嫁人就嫁人。”

“……”

“你听见没有？”

“您干吗说这些呀？”

“三言两语也说不清，反正妈也过五十了，想到了，便跟你说说。”

“咱们要是把铺子索性关了呢？”千重子俊美的眼睛噙满了泪水。

"你一下子想到那儿去了……"母亲微微一笑，"千重子，你说把生意歇了，心里真这么想吗？"

声调不高，母亲庄容问道。——千重子刚才看到母亲微微一笑，难道看错了？

"真是这么想的。"千重子回答，心中觉得一阵悲酸。

"又没生气，别那么哭丧着脸。你说这话的年轻人，和我听这话的上年岁的人，两人之间，真不知究竟谁该伤心。"

"妈，您原谅我吧。"

"什么原谅不原谅的……"这回母亲真的微笑了。"妈方才和你说的，也不大合适……"

"我懵懵懂懂的，自己也不知说了些什么。"

"做人——女人也一样，说话不能见风转舵。"

"妈。"

"在嵯峨跟你爸也说这些了吗？"

"没有，跟爸爸什么都没说……"

"是吗？跟你爸可以说说。你就跟他说吧……他一个男人家，听了面子上要发火，可心里准高兴。"母亲支着前额又说，"我坐在你爸这张桌子跟前，就是在想他的事来着。"

“妈，那您全知道？”

“什么？”

母女两人默然有顷，千重子忍不住问：

“该准备晚饭了，我到锦家菜场去看看，买些菜吧？”

“那敢情好，你就去一趟吧。”

千重子站起身，朝店堂走去，下了地。这块泥地，本来又细又长，直通到里面。朝店堂的一面墙边，安了几个黝黑的炉灶，那儿是厨房。

这些炉灶如今已经不用了，都改装成煤气灶，地上铺了地板。倘若像原先那样的灰泥地，四处通风，到了十冬腊月，京都的严寒，也是砭人肌骨，令人难耐的。

不过，炉灶一般都没拆毁。很多人家还都留着。大概是因为信奉司火的灶王爷的人，相当普遍。炉灶的后面，供着镇火的神符，摆着七幅神之一——大肚子布袋神。每年二月的头一个午日，去伏见的稻荷神社逛庙会时，总要请回一尊布袋神，直到请回七尊为止。逢到家有丧事，便又从第一尊起，重新再请全。

千重子家的店里七尊都供上了。因为全家

只有父母和女儿三口人，最近十年八年里又没有死过人。

这排灶神的旁边，放着一只白瓷花瓶，隔上二三天，母亲便换一次水，把佛龛擦得干干净净。

千重子提着菜篮刚出门，前后只差一步路的工夫，见一个年轻男子走进自家的格子门。

“银行里来的人。”

对方似乎没看到千重子。

千重子觉得，这个年轻的银行职员常来，不必那么担心。但是，她的脚步却颇为沉重。她挨着店前的木格子，一边走，一边用指尖轻轻在木格上一格一格滑过去。

走到木格子尽头，千重子回头看了看店铺，再仰起头来望过去。

她看见二楼小格子窗前那块旧招牌。招牌上面有个小小的檐子，似乎是老字号的标志，也像是一种装饰。

春日和煦，斜阳射在招牌陈旧的金字上，有种凝重之感，显得很凄凉。门外挂的厚布招帘，也已经发白，露出了粗粗的线脚。

“唉，即使是平安神宫里的红垂樱，以我这样的心情看去，恐怕也会是落寞萧索的吧。”千重子加快了脚步。

锦家菜场照例是熙熙攘攘。

回来时，快到店门前，看到卖花女站在那里，千重子先打招呼说：

“顺便到我家坐坐吧？”

“哦，谢谢您了。小姐，您回来了？真碰巧……”姑娘说，“您上哪儿去了？”

“去锦家菜场了。”

“那您辛苦了。”

“啊，供佛的花……”

“哦，每次都承您照顾……拣您中意的挑吧。”

说是花，其实是杨桐。说是杨桐，不过是嫩叶。

每逢初一十五，卖花女总送些花来。

“今儿个小姐在，真是太好了。”卖花女说。

千重子挑有绿叶的嫩枝，感到满心欢喜。手上拿着杨桐枝，进门便喊：

“妈，我回来了。”千重子的声音听着很开朗。

千重子又把格子门打开一半，朝街上望了望，见卖花女依旧站在那里，便招呼说：

“进来歇会儿再走，喝杯茶。”

“哎，那可谢谢了。您待人总这么和气……”姑娘点头答道，进了门，递上一束野花，“这点野花，也没什么好看……”

“谢谢，我就喜欢野花，难为你还记得……”千重子打量着山上采来的野花。

走进厨房，灶前有口古井，盖着竹编的盖子。千重子把花束和杨桐枝放在竹盖上。

“我去拿剪刀。对了，杨桐枝的叶子得洗净才行……”

“剪刀我这儿有。”卖花女说着拿剪刀空剪了几下，“府上的灶神总那么干净，我们卖花的可真得谢谢您。”

“是妈妈的习惯……”

“我以为是小姐您……”

“……”

“近来很多人家家里，灶君、花瓶和水井，都积满灰尘，脏得很。卖花的见了，心里总不好受。到了府上，就觉得宽心，挺高兴。”

“……”

然而，最要紧的，是生意日渐萧条，这情况自然不便跟卖花女说。

母亲依然坐在父亲那张桌子前。

千重子把母亲喊到厨房，把买来的菜拿给她看。母亲看女儿从菜篮里一样一样拿出来放好，心里一面思忖，这孩子也变得俭省起来了。也许是父亲住到嵯峨的尼姑庵里不在家的缘故。

“我也帮帮你吧。”说着母亲也留在厨房里，“方才来的，是平时那个卖花的吗？”

“是呀。”

“你送给爸爸的画册，在嵯峨的尼姑庵里不在？”母亲问。

“这我倒没留意……”

“爸爸只带你送他的那些书走的。”

那全是保罗·格雷①、马蒂斯②、夏加尔③以及当代的抽象画集。千重子想，这些画也许能唤起新的

---

① 保罗·格雷（Paul Klee，1879—1940），画家，生于瑞士。画风抽象，具有独特的抒情格调，对抽象派艺术、超现实主义均有影响。

② 亨利·马蒂斯（Henri Matisse，1869—1954），法国画家，野兽派的代表人物。

③ 马克·夏加尔（Marc Chagall，1887—1985），法籍俄国画家。超现实主义先驱，画风富于幻想，色彩绚丽，具有巴黎画派的特色。代表作有：《维杰布斯克风光》《有七个指头的自画像》《巴黎歌剧院天顶画》《节日乡村》等。

感受，便给父亲买了来。

“咱们这店，你爸什么都不画也不要紧。外面染织什么，我们就卖什么也行。可你爸他……”母亲说道。

“不过，千重子，你尽穿花样全是你爸画的衣裳，妈得谢谢你呢。”母亲接着说。

“谢什么呀……是喜欢才穿的。”

“你爸爸见女儿穿这衣裳，系这腰带，说不定心里会难过。”

“妈，衣裳虽然素一点，但细看之下，就会觉得趣味高雅，还有人夸奖哩……”

千重子想起，这话今天跟父亲也说过。

“女孩子长得俊，有时穿素倒更合适，不过……”母亲揭开锅盖，用筷子翻了翻菜，往下说道：

“那种花哨的时兴花样，也不知怎的，你爸爸他现在竟画不出来了。”

“……”

“不过，从前他画的花样倒挺鲜艳，挺别致的……”

千重子点了点头，然后问：

“妈怎么不穿爸爸画的和服？”

“妈已经上了年纪……”

“上年纪，上年纪，您才多大岁数呀！”

“是上了年纪了……”母亲只说了这么一句。

“那位小宫先生，好像是叫无形文化财产（人才国宝）吧，他画的江户小碎花，年轻人穿着倒挺相称，蛮醒目的。过路人都要回头去瞧瞧。”

“小宫先生本事多大呀，你爸哪能跟人家比。”

“爸爸的精神气质……”

“越说越玄了。”母亲白皙而具有京都风韵的脸为之一动，“不过，千重子，你爸也说过，他要设计一件又鲜艳又华丽的和服，给你结婚时穿……妈早就盼着那一天呢……”

“我的婚事？”

千重子神色有些黯然，沉默了半晌。

“妈，您这一生里，什么事最叫您神魂颠倒？”

“以前也许告诉过你，就是跟你爸结婚的时候还有同他一起把你偷回来那次，当时你还是个可爱的小宝宝，也就是偷了你，乘车逃回家那会儿。虽然已经时隔二十年，可是至今想起来，心里还怦怦直跳。千重子，你摸摸妈的心口看。”

“妈，我是给人家抛弃的孩子吧？”

“不是，不是。”母亲用力摇着头说。

“人一辈子里不免会做上一两件坏事。”母亲接着说道，“偷小囡，比偷钱偷什么都罪孽深重，说不定比杀人还坏。”

“……”

“你的生身父母准会伤心得发疯。一想到这儿，恨不得马上把你送回去。可是，送也送不回去了。即便你想找自己的父母，现在也没法子了……真要那样，说不定我这个母亲会死的。”

“妈，您别说这些了……千重子的母亲，只有您一个，我从小到大，心里一直这么想的……”

“我知道。可是这就越发加重我们的罪孽了……我和你爸两个，早打算好了，准备下地狱。下地狱算什么，怎能抵得上眼前这么可爱的女儿？”

母亲情辞激切，一看已是泪流满面。千重子也泪眼模糊地说：

“妈，告诉我真话。我是弃儿吧！”

“不是，我说过不是嘛……”母亲又摇了摇头，“你为什么总以为自己是弃儿呢？”

“爸和妈两人会偷孩子，我想不通。”

“方才我不是说过么，人一辈子里难免会神魂颠倒，干上一二件坏事的。”

“那您是在哪儿捡到我的？”

“晚上在祇园的樱花下面。”母亲一口气往下说，“原先也许告诉过你。樱花树下的凳子上，躺着一个可爱的小宝宝，看见我们两人走来，便笑得像朵花儿似的。我禁不住抱了起来，心里猛然揪紧，简直受不住了，贴着她的小脸蛋，看了你爸爸一眼。他说，繁子，把这孩子偷走吧。我一愣。他又说，繁子，逃吧，赶紧走，后来就糊里糊涂抱着走了。还记得是在卖山药烧鳕鱼的平野居那儿乘的车……”

“……”

“小囡的亲妈大概刚走开，我们就趁了这工夫。”

母亲的话未必不合情理。

“这也是命……打那之后，千重子就成了我们的孩子了，说话也有二十个年头了。对你说来，不知算是好事还是坏事。即便是好事，我良心上也过不去，总在恳求你原谅。你爸也准是这样想的。”

“是好事，妈，我认为是好事。”千重子双手捂着眼睛。

捡来的孩子也罢，偷来的孩子也罢，在户籍上千重子的的确确是佐田家的嫡亲女儿。

第一次听到父母告诉她，说她不是他们的亲生女儿，千重子丝毫也不当真。那时千重子正在念中学，甚至怀疑自己有什么地方不讨父母喜欢，他们才故意这么说的。

恐怕是父母担心邻居会把这事传给千重子听，便先说在前头？要不然是看到千重子孝顺懂事的缘故？

千重子当时的确吃了一惊，但并没怎么伤心。即或后来到了青春期，也没有为这事多所烦恼。对太吉郎和繁子，依然孝顺，照旧亲近。这并非她故作洒脱才这样的，或许是天性使然吧。

但是，既然千重子不是他们的亲生女儿，那么，她的生身父母总该在一个地方吧，说不定还有兄弟姐妹。

“倒不是想见他们，说不定……”千重子寻思道，“生活会比这儿苦……”

究竟如何，千重子当然不得而知。倒是身居这格子门后的深宅大院，父母的隐忧反而更让千重子揪心。

在厨房里，千重子捂住眼睛也为的是这个。

“千重子！”母亲扳着女儿的肩头，摇了摇说，

“从前的事就别再打听了。人生在世，不知何时何地，说不定会落下一颗珍珠宝贝来。”

“要说珍珠，真是颗大珍珠，要能给妈打个大戒指多好……”说着，千重子又麻利地做起活来。

晚饭后归置好，母女两人上了后楼。

临街有小格子窗的楼上，天花板很低，房间比较简陋，伙计们便睡在那里。中间天井旁边有一条廊子直通后楼，从前面店堂里也可走过去。来的大主顾，多半在后楼设宴款待或留宿。一般的主顾，如今则在朝天井的客厅里洽谈生意。客厅与店堂相连，一直通到里面。客厅里，两侧的架上堆满了绸缎。开间又深又阔，便于摊开衣料仔细打量。屋里常年铺着藤席。

后楼的天花板较高，有两间六张席的房间，是父母和千重子的起坐间及卧室。千重子坐在镜台前解开头发，把娟秀的长发梳理得齐齐整整的。

“妈！”千重子隔着纸拉门喊母亲，声音里透着复杂的感情。

和服街

京都作为一个大都会，可谓树木青翠，秀色可餐。

且不说修学院离宫和皇宫内的松林、古寺庭园里的树木，即便是木屋街和高濑川畔，以及五条和堀川等地夹岸的垂柳，虽在市内，游人也会立即给吸引住的。那是真正的垂柳。绿枝低垂，几欲拂地，十分娇柔。北山圆坨坨的，连绵起伏，山上的红松也都郁郁葱葱。

尤其眼下时值春天，东山上的嫩叶青翠欲滴。晴空朗日，望得见比叡山上的新叶，绿意油油。

树青叶绿，大概是因为城市清洁，而城市清洁，想必是打扫彻底的缘故。走入祇园深处的小巷，尽管房舍低矮，古旧阴暗，道路却干干净净。

专做和服的西阵那一带也如此。小商店鳞次栉比，看起来很寒酸，路面倒也不脏。门窗上的格子很小，没有什么灰尘。植物园里也是这样，地上没有果皮和纸屑。

美军曾在植物园盖了房屋，当然不准日本人入内，等军队一撤出，便又恢复了原样。

植物园里有条林荫路，西阵的大友宗助很喜欢。路两旁全是樟树。樟树不大，路也不长，他常在这条路上散步，尤其是在樟树抽芽的时节……

“那些樟树不知长得怎么样了？”听着织机的轧轧声，心里有时这么想。占领军未必会砍掉吧？

宗助在盼植物园重新开放的一天。

出了植物园，再到鸭川的堤岸上走走——这是宗助散步时惯走的路。他有时也去眺望北山的风光，大抵都是独自一个人去。

到植物园和鸭川走一转，宗助至多用上一个小时。这样的散步真叫他怀念。此刻，他正这么思量着，“佐田先生来电话了，”妻子喊道，“好像是从嵯峨打来的。”

“佐田先生？从嵯峨打来的？”宗助朝账房走去。

织锦匠大友宗助和批发商佐田太吉郎两人，宗助小四五岁，除了生意上的交谊外，彼此性情颇相投合。年轻时，他们就是“老交情”了，可是近来，多少有些疏远。

“我是大友，好久不见了……”宗助接电话说。

“啊，大友先生！”太吉郎的声音少有地透着兴奋。

“你上嵯峨了？”宗助问。

“一个人悄悄躲在嵯峨一座冷清的尼姑庵里。”

“那太令人不解了。”宗助的措辞故示客套，“尼姑庵也有各种各样的呢……”

“哪里，这儿是真正的尼姑庵……只有一个上年纪的庵主……”

“那好哇。只有一个庵主，你就可以和年轻姑娘……”

“别信口雌黄。”太吉郎笑着说，“今天有件事想求你。”

“嗯，嗯。”

“我马上到府上来，你看方便不方便？”

“方便，方便，”宗助疑惑地说，“我这儿走不开。机器声，想来你电话里也听得见。”

“不错，是机器声，叫人怪想念的。”

“瞧你说的。机器要是停掉，那我怎么办呢？同你到尼姑庵觅静，可大不一样呀。”

不到半小时，佐田太吉郎便乘车到了宗助的店里。他目光熠熠，赶紧解开包袱。

“这个想拜托你一下……”说着打开画好的图样。

“嗯？”宗助望着太吉郎说，“是腰带呀。这在你，真够新颖华丽的了。哼，是给藏在尼姑庵里的人儿的吧……”

“又来了……”太吉郎笑着说，“是给女儿的。”

“哼，织出来，要不叫令爱大吃一惊才怪。首先，她肯系这条带子吗？”

“其实是千重子送了我二三本格雷的大画册。”

“什么格雷格雷的……”

“是个画家，听说是什么抽象派的先驱。都说他的画典雅，格调高，带种梦幻色彩。与我这个日本老人的心境倒很相通。在尼姑庵里，我一再揣摩，结果设想出这么个图案来，恐怕完全脱离了日本古代衣料设计的路子。”

“恐怕是这么回事。”

“不知织出来是什么样子。想麻烦你给织一

下。”太吉郎依然兴冲冲地说。

太吉郎的图样，宗助看了一会儿说：

“嗯，不错，色彩也很调和……很好。这么新颖的图案，你还从来没设计过。不过，色调雅致了一点。织起来怕不容易。让我用心织织看吧。也许能表现出令爱的孝心，和你为父的慈爱。”

“承你夸奖……近来一谈起来，便是什么 idea[①]啦，sense[②]的，甚至连色彩都要用西洋流行的叫法。”

“那并不见得高明。”

“我顶讨厌话里夹洋文。我们日本，远从贵族王朝时代起，谈到色彩，有说不出的优雅。”

“正是，光是黑色一词，就有种种说法……”宗助点头赞同着说。“虽然如此，今天我还想过，我们腰带纺织业中，也有像伊豆藏店那样的……盖起四层洋楼，俨然是现代工业了。西阵这一带迟早也会变成那个样子。一天能织五百条带子之多，不久连伙计也要参加经营，听说平均年龄才二十几

---

① 英文，意为设想。

② 英文，意为感觉。

岁。像我们这种手工业家庭作坊，过个二三十年，还不给淘汰以尽？”

“胡说些什么……”

“即使能苟延残喘，唉，也够不上‘国宝’。”

“……”

“像你，还能揣摩格雷什么的。”

“他叫保罗·格雷。我躲在尼姑庵里日思夜想，也有十天半月了。这带子的花样和颜色，依你看，不大和谐吧？”

“哪里，很和谐，而且，也不乏日本的风雅，”宗助忙说道，“不愧是佐田先生的手笔。就交给我吧，织出一条漂亮的腰带来。尽快做出板样，再好好织。对了，与其我织，是不是叫秀男来织更好？他是我大儿子，你见过吧？”

“见过。”

“秀男的手艺比我强……”宗助说。

“行啊，你看着办吧。我们虽然是批发店，大多是拿到地方上去。”

“看你说的。”

“这条带子不是夏天用的，是秋季用品。希望能早些织好。”

“嗯，这我有数。配这条带子的和服呢？”

“我先只考虑带子……”

“你们是批发店，尽可拣好的挑……反正这好办，不过，你这是不是给令爱置办嫁妆啦？”

“哪里，哪里。”好像说自己似的，太吉郎脸红了。

都说西阵的手工纺织，难得三代相传。因为手工纺织，属于工艺一类。父辈是出色的匠人，手艺高超，未必能传给儿子。即或儿子靠父亲的手艺，既不偷懒，又肯下功夫，也不见得能学到手。

但也有这种情形：孩子到了四五岁，就先叫他学纺线；到了十一二岁，学织机；不久，便可租机子代客加工。所以，子女多，反而能帮大人兴家立业。有的上六七十岁的老婆婆，还能在家纺线。有些人家，祖母和孙女常相对纺线。

大友宗助家里，他的老妻便一个人在缠织带用的线。低头一直坐在那里，沉默寡言，长得比年纪显老。

他们有三个儿子，都在高机上织腰带。家里拥有三台高机算是上好的了，有的人家只有一台，更有租别人的。

长子秀男的手艺，正如宗助所说，比他强，在同行和批发商中间，还小有名气。

“秀男，秀男！”宗助喊了两声，似乎没听见。和机械织机不同，这三台手工机器是木造的，噪音倒不厉害，而宗助的喊声又很响，可是，秀男的织机最靠院子，正在织一条难织的夹腰带，大概太专心了，没有听见父亲的喊声。

“老婆子，你叫秀男过来一下。”宗助对妻子说。

“哎。”妻子掸了掸腿，下了地，一边用拳头捶腰，一边朝秀男的织机走去。

秀男停下机杼，望了过来，没有马上站起来。也许是累了，也许是知道有客人，不便伸胳膊伸懒腰。他擦了擦脸上的汗水，走了过来。

“您来了，这地方很脏。”他沉着脸同太吉郎打招呼。工作的劳累，已经在他脸上和身上显了出来。

“佐田先生画了一幅腰带的花样，让咱们给织一下。”父亲说。

“是吗？”秀男依旧无精打采的样子。

“这条带子可要紧哪，与其我动手，不如你来织的好。”

“是千重子小姐的带子吧？”秀男这才抬起白

皙的面孔，看了佐田一眼。

身为京都人，见儿子这么冷淡，父亲宗助不得不打圆场说：

“秀男从一清早干到现在，累了……”

“……”秀男依然没作声。

“要不那么专心，干不好活……”倒是太吉郎来安慰他。

“虽然织的是蹩脚的夹腰带，脑子却还得琢磨着，请原谅。”秀男说着，点了点头。

“没什么。手艺人嘛，不这样不行。”太吉郎点了两下头。

“尽管东西本身不怎么样，人家可认定是我们织的，就更叫人劳心。”说着，秀男又低下头去。

“秀男！”父亲的声音变了，“佐田先生的画，和别人的可不一样。这是佐田先生躲进嵯峨的尼姑庵里画出来的花样，不是为了卖钱的。”

“是吗？哦，在嵯峨的尼姑庵里……”

“你先看看吧。”

“嗯。”

秀男语言之间，气势压人，太吉郎走进大友店的那股劲头，已不复存在。他把花样摊给秀男看。

"……"

"你看行吗？"太吉郎怯生生地问。

"……"秀男默默地看着。

"不行吧？"

"……"

"秀男！"见儿子死不开腔，宗助不得不发话道，"你倒是说话呀！这太没礼貌了。"

"是。"秀男仍没抬起头来，"因为我也是手艺人，所以佐田先生的图案才叫我看的。这毕竟不比平常的活儿，是千重子小姐的腰带吧？"

"不错，"父亲点头应道，觉得秀男有点反常，感到奇怪。

"是不是不行？"太吉郎又叮问一声，语气有点粗厉起来。

"挺好，"秀男平静地说，"我没说不行。"

"嘴上没说，你心里……你眼睛在说。"

"是吗？"

"什么话！"太吉郎跳起来，打了他一嘴巴。秀男没有躲闪。

"您尽管打好了，我可压根儿没认为图案不好。"

秀男的面颊也许因为挨了打，反显得容光焕发的。

秀男挨打之后，双手扶在席上道歉，也没去摸摸发红的半个脸。

“佐田先生，请您原谅。”

“……”

“虽然惹您生气，这条带子还是让我来织吧。”

“嗯？本来就是求你们才来的。”

太吉郎竭力使心情平静下来。“我还得请你原谅。上了年纪，这才真的不成话。打人打得手生痛……”

“把我的手借给你打就好了。织工的手皮厚。”

两人笑了。

但太吉郎心里仍存着一丝芥蒂。

“不记得有多少年没动手打人了……这回，只要你能原谅，就算了。只是我想问问，你看见我这条带子的图案时，脸上的表情好不古怪，究竟是什么道理？老实告诉我行吗？”

“哦，”秀男的脸色又一沉，“我年纪太轻，只是个手艺人，说不大清楚。您不是说，这是在嵯峨的尼姑庵里画的吗？”

“不错。今天我还得回尼姑庵去。说来刚半个月光景……”

“不要去了，”秀男坚执地说，“您搬回家吧。”

“家里心静不下来。”

“就拿这条带子说吧，华丽，鲜艳，十分新颖。我感到惊奇，心想，佐田先生究竟是怎么画出来的？于是，再仔细一瞧……”

“……”

“猛一眼看上去，觉得很精彩，但是缺少内在的和谐，不够柔和，略嫌火暴，带点病态……”

太吉郎脸色发白，嘴唇哆嗦着，说不出话来。

“当然，不论尼姑庵有多荒凉，总不至于有狐狸、黄鼠狼什么的，附在佐田先生身上……”

“嗯。”太吉郎把画稿拉到自己跟前，凝神审视着。

“嗯……说得有道理。年纪不大，倒很有见地。谢谢你……我再仔细琢磨琢磨，重画一张试试。”太吉郎连忙卷起画稿，揣进怀里。

“不用重画，这样就很好，织出来效果会不同的。再说画笔和丝线的颜色也……”

“多谢多谢。秀男，这张图样，你难道能织成暖色的，用以表示我对女儿的爱吗？”太吉郎慌慌张张，便告辞走出大门。

门口便是一条小溪，地道的京都式的小溪，岸边的草也古风依然，蘸着水面。溪边的白墙大概是大友家的。

太吉郎在怀里把腰带的画稿揉成一团，掏出来扔进溪水里。

繁子突然接到丈夫从嵯峨打来的电话，要她带女儿去御室[①]赏花，一时竟不知所措。她从未和丈夫一起去赏过花。

"千重子！千重子！"繁子求救似的叫女儿。"你爸来的电话，快来接一下……"

千重子过来，搂着母亲的肩膀，接过听筒。

"好的，叫妈也来。您就在仁和寺前的茶馆等我们好了。好的，我们尽快赶去……"

千重子放下听筒，看着母亲笑道：

"不就是叫咱们赏花去嘛，妈，您可真是的。"

"何苦把我也叫去！"

"御室的樱花，这几天开得正盛……"

千重子催促三心二意的母亲，一起走出店门。

---

① 又名仁和寺，在京都市内，为观赏樱花的胜地。

母亲仍然满腹狐疑。

城里的樱花，数御室的有明樱和八重樱开得迟，算是同京都的樱花最后惜别吧。

一进仁和寺的山门，左手的樱花林（或叫樱花园）已是花开满枝，把枝条压得弯弯的。

然而，太吉郎却说："哎呀，这可叫人受不了。"

樱花林中的路旁，摆着几张大桌子，饮酒的，唱歌的，吵吵嚷嚷，乱成一片。有的乡下老婆子高兴得手舞足蹈。男人们喝得酩酊大醉，鼾声如雷，有的甚至从椅子上滚落到地下。

"太煞风景了。"太吉郎不无惋惜地站在那里。三个人没有朝樱花林走去。说来，御室的樱花，他们早就看得很熟了。

丛林深处，在烧游客扔下的垃圾，烟雾升腾。

"咱们找个清静的地方，好吗，繁子？"太吉郎说。

临走的时候，樱花林对面高高的松树下，坐榻旁边有六七个朝鲜妇女，穿着朝鲜衣裙，敲着朝鲜长鼓，正翩翩起舞，倒是她们别具风韵。从绿松丛中望去，还可见山樱一角。

千重子停住脚步，看着朝鲜舞说：

“爸爸，还是地方清静些好，植物园怎么样？”

“哦，也许好些。御室的樱花看上一眼，也就算送走了春光。”

太吉郎一家出了山门，乘上汽车。

植物园在今年四月份重新开放。京都站前，新辟一条开往植物园去的电车线路，车进车出，往来不断。

“要是植物园的人也多，就到加茂河边走走吧。”太吉郎对繁子说。

汽车行驶在新绿覆盖的城内。比起新建的房屋来，古色古香的老房子屋顶上的嫩叶，就显得更加欣欣向荣。

植物园门前是条林荫路，朝前走去，土地平阔，豁然开朗。左手便是加茂川的堤岸。

繁子把门票塞到腰带里。一无遮蔽的景致，使人心胸为之廓然。住在批发店街，只望得见远山一角，更何况繁子难得走出店门外。

进了植物园，迎面便是喷水池，四周开满了郁金香。

“这儿的景色，跟京都的不一样。到底是美国人，在这儿盖上了房子。”繁子说。

“你瞧，那里面好像就是。”太吉郎附和着说。

走近喷水池，春风微拂，飞沫四溅。喷水池的左面，盖了一座很大的圆顶温室，全部是用钢筋和玻璃造的。三人没有进去，只隔着玻璃看了看里面的热带植物。他们逛了一小会儿。路的右侧，高大的喜马拉雅杉已经抽芽，底下的树枝铺展在地面之上。虽然是针叶树，可是那新芽娇柔嫩绿，叫人无从想象出“针”的样子来。喜马拉雅杉与唐松不同，不是落叶植物，倘若也落叶的话，难道也会像梦幻一般发出新芽吗？

“我叫大友家的儿子奚落了一顿。”太吉郎没头没脑地说，“手艺比他老子好，眼光很尖，一直能看到你心里。”

太吉郎自说自话，繁子和千重子不免有点莫名其妙。

“您见到秀男了？”千重子问。

“听说是个很不错的手艺人。”繁子只说了这么一句。平时太吉郎最不喜欢别人问这问那的。

朝喷水池右面走去，走到尽头，又向左拐，像是儿童游乐场。只听见叽叽喳喳的声音，草地上堆了不少小衣物。

太吉郎一家三口顺着树荫向右拐，出乎意料，竟走到郁金香花圃了。花开似锦，千重子简直惊喜得赞叹不已。大朵的鲜花，有红，有黄，有白，还有像黑山茶一样的深紫色，开满了一园。

“嗯，新和服上倒可用郁金香做花样，就是有点俗气……”太吉郎感叹地说。

喜马拉雅杉下部刚抽芽的枝丫，铺展开来，倘若比作孔雀开屏的话，那么，五色斑斓、满目芳菲的郁金香又该作何比较呢？太吉郎凝视着这些花朵。经花色一衬映，天空为之增色，人心为之陶醉。

繁子离开丈夫几步，总靠近女儿。千重子心里觉得好笑，脸上却没露出来。

“妈，白郁金香花圃前那些人，好像在相亲。”千重子低声对母亲说。

“嗯，可不是。”

“妈，别尽瞧着人家。”女儿拉了拉母亲的袖子。

郁金香花圃前有个喷水池，池内养着鲤鱼。

太吉郎从椅上站起身来，走近郁金香花圃，细细观赏。他弯下腰，向花丛看去，然后走回母女两人身旁。

“西洋花虽然艳丽，看两眼也就够了。我看还是竹林那里好。”

繁子和千重子都站了起来。

郁金香花圃是块洼地，周围树木环抱。

“千重子，植物园的格局，像不像西洋庭园？”父亲问女儿道。

“这我也不大清楚，也许有点像。”千重子答道，接着又说，“为照顾妈妈，咱们再待会儿吧？”

太吉郎不得已又在花圃间徉徜，只听有人喊道：

“是佐田先生吧？……果然是佐田先生！”

“啊，大友先生，秀男也来啦。”太吉郎说，“想不到会在这里……”

“是呀，我就更想不到了……”宗助深深鞠了一躬。

“我喜欢这里的樟树林荫道，尽盼着园子能再开放。这些樟树，有五六十个年头了，我们刚从树荫下慢慢踱过来。”宗助又低头致意说，“日前我儿子真是太失礼了……”

“年轻人嘛，没什么。”

“从嵯峨来的吗？”

“嗯，从嵯峨来的，不过繁子和千重子是从家里……”

宗助这才过去同繁子和千重子寒暄。

“秀男，这些郁金香你觉得怎么样？”太吉郎的问话带点生硬。

“花倒是生意盎然。”秀男唐突地答道。

“生意盎然？嗯，不错，生意盎然。不过，我看得有点发腻。花太密了……”太吉郎说着便转过身去。

花倒是生意盎然。寿命虽短，确实是生意盎然，而且来年还会含苞待放——正同自然界的万物一样，生机勃勃……

太吉郎觉得仿佛又挨了秀男的讥讽似的。

“我缺乏眼光。衣料上或带子上，我不喜欢画郁金香这类图案，但是，要是一个大画家来画，哪怕画的是郁金香，那幅画恐怕就有了永恒的生命。”太吉郎仍看着一旁说，“古代的衣料，就是如此。没有比这座京城还古老的。它的美，是谁也造不出来的，唯有描摹而已。”

“……”

“就以活着的树而论，也没有比这座京城还古老的，你说是不是？”

“这种议论太深奥，我说不来。每天忙着织布，这类高尚的事，没有想过。”秀男低了低头，“但是，假如说，千重子小姐站在中宫寺和广隆寺的弥勒佛前，真不知小姐有多美呢。”

“千重子要是听见了，该有多高兴。这么比，真是过奖了……可是秀男，我女儿很快就会变老太婆的。你看，人生好比白驹过隙。”太吉郎说。

“正因为如此，我才说郁金香一片生意盎然，”秀男加重语气说，“花期虽短，不是尽其全部生命在怒放吗？现在是正当其时。”

“这倒是的。”太吉郎转向秀男。

“我并不存奢望，妄想织出的腰带子孙后代也会系。现在……我只求织好的腰带，别人能够称心，当上一件东西，系上一年半载。”

“好，有志气。”太吉郎点头说。

“有什么办法。我和龙村先生他们不一样。”

“……”

“我之所以说郁金香花一片生意盎然，也是出于这种心情。眼下虽在盛开，有的恐怕也凋落二三片花瓣了。”

“不错。”

“谈到落花，要数樱花落英缤纷，最有雅趣。郁金香就不知怎么样了。”

“花瓣凋零……”太吉郎说，“不过，郁金香太密了，我有些发腻。颜色也过于艳丽，缺少韵致……人老了。”

“走吧，”秀男催促太吉郎说，“送到店里来的郁金香纸样，没有一株是生意盎然的。看了这里的花，真一醒耳目。”

太吉郎一行五人，从低洼的郁金香花圃走上石梯。

石梯的一侧，栽了一排雾岛种的杜鹃花，与其说是一道篱笆，其实更像条长堤，花苞累累。虽然花期未到，细小茂密的嫩叶，把盛开的郁金香衬映得格外娇艳。

上了石梯，右面一大片是牡丹园和芍药园，还没开花。也许是新种不久，这里的花圃不大为人所知。

东面，比叡山在望。

植物园内，随处都能望见比叡山、东山和北山。芍药园东面是比叡山，像是在正面。

“比叡山上也许云霞过于浓重，山显得很低。”

宗助对太吉郎说。

“正因这春天的云霞，才显得春山柔媚……”太吉郎望了半晌说，“我说大友先生，看着那云霞，你有没有想到春光将逝？”

“是啊。”

“那么浓重，倒叫人……春光将逝矣。”

“可不，”宗助说，“快得很哩。我还没怎么赏过花呢。”

“也没什么稀罕的。”

两人默默走着。过了一会儿，太吉郎开口道：

“大友先生，咱们从你喜欢的那条樟树林荫路往回走吧？”

“哦，那敢情好。只要能在那条林荫路上走走，我就心满意足了。来的时候，就是打那里过来的……”宗助回头冲着千重子说，“小姐也随我们一道走走吧。”

樟树林荫路上，左右两侧，枝柯相交。树梢上的新叶，还很嫩，带点红，没有一丝风，有时却在轻轻摇摆。

五个人几乎谁都没有说话，在树荫下，慢慢走着，各想各的。秀男方才把奈良和京都最美的佛像同女儿比，说千重子更胜一筹，这几句话一直萦绕在太吉郎脑际。秀男对千重子，竟钟情得一至于此吗？

“可是……”

倘使千重子嫁给秀男，在大友的作坊里，哪儿是她的立足之地呢？难道像秀男娘，终日缠丝绕线不成？

太吉郎回头看了一眼，千重子只顾听秀男说话，不时地点头。

即使结婚，千重子未必非去大友家。把秀男招赘到家里又何尝不可呢？太吉郎心里这么思忖着。

千重子是独养女儿。嫁出去了，母亲繁子该多难过。

而秀男，是大友家的长子。他父亲说，手艺比他还强。不过大友终究还有老二老三。

再说，太记老店，尽管生意清淡，旧章未改，毕竟是京都市中心的批发商，终非只有三台手工织机的作坊可比。没有一个雇工，只靠一家几口亲自劳作，也是明摆着的事。这从秀男娘朝子的身上、简陋的厨房，也能看得出来。秀男尽管是长子，只要能谈妥，不是照样可以做千重子的上门女婿吗？

"你们秀男很有志气。"太吉郎向宗助试探道，"年纪轻轻，却很老成持重。这是真话……"

"过奖了。"宗助无心地说，"干活固然肯用心出力，但一到人前，说话只会得罪人……真叫人担忧。"

"那很好嘛。从那次起，我总挨他的呲。"太吉郎乐呵呵地说。

"真得请你多包涵了。他就是那么个脾气。"宗助轻轻点了点头说，"娘老子的话，他要是听不进去，也是理都不理的。"

"那好哇。"太吉郎点头赞同，"今天你怎么只带秀男一个人出来？"

"要是把他弟弟也带来，机器不就该停了吗？再说他过于争强好胜，带他出来，在樟树林里走走，或许能陶冶一下性情，让他变得随和些……"

"这条林荫路真不错。说实话，大友先生，我带繁子和千重子来逛植物园，也是听了秀男的劝告。"

"嗯？"宗助狐疑地盯着太吉郎的面孔，"恐怕是想看看令爱吧？"

"哪里哪里。"太吉郎慌忙否认。

宗助回头看去。秀男和千重子稍微落后几步，繁子又落在他们后面。

出了植物园大门，太吉郎向宗助提议：

“就坐我们这辆车回去吧，西阵离这里又近。这中间，我们要到加茂川河堤上走走，然后才用车……”

见宗助还在犹豫，秀男便说：

“那就承情了。”让父亲先上了车。

佐田一家站在路旁望着汽车，宗助在座位上欠一欠身子致意，秀男有没有点头也看不清。

“这孩子，真有意思。”太吉郎不由得想起打秀男耳光的事，忍着笑说，“千重子，你同秀男倒很谈得来。你一个年轻女孩儿，不好应付吧。”

千重子眉眼含羞地说：“是在樟树林荫路上吧，我只是听他讲。也不知他怎么同我说那么多话，那么起劲……”

“啧，还不是因为喜欢你吗？这还不清楚？他说，中宫寺和广隆寺的弥勒，还没你好看呢……我听了也愣住了，这个怪小子，倒挺会说的。”

“……”千重子也吃了一惊，连脖子都红了。

“都说了些什么呢？”父亲问。

“说他们西阵手工机器的命运来着。”

“命运？咦？”

见父亲沉思起来，女儿便回答说：

“命运，这话说来深奥。唉，命运……”

走出植物园，右面是加茂川的河堤，松树夹道。太吉郎走在头里，从松树中间走下河畔。河畔是一长溜草地，绿草如茵。流水拍打着堤堰，水声骤然可闻。

草地上，有坐着吃饭盒的老人，也有双双散步的情侣。

对岸的公路下面，是一处游乐场。隔着稀疏的樱花树影，看得见中间是爱宕山，与西山一脉相连。河上游的北山，仿佛离得很近。这一带是风景区。

“坐一会儿吧？”繁子说。

从北大路桥下望出去，可以望见河畔草地上晾着一幅幅友禅绸①。

“哦，春天了。”繁子朝四周打量了一下说。

“繁子，你看秀男人怎么样？”太吉郎问妻子。

“什么怎么样？”

---

① 一种染有花鸟、草木、山水花样的绸子。

“做咱们的女婿……”

“什么？怎么忽然提起这事来？”

“人很靠得住。”

“这倒是。可是，也得先问问千重子的意思。”

“先前千重子说过，要听从父母之命嘛。”太吉郎看着千重子，“对吧？千重子。”

“这种事可决不能勉强。”繁子看着千重子说。

千重子低着头，眼前浮现出水木真一的面影，是真一扮成童子的样子。那时，他还小，描着眉，涂着唇，化了妆，一身王朝时代的装束，乘在祇园会的彩车上。——当然，那时千重子也很小。

北山杉

远自平安王朝[1]起，在京都恐怕只要提起山，便是指比叡山；讲到祭日，便是指加茂的庙会。

五月十五的葵花祭已经过去了。

一九五六年以后，葵花祭奉行的仪式中，在敕使的行列里，加进斋王[2]一行。退居斋院之前，先要在加茂川净身，这是复活古老的典仪。斋王要穿十二件和服，乘牛车渡河。前有命妇，身着便服，坐在轿上；后随女官童女，杂以伶人奏乐。不仅装束可观，斋王年纪与女大学生相仿，所以，既风雅又透着华贵。

---

① 平安为京都别称。从公元794年桓武天皇奠都京都起，至1185年镰仓幕府建立止，史书上称平安时代为王朝时代。

② 天皇即位之初，侍奉于三重县伊势神宫或京都茂贺神社的未婚内亲王或公主，此时称为斋王。

千重子的同学中，有个姑娘曾被选去扮斋王。千重子和同学们还赶到加茂川河堤上去看热闹。

京都有众多的古庙、神社，大大小小的庙会，几乎无日无之。翻翻皇历，五月里就有好几桩。

祭神献茶，开茶会，野外点茶，总有地方会架上茶釜，简直多得转不过来。

今年五月，千重子连葵花祭也没去看。一来因为多雨，二来也许小时候各处都领她去看过的缘故。

花固然喜欢，但看看嫩绿的新叶，千重子也是乐意的。高雄[①]一带枫树的嫩叶自不必说，若王子[②]那里的，她也很喜欢。

人家从宇治寄来一些新茶，千重子沏好后说：

“妈，今年连采茶都忘了去看了。”

“恐怕还在采吧。”母亲说。

“也许。”

那次植物园的樟树刚刚发芽，美如花树，大概在那之后不久，千重子的朋友真砂子打来了电话。

---

① 京都市西北部的红叶名胜。

② 指的是永观堂步入哲学之路入口处的熊野若王子神社，位于京都洛东。

“千重子，去不去高雄看嫩枫叶？”她约千重子说，“比看红叶时人少……”

“时令不晚吗？”

“那儿气候比城里冷，我想不会晚。”

“嗯——”千重子沉吟了一下，“当初看过平安神宫的樱花，再去看周山的樱花就好了。可惜压根儿给忘了。那棵古树……看樱花反正过时了，我倒很想去看北山杉，高雄离那儿不是挺近吗？看见又直又美的北山杉，我心里觉得格外痛快。顺道再去看杉树好吗？与其看枫叶，我宁愿看北山杉呢。”

既然到了这里，结果千重子和真砂子还是决定到高雄的神护寺、槙尾的西明寺、栂尾的高山寺，观赏枫树的绿叶。

神护寺和高山寺都坐落在陡坡上。真砂子倒没什么，已经换了夏装，是一身轻便的西服裙，穿着平跟皮鞋。千重子穿的是和服，真砂子怕她吃不消，便向她瞟了几眼。可是千重子毫不吃力的样子，竟问道：

“干吗尽看着我呀？”

“真美呀。”

“真美呀。”千重子站住，俯视着清泷川说，“我还以为已经是郁郁葱葱的深绿色了呢。多凉快呀。”

“我方才……”真砂子忍住笑说，“千重子，我说的是你呀。”

“……”

“造物怎么生下这么美的人儿呀。”

“别讨嫌。”

“一身淡雅的和服，站在万绿丛中，显得格外俏丽，要是穿着华丽，当然也一样漂亮。”

千重子穿了一件绛紫色的和服。腰带是父亲毫不可惜剪下来的那条印花布。

千重子上了石头台阶，想起神护寺里有平重盛①和源赖朝②的画像。安德烈・马尔罗③认为可列为世界名画。平重盛那幅，面颊上隐约留下一点红。正想到这里，真砂子便跟她说起这话来。同样的话，真砂子以前也告诉过她几次。

在高山寺，千重子喜欢站在石水院宽阔的廊下，眺望对面的山色，也喜欢高山寺的开山祖师明

---

① 平重盛（1138—1179），平安朝末期的武将。

② 源赖朝（1147—1199），为镰仓幕府（1185—1333）的第一代将军，武士政权的创始人。

③ 安德烈・马尔罗（André Malraux，1901—1976），法国现代著名作家、艺术评论家。

惠上人在树上坐禅的那幅画。壁龛的侧面挂着轴画《鸟兽嬉戏图》的复制品。两人在廊下还受到清茶款待。

高山寺再往里，真砂子就没进去过。一般游客的行程大抵到此为止。

千重子想起那次随父亲上周山赏花，采了许多又粗又长的笔头菜回家。后来每次到高雄，哪怕一个人也要顺路去一下遍植北山杉的村里——现在，那儿已经划为市区，街名叫北区中川北山町，大约有一百二三十户人家，其实叫作村倒更恰当。

“我走路走惯了，咱们走着去吧？”千重子说，“路又这么好。”

清泷川边，山势陡峭逼仄。不一会儿，美丽的杉林便已在望。杉树挺拔而齐整，一看便知是经过人工经心修剪的。北山圆杉木，是名贵木材，只有这个村子才出产。

也许是到了三点钟休息的时刻，再不然就是割草回来，一群女人从杉山上走下来。

真砂子呆呆地站着，一动不动，盯住其中一个姑娘。

“千重子，那个人真像你，简直跟你一模一样。”

姑娘穿了件藏青碎白花的窄袖上衣，系着吊袖带子，下面是扎脚裤，围着围裙，手背上戴着护背套，头上包着手巾。围裙一直围到后腰，两边开衩；只有吊袖带子和扎脚裤下面露出的细带子是红颜色。装束与别的姑娘一般无异。

这些女孩子的打扮，和卖柴女或卖花女大致一样，只不过不是进城卖东西，而是在山里干活罢了。大概也是日本妇女在田里和山间劳动时的穿着。

“真像。你不觉得奇怪吗？千重子，你仔细瞧瞧。”真砂子唠唠叨叨的。

“是吗？”千重子没怎么看，“你太冒失了。”

“不管我多冒失，可她人长得那么美……”

“美是美，不过……”

“就像是你的私生女一样。”

“你瞧，你多冒失呀！”

经千重子一说，真砂子自觉失言，说话太离谱，忙掩住笑声说：

“虽然人和人有长得像的，可你们俩简直像得吓人。”

那姑娘同女伴们，对千重子她们两人，几乎没留意，便走了过去。

她头上的手巾包得很严。前面的头发略能看到一些，可是脸庞给遮去了一半。哪能像真砂子说的，看得那么清楚，何况又不能对着脸看。

再说，这村子千重子来过几趟，看见男人家先把树皮剥个大概，再由妇女细心刮净；也看过她们用水或是热水和上菩提瀑布的沙子，磨圆杉木的情景。她对这些姑娘的面孔，模模糊糊都有个印象。因为这项加工活全在道旁或屋外做。小小的山村，未必有那么多的姑娘。当然也不可能把每个姑娘的面孔一一看得那么仔细。

真砂子只顾望着那群姑娘的后影，稍微平静一些。

“多怪呀。”又说了一句，还侧着头重又端详了一会千重子的面孔。

“真的很像。”

“哪儿像？”千重子问。

“怎么说呢，也许是我的感觉，很难说究竟哪儿像。眉眼，鼻子……城里的小姐和山里的姑娘当然不能相提并论，你可别介意。”

“这有什么……”

“千重子，咱们跟着那姑娘，去她家看看好不好？”真砂子犹自恋恋不舍地说。

跟踪追迹，跑到那姑娘家去看个究竟，不论真砂子性情多么爽朗，毕竟也是说说而已。不过，千重子放慢了脚步，走走停停，要么抬头望着山上的杉树，要么看看堆在家家门口的圆杉木。

白白的圆杉木，粗细一样，磨得光光溜溜，很好看。

“像工艺品吧？”千重子说，“盖茶室似乎也用这种木材，甚至还行销到东京和九州那边……”

圆杉木在屋檐下整整齐齐，竖成一排。二楼上也竖了一排。有个人家在二楼竖的圆杉木前晾着衣服，真砂子看了觉得很稀罕，便说：

“那家人竟住在木头堆里了。”

“你真是个冒失鬼呀，真砂子……”千重子笑着说，“挨着圆杉木旁边不就是座很像样的房子吗？”

“噢，二楼上是晾的衣服……”

“说那姑娘像我，也是你这张嘴巴。”

“那是两码事。”真砂子一本正经地说，“说她像你，你竟那么不自在？”

“一点也不……”千重子说着，眼前倏然现出姑娘的眼睛。在她勤劳健美的身上，那一对漆黑、深邃的眼睛，显得沉郁而忧愁。

“这村里的女人家很能干。”千重子似乎要摆脱什么似的说道。

“女人和男人一样干活，有什么稀奇。乡下人嘛，都这样。卖菜的啦，卖鱼的啦，全如此……”真砂子轻松地说，“像你这样的千金小姐，才什么都大惊小怪的。”

“你才是呢。往后我也要去干活的。”

“哼，我可不愿做工。”真砂子老实承认说。

“要说做工，说说容易，我真想叫你看看村里姑娘是怎么干活的。”千重子又把目光移向山上的杉树，“大概已经开始剪枝了。”

“剪枝是怎么回事？”

“要叫树木长好，得把不需要的枝杈拿刀砍掉。有时爬梯子，但大都是像猴子似的，从这棵树悠到另一棵树……”

“那多危险！”

“有的人一清早爬上去，到吃午饭时也不下来……”

真砂子跟着抬头仰望山上的杉树。树干挺拔齐整，美到无可言喻。树梢头上，一簇簇的叶子，仿佛是装饰在上面的工艺品。

山不高，也不太深。杉树齐刷刷挺立在山巅上，几乎株株都看得很分明。这种杉树可以用来盖茶室，所以，林景好像也有一种茶室的风貌。

只有清泷川两岸，山势峭拔，形成一道窄长的峡谷。据说雨量多，日照少，宜于栽培圆杉木这种名材。当然也可以挡风。可是遇到狂风，幼树还不坚挺，有的便弯曲或变了形。

村落里，家家户户依山傍水，排成一行。

千重子和真砂子一直走到小村子的尽头，然后又踅了回来。

有户人家正在磨圆杉木。把浸在水里的杉树拿上来，女人家便用菩提沙细研细磨。沙子是红褐色的，看着就跟黏土差不多，听说是从菩提瀑布那里取来的。

“那种沙子，要是没有了，怎么办？”真砂子问。

“落了雨，会随瀑布冲下来，沉在河底。”一个上年纪的女人回答说。真砂子心想，她倒沉得住气。

正像千重子说的，女人家一个个都手脚不停地忙着。圆杉木有半尺多粗，想必是做柱子用的。

据说磨好后，洗净，晾干，卷上纸，或裹上稻草，就可以运走了。

就连清泷川畔的河滩地上，有的地方也栽上了杉树。

真砂子望着山上一片片的杉林，和竖在屋檐下一株株的圆杉木，不由得联想起京都旧家洁无纤尘的格子门。

村口正好有个国营公共汽车站，叫菩提道。再往上去，大概就有瀑布了。

两人在那里乘上回城的公共汽车。沉默了半晌，真砂子突兀地说：

“女孩子家要是也能长得像杉树那么挺拔该多好。”

“……”

“只不过我们得不到那样细心的照顾就是了。”

千重子笑着问道：

“真砂子，跟他见面了？”

“嗯，见面了。坐在加茂川边的青草地上……”

“……”

“当时木屋町的凉台上顾客愈来愈多，已经点灯了。不过，我们是背朝着他们，所以凉台上的顾客认不出我们是谁。”

“今晚呢？”

“今晚约的是七点半，又是半明不暗的时分。”

真砂子交际上的这种自由，使千重子不胜艳羡。

千重子一家三口坐在朝天井的后客厅里吃晚饭。

“今儿个岛村先生送来不少竹叶鱼肉饭卷儿，是瓢正老铺的，我只烧了个汤，你将就些吧。”母亲对父亲说。

“是吗？”

父亲最喜欢吃加级鱼做的竹叶饭卷儿。

“关键是掌勺人回来晚了……”母亲在说千重子，“她又去看北山杉了，跟真砂子一起去的……”

“嗯。”

伊万里窑出品的碟子里，盛着竹叶鱼肉饭卷，剥开包成三角形的竹叶，米饭卷上便有一片薄薄的加级鱼片。汤里放了豆腐皮，还加了点香菇。

正像外面的格子门一样，太吉郎的铺子还保留着京式批发老店的旧规矩。不过现在也改成股份公司，掌柜和伙计都称为职员，大抵是早来晚走。只有从近江来的两三个小伙计还住在临街有密格子窗的二楼上。所以，吃晚饭时，后屋很静。

“千重子，你爱上北山杉的村里去，是不？”

母亲问，“为什么？”

“那儿的杉树又直又好看，我想，人的心地要能长成那样该多好！”

“你不就是那样吗？”母亲说。

“不，我的心又别扭，又乖僻……”

“不错，”父亲插进来说，“不论多么直爽的人，也会有杂七杂八的念头。”

“……”

“那不是挺好吗？孩子长得像北山杉那样固然可爱，但往往不可得。即便有，说不定什么时候会遇上灾祸不幸。就说树吧，弯也好，曲也好，只要能长成大树就好，我是这么认为……你就看看咱们小院里的那棵老枫树吧。”

“对千重子这样好的孩子，还挑剔些什么！”母亲有些动气了。

“知道，知道。千重子是个正直的姑娘……”

千重子眼睛望着天井，沉默了一会儿说：

“要像那棵枫树一样坚韧，而我……”说着语带悲音，“就如同生在枫树干上坑洼里的紫花地丁那样。哎呀，紫花地丁不知什么时候已经谢了。”

“真的……到明年春天准还开。”母亲说。

千重子低着头，目光停在枫树旁那个基督像石灯上。靠屋里的灯光，那磨蚀损伤的圣像已看不太清，好像在做祷告。

“妈，我到底生在哪儿的？”

母亲跟父亲面面相觑。

“在祇园的樱花树下。”太吉郎言之凿凿。

生在祇园夜晚的樱花树下，岂不像神话传说《竹取物语》里，赫夜公主生在竹节里一样吗？

正因为如此，父亲才说得那么肯定。

千重子忽然想开个玩笑，既然生在花下，说不定也会像赫夜公主那样，给接到月宫里去——可是，她嘴上没说出来。

捡来的也罢，偷来的也罢，千重子生在哪里，现在的父母是不会知道的。恐怕连千重子的生身父母在哪里，他们也不知道。

千重子后悔起来，觉得不该问这件事。但是，不道歉似乎更好些。既然如此，为什么会出其不意地发问呢？她自己也不明白。难道是模模糊糊想起真砂子说的，北山杉村里那个姑娘跟她长得一模一样的缘故？

千重子不知往哪里看好，便把目光停在大枫树的树梢上。莫非是月亮出来的缘故，抑或是街灯的辉映，夜空才微泛白光。

“夜空的颜色像地道的夏天了。”母亲繁子也抬头望着天空说，“呶，千重子，你就是生在这个家里的。尽管不是我生的，但确实是生在这个家里的。”

“嗯。”千重子应道。

正像千重子在清水寺告诉真一那样，她不是繁子夫妇晚上从圆山的樱花树下抱来的，而是给扔在店门口的弃儿，是太吉郎把她抱进家的。

那是二十年前的事了，太吉郎那时三十刚出头，也曾荒唐过一阵子。所以，妻子开头不肯相信他的话。

“说得怪好听的……兴许是跟哪个艺伎生的，弄到家里来了。”

“别胡说了！”太吉郎变色道，“你好好看看这孩子穿的衣服。这会是艺伎生的孩子吗？嗯？是艺伎生的孩子吗？”说着把婴儿递给妻子。

妻子接过来，把脸贴在婴儿冰凉的小脸上。

“这孩子，你打算怎么办呢？”

“到里面再慢慢商量。你怎么愣在这里？”

“还是刚生下来的呢。”

因为不知亲生父母是谁，所以不能收为养女。户籍上，写成太吉郎夫妇的嫡亲女儿，取名叫千重子。

俗语说，领来孩子招来弟。可是繁子自己并没生养。他们把千重子当作独生女一般抚养、疼爱。岁月悠悠，千重子究竟见弃于什么样的父母，太吉郎夫妇也不再放在心上了。至于千重子亲生父母的生死存亡，当然也就无从知道。

当晚，吃完饭，收拾很简单，只需把竹叶和汤碗拾掇一下就行。千重子一个人在归置。

收拾完，她上二楼自己的卧室，翻着父亲曾带到嵯峨去的保罗·格雷和马克·夏加尔等人的画册。正欲蒙眬睡去，便叫了起来：

“啊——啊——”

给噩梦魇住了，她挣扎着醒来。

“千重子！千重子！”母亲在隔壁房里喊她。千重子还没应声，纸拉门拉开了。

“魇着了吧？”母亲进来说，“做梦了吗？”

说着坐在千重子身旁，捻开枕边的台灯。

千重子坐在被窝里。

“哟，这么多汗！”母亲从梳妆台上拿来一条纱手帕，给千重子揩额上和胸口的汗。千重子由着母亲给擦。“多白净的胸脯啊！”母亲心里一边想，一边把手帕递给千重子：

“呶，擦擦胳肢窝……”

“谢谢，妈。”

“做噩梦了吧？”

“嗯。梦见从老高的地方掉下来……嗖地一下掉进一个绿得可怕的深渊里，没有底儿。”

“这种梦，谁都做过。”母亲说，“掉进一个无底的深渊里。”

“……”

“千重子，别着凉，换件睡衣吧。”

千重子点了点头，但还是心有余悸，想站起身，脚步却有些踉跄。

“好了好了，我来拿吧。”

千重子坐在床上，腼腆而灵巧地换上睡衣，正要折叠刚换下的那件，母亲说：

“甭叠了，反正要洗。”便拿着挂到角落里的衣架上，又走回来，坐在千重子的枕边说：

“做梦倒没什么……该不会是发烧吧？”说着把手放到女儿的额角上。冰凉的。

“嗯，准是上北山杉村里累着了。”

“……”

“瞧你这样，叫人不放心，妈过来陪你睡好不好？”说着便要过去取被子。

“不必了……已经好了。您就放心去睡吧。”

“是吗？”母亲一边说，一边往千重子的被里钻。千重子把身子往边上挪了挪。

“千重子都长得这么大了，妈再也不能搂着你睡觉了。你说多奇怪。”

结果倒是母亲先安然睡去。千重子怕母亲肩膀着凉，用手摸了摸，然后把灯关掉。可是千重子怎么也睡不着。

千重子刚才做的梦很长，告诉母亲的，不过是个结尾。

起初，不像是梦，只是似睡非睡之际，挺高兴地想起白天和真砂子去北山杉村里的事。真砂子说的那个跟千重子很像的姑娘也在村里，而且奇怪的是，形象远比村子来得鲜明。

梦做到最后，才是她掉进一个绿色的深渊里。那绿色，也许就是印在她心上的杉山。

鞍马寺的伐竹会，是太吉郎喜欢的一种仪式。因为有地地道道的男子汉气概。

太吉郎年轻时看过多次，至今已不觉新鲜。但他想带女儿千重子去见识见识。何况今年要撙节用度，鞍马寺十月里的火节，据说不拟举办了。

太吉郎担心下雨。伐竹会在六月二十日，正是黄梅季节。

十九那天有梅雨，还很大。

“这么下法，明天停得了吗？”太吉郎不时望着天空说。

“爸爸，下雨我也不在乎。”

“不在乎是不在乎，”父亲说，“天不好总归……”

十日仍是腻答答地下着雨。

“把窗户和柜子门关紧，潮气很重，不然衣料会受潮的。”太吉郎吩咐伙计说。

“爸爸，不去鞍马寺啦？”千重子问父亲。

“明年还会有的，今年算了吧。鞍马山上云遮雾罩的……”

参加伐竹表演的不是出家的僧众，大抵是些乡下人，称为法师。十八日先要做好伐竹准备。鞍马寺正殿的左右两侧先竖起圆杉木，然后用雌竹雄竹各四根做横梁，缚在圆杉木上。雄竹去根留叶，雌竹则是连根带叶。

对着正殿的，左为丹波座，右为近江座，自古以来便这么称呼。

领班的，身着历代相传的白绢素服，足登武士草鞋，肩系吊袖带，腰插二把刀，头包五幅袈裟做的僧巾，身饰南天竹叶。伐竹用的山刀收在锦囊里。由开路的人带领走向山门。

下午一点光景。

直裰打扮的僧人吹响法螺，伐竹会宣布开始。

二男童向主持长老齐声称贺：

“恭贺伐竹神事开始大吉。”

然后二男童分头走向左右两座道贺：

“近江之竹上好。”

“丹波之竹上好。”

伐竹时，将缚在圆杉木上粗大的雄竹砍断，理好。细的雌竹不砍。

于是男童向主持长老宣布：

“伐竹完毕。”

僧众一一步入大厅，开始诵经。抛撒夏菊，以代替莲花。

主持长老走下祭坛，打开丝柏扇子，上上下下连扇三次。

和着“嗬”的一声惊叹，近江和丹波两座各有二人将竹子砍成三截。

太吉郎原想带女儿去看伐竹会，只因天阴下雨，正在游移之际，秀男挟着小包走进格子门来。

“小姐的腰带好歹织得了。”秀男说。

“腰带？”太吉郎狐疑地问，“我女儿的带子？”

秀男踞退一步，毕恭毕敬扶着席子施了一礼。

“是郁金香花样的吗……”太吉郎随口问了一句。

“不，是您在嵯峨尼姑庵里画的那条……”秀男郑重其事地说，“那天，我因年轻气盛，对佐田先生实在太失礼了。”

太吉郎不由得暗吃一惊。

“哪里，我只是兴之所至随便画的。倒是你的高见点醒了我，我应当向你道谢才是。”

“承您看得起，那条带子我已经织好给您带来了。”

“是吗？”太吉郎不胜惊异，“那幅草图我已揉做一团，扔进你家旁边的小河里了。”

“扔掉了？是吗？”秀男毫不怯懦，镇静地说：“您不是让我看过吗？我已经记在脑子里了。”

“真不愧是手艺人哪。”说着，太吉郎额头又皱了起来。

“可是，秀男，图样我都扔进河里了，你为什么还要织呢？嗯？干吗还把它织出来？”太吉郎钉着问道，心里忽地一动，说不出是悲凉之感，抑或是愤激之情。

“缺乏内在的和谐，火暴，病态——这些评语难道不是你秀男说的吗？”

“……”

“因此，一走出你家门口，我便把图样扔进小河里了。”

“佐田先生，请您原谅。”秀男两手扶在席上，低头道歉，“我也是整天尽织些俗不可耐的东西，织得心都烦了。”

“彼此彼此，嵯峨的尼姑庵里，静虽然静，只有一个老庵主和一个白天来帮佣的老太婆，却也寂寞得很……再说，店里的生意日渐萧条，所以，你说的话，我觉得很有道理。何须我这个批发商设计什么图案呢！那种新颖别致的花样，就更……唉！”

“我也想得很多。在植物园遇到小姐之后，也想过。”

“……”

“这腰带，请您过目吧。要是不中意，您拿剪刀当场剪碎好了。”

“好吧。”太吉郎点头答应，又招呼女儿过来：“千重子！千重子！”

千重子正在账房里，坐在掌柜旁边，这时起身走过来。

秀男一双浓眉下，紧抿着嘴巴，神情充满自信。但双手解包袱时，不免微微颤抖。

对太吉郎仿佛不便说什么，便转身向着千重子。

“小姐，请你鉴赏一下。这是令尊的图样。”说着把卷好的腰带递过去，显得很拘谨。

千重子把腰带刚展开一点，说：

“噢，爸爸是受到格雷画册的启发，在嵯峨画的吧！”一直展到膝上，“哎呀，真好！”

太吉郎苦着脸不作声，但心里对秀男能把图案完全记在脑里，实在感到惊奇。

“爸爸！”千重子的声音里透着率真的喜悦，“带子真好！”

“……”

她用手摸摸带子的质地，对秀男说：

“您的织工很精致。”

“哎，哎。”秀男低下了头。

“我在这儿打开来看看好吗？”

“哎，哎。”秀男应了一声。

千重子站起身来，在父亲和秀男面前把带子完全展开，一手搭在父亲肩上，站着打量道：

“爸爸，您看怎么样？”

“……”

“您不觉得好看吗？”

“真的好看？”

“嗯，谢谢爸爸。”

“你再仔细看看。”

“这是新花样，当然要看配什么衣裳……不过，这带子真的好。”

“是吗？嗯，既然你中意，就该谢谢秀男。”

“秀男先生，多谢了。”千重子说着，在父亲身后跪下来，低头道谢。

“千重子，”父亲叫她，“这带子和谐吗？意境和谐吗？”

“什么？和谐？”千重子猝然间给问住了，又打量了一下带子，“您问和不和谐，这要看什么衣裳，也因人而异……现在，那种故意打破和谐的衣裳倒很时兴……”

“嗯。”太吉郎点点头说，“其实呢，千重子，当初我把带子的图样给秀男看，他说不和谐。一气之下，我把图样扔进了他们作坊旁的小河里了。”

“……”

“可是，秀男竟织好拿来了，一看，跟爸爸扔掉的那张图样还不是完全一样吗？尽管画笔的颜色和丝线的颜色，多少有些差别。”

“佐田先生，请多原谅。”秀男双手扶在席上致歉说。

“小姐，实在冒昧得很，能否请你把带子系在腰上试试？”

“就系在这件衣服上？……”说着，千重子站起身来，系上带子，顿时显得光艳照人。太吉郎的神色缓和下来。

“小姐，这不愧是令尊的杰作。”秀男的眼睛放着光辉。

祇园会

千重子提着大篮子，走出店门。她要往北经过御池大街，到麸屋町的汤波半老铺去。比叡山至北山之间的天空，晚霞火样的红，千重子伫立在御池大街上，仰望了半晌。

夏天日长昼永，晚霞早出。天色颇不单调，一忽儿便染成一片火红。

“天空竟有这种样子，还是头一次见呢。”

千重子掏出小镜子，在霞光下，照着自己的面庞。

“我忘不了，一辈子也忘不了……人真是的，心情会左右一切。”

在晚霞的映照下，比叡山和北山竟是一脉深蓝。

汤波半老铺里，豆腐皮、牡丹豆腐皮和八幡卷刚出锅。

“您来啦，小姐。一到祇园会，简直忙得不可开交，这还只是供应一些老主顾呢。凡事请多包涵呀。”

这家铺子，平日只接受订货。京都的点心行业中也有这样一类老店。

“是过节用的吧，一向承您照顾啦。”汤波半的老板娘一边说，一边把千重子的篮子装得满满的。

所谓八幡卷，就跟鳗鱼做的八幡卷一样，是豆腐皮裹上牛蒡卷成的。牡丹豆腐皮，则类似油炸豆腐什锦，在豆腐皮里包上白果馅。

这家汤波半，是一八六四年那场大火中幸存的一家老字号，已有二百多年历史。当然也多少有些改进……例如天窗上安了玻璃，做豆腐皮用的炉灶改用砖砌的。

“从前烧炭，添火时，炭灰要落到豆腐皮上，所以才改烧锯末。”

“……”

一排锅子，用四方的铜板隔开，等锅面上结成一层豆腐皮，就用竹筷巧妙地捞出来，晾在锅上面的细竹棍上。竹棍上下摆几层，豆腐皮干了就往上移。

千重子走进后面的作坊，用手扶着古老的柱子。陪母亲一起来时，母亲常抚摸这根年代久远的大黑柱子。

“什么木的？”千重子问。

“丝柏的。高得很，一直到顶上，笔直笔直的……”

千重子也摸了摸这根古色古香的柱子，然后走出这家老铺。

回家时，一路上只听到排练祇园会的鼓乐声，高亢嘹亮。

祇园会的日期，远道来看热闹的人常常以为是祭神彩车巡行的七月十七那天。所以，顶多在十六日夜里，才赶来看前夜祭。

不过，祇园会的法事，实际上七月里要做一个月。

七月一日，准备祭神彩车的各街道，先自“画吉符”，奏乐打鼓。

彩车中，乘有童子、饰以长刀的那辆，年年照例走在仪仗队之前。为了决定其余彩车的先后次序，七月二日或三日那天，由市长亲自主持抽签。

七月十日，“洗御舆”，也即祭祀的开始。彩车头一天要搭好，御舆在鸭川的四条大桥上洗；所谓“洗”，不过是神官用杨桐枝蘸水，洒于车上而已。

十一日，童子参拜祇园神社。是乘在长刀彩车上的童子。他头戴京式乌纱帽，身着古代公卿礼服，骑着马，有侍从随后。童子前去领受五位之职，高于五位的，称为殿上人。

从前，彩车上还置有神像，所以，童子两侧的侍童要扮成观音菩萨和势至菩萨。童子从神庙领受职位，象征已与神道婚配成礼。

“干吗那么怪模怪样啊？我是男孩子呀。”水木真一小时给扮成童子时，曾抱怨说。

再者，童子要“单开伙”，饭食不能与家人共火同烧。这是为了洁净。如今，这个规矩已经从简。只是，童子吃的饭，要用火镰打两下。据说，家里人倘有疏忽，童子自己就会催促：“打火镰，打火镰。”

总而言之，童子不是巡行一天即告完事，远没有那么简单，还要去彩车街一一致意，全部祭典和童子的活动，总要一个月才能结束。

较之七月十七日彩车巡行，京都人宁愿领略十六日晚上前夜祭的情趣。

祇园会的正日，即将来临。

千重子家的店铺，外面的格子门已经卸下，正忙于准备。

京都姑娘千重子，家里是批发商，靠近四条，祖上入祀于八坂神社，所以对年年举办的祇园会，也就不觉得稀罕了。这是京都炎夏的庙会。

最令人怀念的，便是乘在彩车上由真一装扮的童子。每逢庙会，或闻鼓乐声喧，或见彩车四周灯火辉煌，真一的样子，便历历如在眼前。那时真一和千重子都还只有七八岁光景。

“即便女孩子里，那么俊的也少见。”

真一到祇园神社领受五位少将之职时，千重子也跟随趋入。彩车巡行街衢的时候，她也一直跟在后面转。扮成童子的真一，还带着侍童两人，到千重子家登门致谢。

“千重子，千重子。”千重子给喊得脸色绯红，只顾瞧他。真一化了妆，涂了口红，而千重子却是一张给阳光晒得发红的素脸。她身上穿了一件单和服，系一条三尺长的红花纹腰带，挨着格子门，将坐榻放倒，正在同邻居的孩子放花火玩。

今宵，在鼓乐声中，在彩车灯下，千重子依稀还见到当年童子打扮的真一。

“千重子，今儿晚上，你不去逛逛前夜祭吗？”晚饭后母亲问千重子。

“妈，您呢？”

“有客人来，妈走不开。”

千重子一出家门，便加快了脚步。四条上人山人海，简直走不动。

四条上哪些彩车在什么地方，哪个胡同有什么彩车，千重子最清楚不过了。她各处都转了转，果然热闹非常。彩车上的鼓乐之声处处可闻。

千重子走到神舆前买了一支蜡烛，点了供在神前。庙会期间，八坂神社的神道都迎到神舆那里。出了新京极，过四条，路南便是神舆。

在神舆前面，千重子发现有个姑娘在拜七拜，虽然只见后影，但一眼便知她做什么。所谓拜七拜，是在离开神舆几步的地方，走上前去拜一拜，退回原处，再走上前去拜一拜，这样往返拜七次。这中间倘遇见熟人，也不开口打招呼。

“咦？”千重子觉得那姑娘很面熟，不禁也随着拜了起来。

姑娘往西走几步，再踅回神舆前。千重子正相反，是东向往还。但姑娘比千重子虔诚，祷告得更久。

姑娘拜完七次，千重子每次离开神舆不像姑娘那么远，所以大致同时拜完。

姑娘凝眸望着千重子。

“你祈求什么呢？”千重子开口问道。

“你看见了？”姑娘的声音颤抖了，“我想知道姐姐的下落……你就是我的姐姐。神佛保佑，让我们相逢。”姑娘泪水盈盈。

不错，正是北山杉村里的那个姑娘。

神舆前挂满了灯笼，来朝拜的还点了蜡烛，所以神像前灯火通明。可是姑娘满脸泪痕，也不怕亮光，脸上映现出灯火闪闪。

千重子凭着意志，强忍住泪水。

“我是独生女儿，没有姐妹。”说完脸色刷白。

北山杉姑娘哽咽着说：

“我知道，小姐，请原谅。原谅我吧。”她反复说道，“因为从小便一直惦着姐姐、姐姐的，所以认错了人……”

“……”

“听说是双胞胎，也不知究竟是姐姐还是妹妹……”

“人和人也有长得很像的。”

姑娘点点头，泪水顺着脸颊往下淌。她掏出手帕，边擦边说：“小姐生在哪儿的？”

“就在附近，批发商大街。”

“是吗？小姐求神保佑什么呢？”

“保佑父母福寿双全。”

“……”

“你父亲呢？”千重子问了一句。

“早就不在了……一次给北山杉剪枝，从这棵树跳到另一棵树上，一失足，掉下来摔坏了……这是村里人告诉我的。那时，我刚出生，什么也不知道……”

千重子感到一阵揪心。

——我时常想去那村子，想看挺秀的北山杉，焉知不是父亲的阴魂在召唤我？

这个山村姑娘，说她有孪生姐妹。我的亲爹会不会在树上想起我千重子这个被弃的女儿，想出了神，无意中从树上摔下来的呢？准是这样。

千重子的额角沁出了冷汗。四条大街上杂沓的脚步声，祇园会的鼓乐声，仿佛都消失在远处。眼前一片昏黑。

山村姑娘扶着千重子的肩头，用手帕给她擦额角。

“谢谢你。”千重子接过手帕，擦了擦脸，不知不觉随手掖进自己衣袋里。

“你母亲呢？”千重子小声问。

“母亲也……”姑娘迟疑了一下，“我生在母亲的娘家，那儿是个深山坳，比杉树村还要僻远。母亲也不在了……”

千重子没有再问下去。

北山杉村来的姑娘，不用说，是高兴得流出了眼泪。一旦收住泪水，脸上转而光彩照人。

相比之下，倒是千重子凝然不动，两腿发颤，心思纷乱已极，一时里平静不下来。能够扶持慰藉她的，只有姑娘那健美的身躯。千重子不像山村姑娘高兴得那么率真，目光慢慢显出幽忧的神色。

千重子正在犹豫下一步不知该怎么办，这时姑娘招呼她说：

“小姐！”同时伸出右手。千重子握住姑娘的手。皮很厚，手很粗，不同于千重子的纤纤素手。

可是，姑娘似乎并不在意，紧握着说：

“小姐，再见。”

“怎么？”

“啊，真高兴……”

“你叫什么名字？”

“苗子。”

“苗子？我叫千重子。”

“我现在在做工。村子不大，一提苗子，谁都知道。”

千重子点了点头。

“小姐，你挺福气的。”

“嗯。”

“我发誓，今晚咱们见面的事，谁也不告诉，只有这祇园神知。”

虽说是孪生姊妹，但身份殊隔，苗子大概意识到这一点。千重子思念及此，便什么话也说不出来了。但是，被抛弃的，难道不正是自己吗？

“再见，小姐。”苗子又说了一句，“趁别人还没看见……”

千重子一阵心酸。

“我家的店就在附近，苗子哪怕就从门前走过去也好，至少去一趟吧，好吗？”

苗子摇了摇头，却又问道：“府上有几个人？”

“家里人吗？只有父亲和母亲……”

“也不知怎的，我也觉得该是这样。你是父母的心肝宝贝，娇生惯养的。”

千重子拉着苗子的衣袖说：

“在这儿站得太久了……”

“真的。”

说着，苗子重新朝神舆诚心诚意地拜了拜。千重子也赶忙随苗子拜起来。

“再见。”苗子第三次说。

“再见。”千重子也说。

“真有好多话要说。什么时候，到村里来吧。在杉林里，谁都看不见的。”

“谢谢。”

两人挤出人群，无意中朝四条大桥走去。

属于八坂神社一脉流传下来的后裔很多。前夜祭和十七日正日祭神彩车巡行过后，赶庙会的人依旧络绎不绝。家家店铺门户洞开，摆上屏风什么的。早先有的屏风，画的是初期浮世绘、狩野派、大和绘，或是宗达的绘画。在浮世绘的原画中，有的属南蛮屏风，在古雅的京都风俗中，描绘异国人物。画面大多表现京都当年商业兴盛，市面繁荣。

现在，这种风俗的余绪还保留在祭神的彩车上。车上饰以中国织锦，法国葛布兰式花壁毯，毛织品，金线织花锦缎，仿织锦刺绣等。绚丽多彩的桃山[①]风格中，还显示出对外贸易的发达，具有一种异国情调之美。

彩车内则挂有当时的名家绘画。车的顶端看着像根柱子，据说有的是用来表示朱印船[②]的桅杆。

祇园会敲打的鼓乐，节奏很简单，通常是“咚咚呛咚咚呛”。实际上有二十六套，有人说类似壬生寺演假面哑剧的音乐伴奏，有的则说近乎雅乐。

前夜祭时，彩车上挂起一串串灯笼，鼓乐喧阗，高亢嘹亮。

四条大桥东头虽然没有彩车，可是去八坂神社的这一路上，仍是热闹非常。

---

① 织田信长、丰臣秀吉掌权时代（1573—1600），美术史上称为安土桃山时期。这时期的城郭、宫殿、寺院，建筑豪华，布局宏伟，室内装饰壁画之风颇盛，表现市民生活的风俗画、陶瓷、漆器、染织等工艺也甚发达。

② 明治维新前的江户时代，凡领有红色官印执照的船只，始可与外国通商贸易。

千重子刚上大桥，就被人流推来挤去，比苗子落后几步。

苗子说了三次“再见”，可是千重子委决不下，不知是在这儿分手好，还是走过太记老店，甚至走到店门附近，让她知道店在什么地方好。对苗子，油然而生一缕亲情。

“小姐，千重子小姐！”苗子刚要过大桥，跟她打招呼走到她跟前的，是秀男。秀男把苗子错认为千重子了。“您来逛前夜祭？就一个人……”

苗子感到很为难，但她不能回头去看千重子。

千重子倏地躲入人群。

“今儿晚上好天气……”秀男对苗子说，“明儿个，天也会好。星星那么亮……”

苗子抬头望着夜空。她不知如何回答是好。当然，苗子不可能认识秀男。

“上一次对令尊十分无礼，那条带子花样真好……”秀男对苗子说。

“哎。”

“令尊后来生气了没有？”

“哎。”苗子莫名其妙，无从回答。

不过，她并没拿目光去寻千重子。

苗子感到迷惑。要是千重子愿意见这个年轻男子，她就会走过来。

这个男子，头略大，肩很阔，目光沉静。苗子觉得不像是坏人。从他提起腰带的事看来，可能是西阵那边的织工。在高高的织机上，几年坐下来，体形多少总会变成这个样子。

“怪我年轻不懂事，对令尊的图样说了几句废话，一宿没睡，想来想去还是决定把它织出来。”秀男说。

“……”

“您系过一次没有？”

“哎。”苗子含糊其辞地应了一声。

“怎么样？”

桥上不如马路上那么亮，人群熙攘，把他们隔了开来。尽管如此，秀男居然认错人，苗子仍感到不解。

双胞胎生在一户人家，一视同仁，同样抚养，自是不易分辨。但是，千重子和苗子长在不同地方，生活境遇截然不同。苗子甚至以为，眼前这个人或许是近视也难说。

“小姐，我打算自己设计，为您精心织一条锦带，作为您二十岁的纪念，不知行不行？”

“哎，谢谢了。”苗子期期艾艾地说。

“祇园会的前夕，能见到小姐，神佛一定会保佑我织好锦带。”

“……”

苗子心里想，我们是孪生姊妹，千重子准是不愿叫这人知道，所以才不过来。

“再见了。”苗子对秀男说。秀男有点意外。

“哦，再见。”秀男应了一声，又说，“您同意我织，那太好了。我一定赶在看红叶之前织出来……”秀男把意思又说了一遍，这才走开。

苗子用目光搜寻了一下，没有看见千重子。

方才那个男子及腰带的事，对苗子来说，横竖无所谓，可是，在神舆前同千重子相逢，仿佛是神佛的呵护，她只觉得高兴，手扶着桥栏杆，凝望着水上的灯影。

苗子沿着桥边，缓缓走着，打算走到四条的尽头，去参拜八坂神社。

走到大桥中央，发现千重子和两个年轻男子站着说话。

“啊！”苗子不觉低声叫了出来，但没有走过去。

她是无意之间看见他们三个的。

千重子本来在思忖，苗子究竟同秀男站在那里说些什么。显然，秀男错把苗子当成自己了。苗子怎么应付秀男呢？真难为她。

千重子想，也许该走到他们跟前去。可是不行。她非但没过去，当听见秀男喊苗子为“千重子”的刹那间，竟抽身躲进了人群。

为什么呢？

神舆前与苗子邂逅，就内心的震动而论，千重子要比苗子强烈得多。苗子早就知道，自己是孪生，始终在寻找那不知是姐姐还是妹妹的另一个。然而，在千重子却是万万没有想到的。实在过于突然，她没法像苗子发现千重子时那么兴高采烈，她也顾不上高兴。

并且，父亲从杉树上摔下来，母亲产后早死，是方才听苗子说才知道的。她心里感到刺痛。

过去，她只是听见邻居们私下传说，才认为自己是个弃儿，可是她竭力不去想自己是被什么样的父母抛弃的，他们又在哪里。即或想了，也无济于事。何况太吉郎和繁子对自己十分钟爱，无须再想。

今晚，在前夜祭上，苗子告诉的这些事，在千重子听来，未必是什么幸事。然而，她对苗子这样一个姐妹，已产生一种温暖的手足之情。

“她的心地比我纯洁，又能干活，身体好像也挺好。”千重子喃喃自语，“有朝一日，说不定还能依靠她呢……”

她茫茫然走在四条大桥上，这时，听到：

“千重子！千重子！”真一喊住了她，“一个人走路想什么呢？都出了神了。脸色也不大好。”

“哦，是真一。”千重子回思过来，“真一，那年你扮作童子，乘在插着长刀的彩车上，多好玩呀。”

“当时可难受极了。现在想想怪好玩的。”

真一有个同伴。

“是我哥哥，在大学研究院读书。”

哥哥长得很像弟弟，莽撞地向千重子点了点头。

“真一小时候性格懦弱得可爱，长得又细气，像个女孩子，所以把他扮成童子。真傻。”哥哥大声笑着说。

走到桥心，千重子在哥哥那张英武的脸上看了一眼。

“千重子，你今晚脸色苍白，像是很伤心似的。”

真一说。

“也许是桥中央灯光照着的缘故。”千重子说着，用脚使劲踩着地下，“再说，这个前夜祭，人头攒动，个个兴高采烈的，孤零零一个女孩子，看着就显得伤心似的，这又有什么？”

“那可不行。”说着真一把千重子推向桥栏杆旁边，“稍微靠一会儿吧。”

“谢谢。”

“河上没什么风……”

千重子手扶额角，闭起眼睛。

“真一，你扮童子，坐在插长刀的彩车里，那时几岁？”

“嗯……算起来不到七岁吧？记得是上小学的前一年……”

千重子点了点头，默不作声。她想擦擦额角和头颈上的冷汗，手伸进怀里，摸到的是苗子的手帕。

“啊！”

手帕上沾着苗子的泪痕，千重子捏在手里，犹豫着要不要掏出来。她把手帕捏成一团，擦着额角，泪水几乎涌了出来。

真一很诧异。他知道，把手帕团成一团，塞进衣袋，这不是千重子的习惯。

“千重子，你觉得热吗？还是发冷？要是热伤风，可不容易好，赶快回去吧……我们送你。好吗，哥哥？”

真一的哥哥点点头。他一直目不转睛，盯着千重子。

“很近，不必送了……”

“很近，就更得送了。”真一的哥哥说得很干脆。

三个人从桥心往回走。

“真一，你扮童子乘彩车巡行时，我始终跟在后面，你知道不？”千重子问。

“记得，记得。”真一回答。

“那时还挺小的。”

“可不是。当童子不好东张西望，可是我心里想，那么小的女孩，难为她跟着走。累得很吧？人又挤……”

“再也不能变得那么小了。”

“你尽说的什么呀？”真一一面闪烁其词，一面心里疑惑，千重子今晚是怎么了？

送千重子到了家，真一的哥哥同她父母恭恭敬敬寒暄一番，真一则躲在哥哥身后。

太吉郎在后房，同一位客人喝过节酒。太吉郎倒没怎么喝，他不过是陪着罢了。繁子在旁侍候，一忽儿站起来，一忽儿坐下去。

“我回来了。”千重子说。

“你回来啦？这么快！”说着察看女儿的神色。

千重子对客人毕恭毕敬行过礼，然后说：

“妈，我回来太晚了，也没能帮您的忙……”

“没什么，没什么。”繁子示意千重子一起到厨房去，叫她来端烫好的酒，顺便说：

“千重子，大概是看你这么伤心的样子，他们才送你回来的吧？”

“嗯，真一和他哥哥一定要送……”

“我看也是。脸色也不好，摇摇晃晃的……”繁子摸了摸千重子的前额，“倒不发烧。瞧你这伤心的样儿。今儿晚上有客人，就跟妈一起睡吧。”说着，慈爱地搂着千重子的肩膀。

一包眼泪几乎要滚出来，千重子拼命忍着。

“你就上楼先睡吧。”

“是，妈……”见母亲如此慈怜温蔼，千重子心头顿时释然。

“你爸爸也是，客人少，闷得慌。吃晚饭那阵工夫，倒有五六个人来着……”

千重子端酒壶进去。

“已经酒足饭饱了，这些足矣。”

千重子斟酒的手发颤，左手也扶着酒壶，仍是微微颤动。

今晚，天井里那盏基督雕像灯也点亮了。大枫树洼儿里的两株紫花地丁，隐约可见。

花已凋落。上下两株细小的紫花地丁，不就是千重子和苗子吗？两株花似乎各据一方，可是今晚不就相逢了吗？千重子望着薄明微暗中的两株紫花地丁，不禁又酸泪欲滴。

太吉郎也发现，千重子似乎有心事，时不时地望着她。

千重子轻轻站了起来，走上二楼。她的卧室已铺上客人的铺盖，便从壁橱里拿出自己的枕头，到母亲房里睡下。

她恣情一恸，因怕人听见，便把脸埋进枕头里，两手抓住枕头的两边。

繁子走进来，看见千重子的枕头湿了一片，便说：

“来，换一只，我回头就来。”说着给她拿来一只新枕头，随即又下楼去了。在楼梯口停了一停，回头望了一眼，什么也没说。

铺盖只铺了二副，倒不是铺不下三副。一副是千重子的，母亲大概打算和千重子一起睡。

在脚横头，叠着两条夏天盖的麻绉被，一条是母亲的，一条是千重子的。

繁子没铺自己的被，只铺了女儿的。这本算不得一回事，千重子却能体会到母亲的一番心意。

于是，千重子止住了泪水，心情平静下来。

“我就是这个家里的孩子。”

千重子和苗子突然邂逅之后，心绪纷乱已极，一时难以克制，这是很自然的。

她站到镜台前，打量自己的面孔，想搽粉遮掩一下，又作罢，便去拿香水，在被上洒了几滴，然后把身上的窄腰带重新系好。

当然，她一时还无法入睡。

“刚才对苗子是不是太冷淡了？”

一闭上眼睛，便看见中川村（町）那秀丽的杉山。

从苗子的话里，千重子对自己的亲生父母，也大体上有所了解了。

“这件事，是告诉爸爸妈妈好呢，还是不告诉的好？”

恐怕这批发店的老夫妇，既不知道千重子生在哪里，也不知道她亲生父母的下落如何。

“亲爹亲娘已经不在人世了……”想到这里，千重子倒也没有流泪。

街上传来了鼓乐声。

楼下的客人，好像是近江长滨那一带的绉绸店老板。已经醉意朦胧，嗓音也高起来，千重子睡在后楼上，不时也能听见一言半语。

客人絮絮不休，在讲祭神彩车队经过的路线，从四条出来，经过颇为现代化的河原町，拐到单行道御池大街，市政府前甚至搭了观礼台，说是为了“观光”。

以前，车队行经京都狭窄的街道，有时会损坏一些房屋。别有情趣的是，从前可向楼上的人讨粽子，现在则是撒粽子。

四条还算好的，一旦拐进窄小的街道，彩车的脚便看不到。这倒更好。

太吉郎心平气和地分辩说，在宽阔的大街上，整辆彩车一览无余，那才美不胜收呢。

千重子此刻躺在被窝里，恍如听见彩车的大木轮碾过十字路口的声音。

客人今晚似乎要在隔壁房里留宿。所以，见到苗子的前后经过，千重子打算明天再告诉父母。

听说北山杉的村里，都是私人经营。并不是每户人家都有山有林的。有山的，只是少数几家。千重子心想，她的亲生父母大概是人家的雇工。

“我在做工……”苗子自己也这么说。

二十年前，父母生下双胞胎，或许有点不好意思，又听说双胞胎难养，而且，也考虑到生活的艰难，才把千重子给扔了也难说。

——有三件事，千重子忘了问苗子了。弃婴还在襁褓中，为什么抛弃的不是苗子而是千重子？父亲从树上摔下来又是什么时候？苗子倒说过，在她“刚出生”的时候……此外，苗子说，她“生在母亲的娘家，那儿是个深山坳，比杉树村还要偏远”。那地方叫什么名字呢？

苗子似乎觉得同被抛弃的千重子“身份殊隔”，她是决不会自己来找千重子的。倘如千重子想同苗子说什么，那就非去她干活的地方找她不可。

然而，千重子不能瞒着父母去找苗子。

大佛次郎的名篇《京都的魅力》，千重子读过多遍，脑海里忽然想起其中的一段：

北山上做圆杉木用的杉林，树梢青翠，重重叠叠，宛如云层；而红松，树干纤细，色调鲜明，丛立山间。林涛细响，恰似音乐一般……

层峦叠嶂，那圆陀的山峰，起伏的音乐，林涛的细响，这一切远远盖过庙会的鼓乐和人声，在千重子心头奔凑而来。仿佛冲破北山上的彩虹，听得见那音乐和细响。

千重子的悲哀淡薄了。也许那根本就不是悲哀，说不定是突然遇到苗子而感到的惊愕、迷惘和困惑。多半是女孩儿天生爱流泪的缘故。

千重子翻了个身，闭着眼睛，倾听那山之歌。

“苗子高兴得跟什么似的，可我呢？”

过了一会儿，客人同父母上楼来了。

“请好好休息吧。”父亲对客人说。

母亲叠好客人脱下的衣服，走到这间屋子，正要叠父亲脱下的衣服，千重子说：

“妈，我来吧。”

“还没睡着？”母亲让千重子叠，躺了下来。

“好香。到底是年轻人。”母亲爽朗地说。

近江客人喝了酒的缘故，隔着纸拉门，鼾声当即可闻。

“繁子。”太吉郎喊了一声睡在旁边铺上的妻子，“有田先生不是说，要把儿子送到柜上来吗？”

“是当店员……职员吗？”

“是做上门女婿，千重子的……”

“别说了，千重子还没睡着呢。”繁子拦住丈夫说。

“我知道。千重子听听也好。”

“……”

“是他家老二。曾经打发他来过几次。”

“我可不大喜欢有田这个人。”繁子声音虽低，语气却很坚决。

萦绕在千重子心头的山林的乐声消失了。

“是不，千重子？”母亲转身朝向女儿。千重子睁着眼睛没有作声。静默了半晌，千重子交叉着两脚，一动不动。

“有田先生看中的，大概是咱们的铺子吧。我这么猜。”太吉郎说，“再说，他也知道，千重子既漂亮又可爱……虽然是咱们的主顾，可是对柜上的情况，倒全都清楚。想必是哪个伙计透露给他的。”

“……”

“不过，不论千重子长得怎么俊，也不能为了生意叫她出嫁，这事我想都没想过。繁子，你说是不是？这么做也对不起神灵。”

“可不是。”繁子说。

“我这人的禀性，不适于做生意。”

“爸爸，我让您把保罗·格雷之类的画册带到嵯峨的尼姑庵去，真是不应该。”千重子撑起身子向父亲道歉。

“哪里，这也是爸爸的乐趣和消遣。这样，生活才有点意义嘛。”父亲轻轻点了点头，“我又没有能耐，设计那种图案……”

“爸爸！”

“千重子，要不咱们把店盘出去，到幽静的南禅寺或冈崎租间小房子，哪怕西阵也行，咱们父女俩一块儿设计和服，画腰带的花样，你看好不好？不过，你受得了穷吗？”

“穷怕什么！我一点也不在乎……”

“真的？”父亲说完，过一忽儿就睡熟了。千重子却辗转难眠。

可是第二天，她一清早便醒了，打扫店前的街道，擦拭格子门和坐榻。

祇园会仍在进行。

十八日是入山伐木节；二十三日是节后祭和屏风会；二十四日彩车上山巡行，然后祭神演出狂言[①]；二十八日洗御舆，回八坂神社；二十九日是上奏神事已毕的奉告祭。

好些彩车都经过寺町。

千重子杂事烦心，不得清静，庙会差不多前后忙了一个月。

---

① 日本一种古典喜剧。

秋色

明治初年倡导“文明开化”，保留下来的唯一陈迹，便是沿着崛川行驶的北野线电车，现在也终于决定取消了。这条线路是日本最早的电车。

这足以让人了解，千年古都很早即已取法西洋，吸收新事物。京都人居然也有这样一面。

然而，这辆“叮叮当当”的老爷电车，还能开到今日，或许正可以看出“古都”的特色。车身很小，对面对座，几乎彼此能碰到膝盖。

可是一旦取消，又不免感到惋惜。所以，便把这辆车缀以假花，装饰成“花电车”，让一些人按照明治时的风俗在车上装扮起来。这消息在市民中盛传一时。或者也可以说是一个“节日”吧。

几天来，这辆旧电车天天客满，没事的人也要上去乘一乘。正当七月伏天，有人还撑着阳伞。

京都的夏天，比东京晒得厉害，东京现在已经看不到打阳伞走路的人了。

太吉郎在京都站前正要上那辆花电车，有个中年女人忍着笑，故意藏在他身后。说起来，太吉郎也算得上是明治时期的老资格。

上了电车，太吉郎才发现这个女人，不大好意思地说：

“是你呀！你还不够明治时期的资格哩。”

“反正离明治也不远了。再说我家就在北野线上。”

“哦，可不是吗？”太吉郎说。

“什么可不是吗，您这人真薄情寡义……您倒是想起来了没有？”

“还带了个可爱的孩子……藏在什么地方了？”

“甭装糊涂……您明明知道不是我的孩子。”

“啧啧，我哪儿知道。你们女人家……”

“瞧您说的，你们男人家才这样呢。”

女人带的那个女孩儿，长得白白净净，姿容曼妙，约莫有十四五了。单和服的外面，系着一条窄的红腰带。女孩儿忸忸怩怩躲着太吉郎，挨着女人坐下来，抿起嘴一声不响。

太吉郎轻轻拉了一下女人的袖子。

“小千代，往中间坐坐。”女人说。

三个人沉默了好一会儿。女人隔着女孩子的头，附耳对太吉郎说：

“我常想，要是叫这孩子到祇园当舞伎，准能红。”

“谁家的孩子？”

“附近茶馆老板的。”

“嗯。”

“有人居然认为是先生您同我的孩子。”女人声音低到欲无地说。

“什么话！”

女人是上七轩一家茶馆的老板娘。

“我们要去北野神社。这孩子非拉上我不可……”

太吉郎知道老板娘在开玩笑，便问少女：“你几岁啦？”

“中学一年级。”

“嗯。”太吉郎一面端详女孩子，一面对老板娘说，“唉，到来生转世，再拜托你吧。”

女孩子生在花街柳巷，似乎也懂一些风情，太吉郎的俏皮话自然听懂了。

“有什么事非让这孩子拉上你去北野神社不可？难道她是天神下凡不成？”太吉郎揶揄老板娘说。

“正是正是。”

“天神可是男身噢……”

“是他转世托生成女的了。”老板娘故作正经地说，“要是生成男的，就得发配，受罪。”

太吉郎扑哧一声笑了出来：“要是女的呢？”

“要是女的，对啦，要是女的，就有个如意郎君，备受疼爱。”

“嗯。”

这女孩儿模样俊俏，无可挑剔。梳的刘海头，又黑又亮。双眼皮，大眼睛，顾盼撩人，美极了。

“是独生女吗？”太吉郎问。

“不是，还有两个姐姐。大姐明年春天中学毕业，也许要下海。”

“也像这孩子那么漂亮？”

“像是像，可没她这么俊。”

“……”

现在上七轩连一个舞伎都没有。当舞伎，也非中学毕业不可。

所谓上七轩，顾名思义，大概原来有七家茶馆。太吉郎好像在哪儿听说，现在已增加到二十几家了。

从前，也并不很久，太吉郎常陪西阵的织工或是外地的老主顾，到上七轩一带冶游，眼前不禁浮现出当时的女人的面影。那时，太吉郎店里的生意还很兴隆。

“你兴致倒好，居然还来乘乘这辆电车……”太吉郎说。

“人顶要紧的就是念旧。”老板娘说，“吃我们这碗饭的，就不能把老主顾给忘了……”

“……”

“偏巧今儿个送客上火车，回去乘这辆电车又是顺路……倒是佐田先生好不奇怪，孤家寡人，一个人乘这辆车……”

“可不，唉，其实光看看也就够了。”太吉郎侧着头沉吟了一下，“也不知是过去令人怀念呢，还是现在太寂寞了。”

“要说寂寞，您还不到那个年纪。咱们一起走吧。哪怕就看看年轻姑娘也好……”

太吉郎竟然要给带往上七轩去。

老板娘径直朝北野神社的神前走去，太吉郎跟随于后。老板娘恭恭敬敬告祷了好久。少女也低着头。

老板娘回到太吉郎身边时说：

“该叫小千代回去了，您包涵着点。”

“嗯。”

“小千代，回去吧。”

“对不起。”女孩儿向二人道过别便走了。渐去渐远，走路的姿势也越来越像个地道的中学生了。

“您好像挺中意这孩子的。”老板娘说，“再过二三年就下海了，您就耐着性子等着吧……现在她人就很懂事，长得是真够俊的。”

太吉郎没有回答。既然到了这里，索性在园子里逛逛吧。可是酷热难当。

“到你们柜上休息一下好不好？我有些累。”

“敢情好。方才我就这么打算来着。您可是老没来了。”老板娘说。

进了那爿古旧的茶馆，老板娘便郑重其事地招呼说：

“您来了，可真是久违了。一向都好哇？倒是常念叨您哪。”又说，“您躺躺吧，我去拿个枕头来。

哦，您方才说寂寞得慌，叫个老实的主儿来解解闷如何？”

“要是从前见过的姑娘，那就免了吧。”

太吉郎刚要入睡，走进一个年轻艺伎。她安安生生坐了片刻，见是个生客，心里暗想，大概挺难伺候。太吉郎一直睡意蒙眬，压根儿打不起精神来说话。艺伎或许是为了逗逗客人，说她下海两年来，喜欢过四十七个客人。

“正好同赤穗义士[①]一样多。有的也四五十岁了。现在想想蛮滑稽的……尽惹人笑话，说一个个该闹单相思了。”

太吉郎这才完全清醒过来。

“那么现在呢？”

“现在只有一个人。”

这当口老板娘正走进客厅。

这艺伎不过二十来岁，同泛泛之交的男人相好竟有“四十七”人之多，太吉郎真有点疑心她记的确实不确实。

---

① 1730年1月30日夜，赤穗地方的47名武士起事，为其主公复仇，后人称之为赤穗义士。戏曲小说常取材于此，著名歌舞伎《忠臣藏》描写的便是这段史实。

她刚下海三天，领一个讨厌的客人去厕所，猛不防被那人抱住亲了一下。结果把客人的舌头给咬了。

“出血了吗？”

“可不，出血了。客人大发雷霆，叫赔治疗费。我呢，就哭，折腾了半天。那也是他自作自受。现在连他叫什么名字，我都忘了。”

“嗯。”太吉郎盯着这个艺伎的面孔。当时她也不过十八九岁光景。这么一个细腰身、削肩膀，性格温柔的京都美人儿，居然会使劲咬人。

“让我看看你的牙。”太吉郎对年轻的艺伎说。

“牙？我的牙吗？说话的时候，您不就瞧见了吗？”

“我再仔细看看，不碍事的。”

“不嘛，怪难为情的。”艺伎抿着嘴说，“您多坏呀，叫人没法开口说话了不是？”

艺伎的樱桃小口里，露出一排细小洁白的牙齿。

太吉郎嘲弄说：“莫不是咬断了，镶的假牙吧？”

“舌头多软呀。”艺伎一不留神，说走了嘴，“真是的，我不说了……”说着把脸藏在老板娘的背后。

过了片刻，太吉郎对老板娘说：

“既然到了这里，顺便到中里去看看吧。”

“哦……那他们会高兴的。我陪您去好吗？”说罢，老板娘站起身来，走到镜台前，大概要坐下匀匀脸。

中里家的门面依旧是老样子，客厅却布置一新。

又叫了一个艺伎来，太吉郎在中里家一直待到晚饭后。

——秀男到太吉郎店里，正是他不在家的时候。说要见小姐，千重子便走到前面店堂里。

“祇园会那晚，您答应过我给您设计腰带，现在已经画好了，我拿来请您过过目。”秀男说。

“千重子！”母亲招呼说，“请让进里屋来吧。”

“哎。”

在朝天井的那间屋里，秀男打开图案给千重子看。一共有两幅。一幅画的是菊花配着绿叶，叶子几乎看不出来，形状很别致。另一幅是红叶。

“好极了。”千重子看得入迷了。

“只要小姐中意，我比什么都高兴……”秀男说，“那么就请小姐定一下织哪一幅吧。”

“这个嘛，要是菊花，长年都可以系。”

“那就织菊花这幅吧，好吗？”

“……”

千重子垂着头，神情抑郁。

“两副都很好，不过……”她吞吞吐吐地说，“不能织成山上的青杉和红松吗？”

“山上的青杉和红松？看来不大容易，我想想看吧。”秀男诧异地看着千重子。

“秀男先生，这还得请您原谅。”

“哪里谈得到原谅……”

“这个……”千重子不知怎么说才好，“前夜祭那晚，在四条大桥上，您说要给我织腰带，其实，那人不是我。您认错人了。”

秀男说不出话来。他简直不能相信，顿时神情沮丧。正是为了千重子，他才呕心沥血设计图案的。难道千重子这是表示婉拒的意思吗？

但是，不论如何，千重子的措辞和她的态度，令人有点费解。秀男多少恢复一些他刚强的个性。

“那么说，我见到的竟是小姐的幻影了？是跟千重子小姐的幻影说的话？难道说祇园会上居然出现了幻影？”不过，秀男还没有说成是他“意中人”的幻影。

千重子庄容说道：

“秀男先生，当时同你说话的，是我妹妹。”

“……”

“是我妹妹。”

“……”

“我也是那晚头一次遇见她。”

“……”

“关于妹妹的事，我连父母都还没告诉。”

“什么？”秀男吃了一惊。他简直闹糊涂了。

“那个出北山圆杉木的村子，您知道吧？她就在那儿干活。”

“嗯？”

他惊讶得一句话也说不出来。

“中川町您知道吧？”千重子问。

“嗯，乘公共汽车曾经从那儿经过……”

“请您给她织一条带子吧。”

“哎。”

“给她织吧。”

“哎。”秀男不无怀疑地点头答应，“所以，您方才说要红松和青杉的图案？”

千重子点点头。

“好吧，不过，是不是跟她的生活太切近了些？”

“那要看您设计得如何了。”

“……”

“她一辈子都会当件宝贝的。妹妹名叫苗子，不是有山有地人家的姑娘，所以很能干，比我坚强得多……”

秀男仍有些迷惑不解，但还是说：

“因为是小姐您要我织，我一定把它织好。”

“我再啰唆一遍，是给苗子姑娘的。”

“知道了。可是，她怎么同千重子小姐那么相像呢？”

“我们是姐妹嘛。”

“即便是姐妹也……”

千重子还不便告诉秀男，说她们是孪生姐妹。

夏天的庙会上，衣衫本来轻便，再加灯光下，秀男把苗子错看成千重子，未必就是看花了眼的缘故。

古色古香的木格窗外，还围着一道木格栅栏，中间摆着坐榻，店堂开间很深——这种格局现在看来，或许是从前遗留下来的，但毕竟是堂堂京式老字号的绸缎批发商。作为这样一家批发商的小姐，同一个在北山杉村里做工的姑娘，怎么会是姐妹呢？秀男感到不可思议。然而，这事他又不便深问。

“带子织好后，是送到府上来吗？”秀男问。

“这个……”千重子沉吟了一下，“能不能请您直接送给苗子呢？”

“当然可以。”

“那就这么办吧。”千重子的嘱托里，似乎另有深意，“就是路远一些……”

“哦，远不到哪儿。”

“真不知苗子会多高兴。”

“她肯收下吧？”秀男的疑虑也不无道理。苗子大概会感到意外的。

“我先跟苗子说好。”

“是吗？那好吧……我一定送去。家住在哪里？”

千重子也不知道。“是苗子住的地方吗？”

“嗯。”

“我先打电话或写信告诉她。”

“是吗？”秀男说，“虽说有两位千重子小姐，我还是作为小姐您的带子用心去织，然后亲自送去。”

“太多谢了。”千重子低头致谢，“那就拜托了。您觉得奇怪吗？”

“……”

“秀男先生，腰带不是给我织的，是请您给苗子织的。”

“嗯，我知道了。”

过了一会儿，秀男走出店门，仍是百思不得其解，不过脑子里未尝不在琢磨腰带的图案。假如画山上的青杉和红松而不大胆创新，拿给千重子用，恐怕太素净了。秀男的心里，仍当它是千重子的腰带。换句话说，倘若看作是苗子姑娘的腰带，那万万不能同她的劳动生活太切近。方才对千重子也这么说过。

在四条的大桥上，自己遇到的不知是叫“千重子的苗子”，抑或是叫“苗子的千重子”？他想到桥上走走，两脚便朝那里走去。白日里阳光灼热。秀男站在桥上，凭栏闭目，竭力不去理会人群的嘈杂和电车的轰鸣，他想倾听那低到欲无的淙淙流水。

千重子今年没有去看大字篝火[①]。母亲难得随父亲一起去看热闹，千重子便一个人留下来看家。

父亲他们和附近两三家相熟的批发店，在木屋

① 每年8月16日晚，在京都东山如意峰山腰上点燃篝火，远看呈“大”字，故名大字篝火。

町二条南的一家茶楼包了一个凉台。

八月十六日的大字篝火，是在盂兰盆会最后一天为超度祖先亡灵而点的。从前的风俗，是那天夜里把松明火把抛到空中，表示送游魂回归冥府。山上烧篝火，据说就是沿袭这一风俗而来的。

实际上点篝火的有五座山。东山如意峰上点的才叫“大字篝火”；靠近金阁寺的大北山上的，叫“左大字篝火”；松崎山上的是“妙法篝火”；西贺茂的明见山，是“船形篝火”；上嵯峨山那里叫“鸟居篝火”。共是五山篝火。当晚要依次点燃起来，大约烧四十分钟光景。这期间，市内的霓虹灯和广告灯全都熄灭。

篝火点起来后，从那一片山色和夜色中，千重子感到了秋色。

比大字篝火早半个月，立秋的前夜，下鸭神社里有越夏神事。

以前为了看“左大字篝火”什么的，千重子常约几个朋友登上加茂川的堤堰。

大字篝火之类，她从小就已经看惯了，但是心里仍惦记着：

“今年的大字篝火也……”她正当妙龄，更加多愁善感。

千重子走到店外，同邻居的孩子围着坐榻玩。小孩子对大字篝火似乎不大在意，觉得放烟火才更有趣。

可是，今年夏天的盂兰盆会，千重子新添一桩伤心的事。因为祇园会上遇见苗子，苗子把亲生父母早就过世的事告诉了她。

“对了，明天去看看苗子吧。”千重子思量着，“秀男织腰带的事，也得同她说好……”

翌日下午，千重子换上一身素净衣服出门。——大白天里，千重子还没有见过苗子呢。

她在菩提瀑布那一站，下了公共汽车。

北山町眼下正是繁忙的季节。男人家已经开始剥杉树皮，树皮堆得老高，四处还摊了一片。

千重子正在游移，刚走了几步，只见苗子一阵风似的跑了过来。

“小姐，你来得可太好了。真的真的，来得太好了……”

千重子见苗子一身干活打扮，便问：

“不要紧吗？”

“不要紧，我今儿个告了假。因为我看见你来了……”苗子气喘吁吁地说，“咱们上山到杉林里说说话去吧。谁也看不见咱们。”说着便拉着千重子的袖子。

苗子兴冲冲地赶忙解下围裙，铺在地上。丹波土布做的围裙，能围到腰后，大小足够两个人并排坐着。

“请坐吧。”苗子说。

“谢谢。”

苗子摘下包头巾，用手拢了拢头发说：

“真的，你来了，可太好了。我真高兴极了……”目光亮晶晶的，看着千重子。

泥土的气息和着杉树的清香，杉山一片芳馨，浓烈袭人。

“到了这儿，下面就看不到我们了。”苗子说。

“我喜欢这美丽的杉林，偶尔也上这儿来过。可是钻进杉树林里，这还是头一次呢。”千重子放眼向四周望去。杉树差不多一般粗细，笔直地矗立在两人的周围。

“这些都是人工培植的。”苗子说。

“是吗？”

“这些树大概上四十年了，可以伐下来做柱子什么的。要是老这么长下去，不晓得能不能长到上千年，老粗老高的？有时我就这么想。不过，我更喜欢原始森林。可村里却像种花那么侍弄着……”

“……？”

“世界上要是没有人，就不会有京都这座城，到处都会是一片原始森林或是杂草丛生的荒原。这一带就该成了麋鹿和野猪的天下，你说是不？这世上怎么会有人的呢？人哪，真是可怕呀……”

“苗子，你常想这些事吗？”千重子感到惊愕。

“嗯，偶尔这么想想……”

“你讨厌人吗？”

“我顶喜欢人……”苗子回答，“没有什么能像人那么叫我喜欢的了。要是世上没有人，那该成什么样子呢？有时躺在山上打过一阵瞌睡，我会突然这么想……”

“这不正是藏在你心里的厌世念头吗？”

“我顶不喜欢厌世什么的。每天我都快快活活地干活……不过，人毕竟……”

“……”

两个姑娘所在的杉林，骤然间幽暗下来。

“下阵雨了。”苗子说。雨水积在杉树梢头，变成很大的水珠，从叶子上落下来。

随之而来的，是一阵轰隆隆的雷鸣。

"好怕人！"千重子脸色发青，抓住苗子的手说。

"千重子，你把腿蜷起来，缩得小一点。"说着，苗子伏在千重子身上，几乎把千重子整个儿给遮住了。

雷声愈来愈令人惊怖，电闪雷鸣一阵紧似一阵。那声响大有山崩地裂之势。

而且，近在咫尺，宛如就在两个姑娘的头上。

雨点刷啦啦地打在杉树梢上，闪电的光把大地照得雪亮，也照在两个姑娘周围的杉树干上。美丽挺拔的树干刹那间显得幽阴可怖。猝不及防，又是一阵雷鸣。

"苗子，雷好像要劈下来了。"千重子把身子缩作一团。

"也许会劈下来。不过，劈不到咱们头上。"苗子用力地说，"怎么会劈下来呢？"

于是用身子把千重子遮得更严了。

"小姐，你头发湿了一点。"说着用手巾把千重子脑后的头发揩了揩，然后叠成两折，盖在千重子的头上。

"雨点也许会淋透，可是雷是决不会劈到小姐头上或是身旁的。"

性情刚毅的千重子，听了苗子镇定自若的声音，才稍稍放下心来。

"谢谢……真得谢谢你。"千重子说，"你遮着我，自己却给淋湿了。"

"干活穿的衣裳，不要紧。"苗子说，"我高兴极了。"

"你腰上发亮的，是什么呀？"千重子问。

"哎呀，我真大意。是镰刀。刚才在路边刮杉树皮，一看到你就奔过来，竟把镰刀也带来了。"苗子发现腰上的镰刀后说，"好险！"说着把镰刀扔到远处。那是一把没有木柄的小镰刀。

"回去时再捡吧。可我真不想回去……"

雷声从两人的头上响了过去。

千重子完全想象得出，苗子用身体庇护自己的姿态。

纵然是夏天，山里下过阵雨，连指尖都是冰凉的。可是苗子从头到脚遮着千重子，把体温也传给了千重子，一直暖到她心上，有种说不出的亲密和温暖。千重子感到幸福，闭起眼睛半晌没动。

“苗子，太谢谢你了。”千重子又说，“在娘胎里，大概你也是这么护着我的。”

“我想准是你推我，我踢你的。”

“可不是。”千重子笑了起来，笑声充满了手足之情。

雷声停了，阵雨也随着过去了。

“苗子，多谢你了……雨停了吧？”千重子在苗子身下动了动，想站起来。

“停了。不过先别动，再这么待一会儿。树叶上还在滴水呢……”苗子仍旧遮着千重子。千重子用手摸了摸苗子的后背。

“看你都湿透了，不冷吗？”

“我已经惯了，不碍事的。”苗子说，“你来了，我太高兴了，浑身直发热。你也淋湿了一点。”

“苗子，爸爸从杉树上摔下来，是在这一带吗？”千重子问。

“不知道。那时我还是小毛头呢。”

“妈妈的老家在哪儿？外公外婆身体都好吗？”

“也不知道。”苗子回答说。

“你不是那儿长大的吗？”

“小姐，干吗要打听这些事呢？”经苗子这一诘问，千重子倒噤住了。

“你没有这些亲戚。”

“……”

“只要你认我这个妹妹，我就千恩万谢了。祇园会上我真不该多这个嘴。”

“不，我很高兴。”

“我也是……可是，苗子不会到小姐家的店里去的。”

“你来吧，我要好好招待你，还要告诉爸爸妈妈……”

“千万别说。”苗子强调地说，“倘若小姐像今天这样遇到什么难处，我就是豁出命来也要保护你……你该明白我的意思啦。”

“……”千重子的眼睛一热，说道：

“我说，苗子，前夜祭那晚，人家把你当成我，让你为难了吧？”

“哦，是说什么腰带的那个人吧？”

“那个年轻人是西阵那儿织腰带的。人很靠得住……他说要给你织条腰带，是吧？”

“因为他把我当成你了。”

“最近他把那带子的图样拿来给我看了，我就告诉他，那不是我，是我妹妹。”

“什么？”

“我便求他给我妹妹苗子也织一条。”

“给我？”

“你不是答应过他吗？”

“那是他认错人的缘故。”

“我请他给我织一条，也给你织一条，作为咱们姐妹一场的纪念……”

“我……”苗子感到十分意外。

“倒不是祇园会上你答应的缘故。”千重子温柔地说。

苗子的身子方才还护着千重子，现在忽然有些发僵，一动不动。

“小姐，要是你碰到什么难处，我会心甘情愿什么都替你做的。可是要我替你接受别人的礼物，那我可不愿意。”苗子干脆地说，“那太难堪了。”

“不是替我。”

“是替你。”

千重子在想，怎么才能劝苗子同意。

“难道我送你，你也不收？”

“……”

"是我要送你，才叫他织的。"

"恐怕不是这么回事。前夜祭那晚，人家认错了人，说是要送你一条腰带。"停了一下苗子转了话题说，"那个织带子的，那个织匠，可是非常地爱慕你呀。我好歹也是个女孩儿，所以我知道。"

千重子顾不得害羞，说道：

"要是那样的话，你就不肯收？"

"……"

"我说了，你是我妹妹，特意请他织的……"

"那我就收下吧，小姐。"苗子终于让步答应了，"尽说些废话，请别见怪。"

"带子由他送到你家里，你住在哪儿呢？"

"住在村濑家。"苗子说，"带子一定会是上好的，像我这种人，有机会系吗？"

"苗子，一个人的将来谁能料得定呢。"

"可不，这倒是。"苗子点点头说，"我倒不想有什么出头之日……这带子即使没有机会系，我也要当作宝贝珍藏起来。"

"我们柜上不卖腰带，回头我可以挑一套和秀男织的腰带相配的和服送你。"

"……"

“爸爸人很古怪，最近生意上的事，越发提不起精神去管。像我们这种批发店，往后也不能尽卖高档货。现在市面上化纤织品和毛料什么的，也慢慢多起来了……”

苗子抬头看了看树梢，从千重子背上直起身子。

“还有点水滴落下来……可你这么窝着太不舒服了。”

“没什么。多亏你……”

“生意上的事，你不好帮着照管一下吗？”

“我？”千重子像触着了痛处，站起身来。

苗子的衣服淋得精湿，贴在身上。

苗子没有送千重子到车站，不是因为衣服湿，大概是怕引起别人注意。

千重子回到店里，母亲正在过道里头给伙计准备下午的茶点。

“回来了？”

“回来了，妈。今儿个回来得晚了……爸爸呢？”

“进了挂幔帐那间屋，不知在想什么。”母亲凝视着千重子说，“你到哪儿去了？衣裳也湿了，都打皱了，去换换吧。”

“哎。”千重子上了后楼慢慢换着，又坐了片刻。

下楼时，母亲已经把下午三点钟吃的茶点给伙计送过去了。

“妈，”千重子的声音微微发颤，“有件事我想先告诉妈一个人……”

繁子点点头：“到后楼上去吧。”

这一来千重子反而不大自然起来，便问：

“这儿下过阵雨吗？”

“阵雨？没下过。你要告诉我的，怕不是下阵雨的事吧？”

“妈，我上北山杉的村里去了。那儿有我一个姐妹……也不知道是姐姐还是妹妹，跟我是双胞胎。今年祇园会上头一次遇见。听她说，父母他们早就去世了。”

当然事出繁子的意料。她只是盯着千重子的面孔，“北山杉的村里……哦？”

“这事我不能瞒着妈。祇园会那次连今天，我们一共只见过两次面……”

“还是个女孩儿呢？现在在干什么呢？”

“在村里帮工，干活。挺好的一个姑娘。她不肯到咱家来。”

“嗯。”繁子沉吟了一下，“知道了这事也好。

那么，千重子你……”

“妈，千重子是妈的孩子。还像过去一样，让我做你们的孩子吧。”她神情恳切地说。

“这还用说。千重子就是我的孩子，都已经二十年了。”

“妈……”千重子把脸伏在繁子的腿上。

“其实呢，打祇园会以来，就见你时常发愣，以为你喜欢上什么人了，妈还想问你来着。”

“……”

“领那姑娘到家里来一次好吗？等伙计下了班，晚上的时候。”

千重子在母亲腿上轻轻摇了摇头说：

“她不肯来，还管我叫小姐……”

“是吗？”繁子摸着千重子的头发说，“还是告诉妈好。长得和你很像吗？”

丹波壶里的金钟儿，开始叫起来了。

松林苍翠

太吉郎听人说，南禅寺附近有座合适的房子出售。便想趁秋高气爽，出去散散步，顺便再看看房子，于是带上妻子女儿同去。

“你打算买下来吗？”繁子问。

“看了再说。”太吉郎蓦地发火说，“价码挺便宜，听说房子不大。”

“……”

“就是光散散步也好嘛。”

“好是好……”

繁子心里很不安。买下那座房子，往后家里店里要天天来回跑吗？——中京的批发商大街，近来也像东京的银座或是日本桥那样，老板另外住，每天去店里上班的也多起来了。要是那样倒也好，太记老店生意虽然日渐萧条，另外买座小房子，这点余裕总还有的。

但是，太吉郎的心思，该不会是把店盘掉，从此“隐居”在那座小房子里吧？趁手头还宽裕，赶早打主意也许更好。可是，住在南禅寺的小房子里，丈夫何以为生呢？人已经年过半百，也该让他过两天称心如意的日子才是。把店盘掉，数目会很可观。要是坐吃利息，不免有种恐慌之感。倘使能请人拿这笔钱好好周转，自能安乐度日。然而，在繁子心目中，一时之间还想不出有这样的人来。

母亲这里心事重重，虽未形之于口，女儿千重子早已察觉到了。千重子还太年轻，看着母亲的目光，流露出一缕怜恤之情。

与此相反，太吉郎却没事似的，高高兴兴、快快活活的。

“爸爸，既然到那一带散步，咱们从青莲院那儿绕一下好吗？”千重子在车上央求说，“只在门口经过一下就行……”

“哦，樟树，你想看看樟树吧？”

“嗯，”父亲这么机敏，千重子很惊讶，“是看樟树。”

“去，去。”太吉郎说，“爸爸年轻时，常会同三朋四友，在那儿的大樟树下谈天说地——现在是故旧星散，一个都不在京都了。”

“……”

“到了那儿，处处叫人回首往事啊。”

千重子任凭父亲追怀他的青春年华，隔了一会儿说：

“我从学校毕业后，白天还没看过那儿的樟树呢。”接着又说，“爸爸，您知道晚上游览车的路线吗？参观寺庙，青莲院算一座，汽车一开进山门，就有几个和尚提着灯笼出来迎接。”

长长一段甬路，直通庙门，僧众几人提灯引路，要说情趣，仅此而已。

照导游指南的介绍，青莲院的僧尼会奉淡茶待客。可是千重子笑着说，到了大厅以后，“茶倒有，好些僧尼端着一张大木托盘，上面摆了许多粗瓷茶碗，放下就赶紧走开了。”千重子接着又说：

“也许还有尼姑夹在里面，可是，快得简直叫人来不及看上一眼……真扫兴，茶也是半冷不热的。”

“那有什么办法。要是客客气气，岂不是要耽搁工夫吗？”父亲说。

“嗯，这还算好。宽敞的大院里，四面八方打着照明灯，居然有和尚站在院当中，长篇大论地演说，虽说是介绍青莲院，真也是口若悬河。”

“……”

“走进庙堂，各处都能听见古琴悠扬，我和同学说，不知是有人在弹奏，还是放的留声机……”

“嗯。”

“后来我们还去祇园看舞伎来着，在歌舞排练场上给跳了两三段舞。哎呀，舞伎叫什么来着？”

“叫什么？”

“腰带倒是垂下来的，衣裳可挺寒酸的。”

“嗯？”

“接着又从祇园上岛原的角屋去看花魁。花魁穿的衣裳什么的，大概货色很地道，使女也打扮成那样。在粗大的蜡烛的光下，表演了一下喝酒的样子，那叫交杯酒吧？然后在门口的泥地上，还按照花魁的步法走了几步给我们看。”

“嗯？能看到这些，就很不简单了。”太吉郎说。

“可不是吗？要说有趣，就数青莲院的和尚提灯给客人引路，再就是岛原的角屋。”千重子说，“我记得以前好像告诉过你们……”

“什么时候带妈也去看一次。角屋啦，花魁啦，我还从来没见过呢。”母亲说话的工夫，车已经到了青莲院前。

千重子怎么会想到要去看樟树的呢？是因为上一次在植物园樟木林荫道上散过步？还是因为北山杉是所谓人工栽培的，所以她才更加喜欢天然成趣的大树呢？

青莲院入口处的石墙上，只长了四棵樟树。其中，眼前的一棵似乎是古稀老树了。

千重子一家三口对着那棵樟树，默默地眺望着。大樟树虬枝横空，盘缠纠结，形状古怪。他们目不转睛地看着看着，觉得似乎蕴有一股可怕的力量。

“行了吧？走吧！”太吉郎说着便朝着南禅寺走去。

太吉郎从怀里掏出钱夹，找出一张画着去空房的路线图，一面看一面说：

“我说千重子，这樟树，我不大清楚，是不是宜于长在温暖的南国？热海和九州那边就挺多。这里的虽然是老树，你不觉得像个大盆景吗？”

“京都又何尝不如此呢？山也罢，河也罢，人也罢……”千重子说。

“嗯，是吗？”父亲点了点头，又说，“未必人人都如此吧？”

“……”

“无论是今人还是历史上的古人……”

“倒也是。”

“照你这么说，日本这个国家不也如此吗？”

“……”千重子思忖着，父亲的话从大处看，确乎如此，她便说，“但是，爸爸，仔细看一下那樟树干，那横空伸张的枝丫，您难道不觉得有股强劲的生命力，令人望而生畏吗？”

“这话很对。你一个年轻女孩子家，怎么竟想这种事？”父亲回头看了一眼樟树，然后凝目望着女儿说，“的确像你说的。正如千重子又黑又亮的头发在长一样……爸爸已经变得迟钝了，老朽了。不过，你的话倒很有见地。”

“爸爸！”千重子深情地喊着。

站在南禅寺的山门口，朝院内望去，寥廓空寂，照例不见几个人影。

父亲看着去空房的路线图，朝左拐去。房子确实很小，围墙却很高，院子也深，走进窄小的院门，到房门口的小径两侧，长着长长一溜胡枝子花，正开着白花。

“呀，好美！”太吉郎伫立在门前，看那白胡枝子花，简直看迷了。可是，他看见邻居家隔壁那座大房子是家包饭的旅馆时，便已无意再看房子了。

然而，这一簇簇白胡枝子花，使他流连忘返。

太吉郎有一晌没来过这里，看到南禅寺前面的大街上，骤然之间许多人家变成旅馆，先已感到惊讶。其中有的经过重新翻修，改成接待团体旅客的大旅社，外省来的学生进进出出，闹闹哄哄的。

“房子好像挺好，可是不行。”太吉郎站在胡枝子花的那家门口，嘟哝着。

“看这势头，总有一天整个京都都要变成旅馆了，就像高台寺那一带似的……大阪和京都之间成了工业区，京西一带还有空地，虽然不大方便，却也不顾，附近不知要盖多么稀奇古怪、豪华时髦的房子……”太吉郎颓丧地说。

太吉郎也许依旧留恋那一簇簇的白胡枝子花，刚走了七八步，一个人又踅回去看。

繁子和千重子在路边上等他。

“开得真美啊！这其中难道有什么奥秘吗？”太吉郎走回母女二人身旁时说，“要是用竹棍支起来就好了……倘若下雨，花叶要沾湿衣服，石径便走不得人了。”又说，“想必胡枝子花今年照旧盛开时，恐怕房主还无意于出售这座产业。到了非卖不可时，大概也就任其凋零败落了。”

母女二人默默无言。

“人就是这么回事。”父亲神情为之黯然。

“爸爸，您这么喜欢胡枝子花吗？”千重子强作欢颜，“今年是来不及了，明年我给爸爸设计一件有小碎花的衣料，用胡枝子花做图案。”

“胡枝子花是女人家穿的花样。那是用来做女人单衣的。”

“我想试一下，既不是妇女穿的花样，也不是单衣花样。”

“嗯？小碎花，做内衣吗？”父亲看着女儿，笑着掩饰说，“爸爸设计一件樟树花样的和服或和服外褂给你穿，作为酬劳。穿上这种花样该像个怪物了……”

“……”

“正好是男女颠倒。”

“没有颠倒。”

“穿着樟树打底的和服，像怪物似的，你能上街吗？”

“能，哪儿都能去。”

“嗯。”

父亲低头，似在沉思默想。

“千重子，我并非单单喜欢白胡枝子花。不论什么花，不论何时何地，看了总叫我动心。”

“这倒是。”千重子答道，“爸爸，龙村离这儿很近，既然到了这儿，我想顺路去看看……”

“哦，那家店是专门对外国人的……繁子，你看怎么样？”

“千重子想去就去吧。”繁子爽快地答应说。

“嗯。那儿可不出售龙村的腰带……”

那附近的下河原町，是高等住宅区。

千重子一走进店里，就一一打量摆在右面的一卷卷丝绸女衣料，看得很经心。这些都不是龙村的出品，是金纺的。

繁子走过来问：“千重子也想穿西装吗？”

“不，不是的，妈。我想知道一下外国人喜欢什么样的丝绸。”

母亲点了点头，站在女儿身后，不时伸手摸摸衣料。

正中的店堂和廊下陈列一些仿古衣料，大部分仿的是正仓院藏品，有些是古代衣料。

这些都是龙村的出品。龙村曾举行过几次展出，收藏的古代衣料及其图录，太吉郎都看过，印象颇深，名称也全都知道，但仍情不自禁又细细地看起来。

“敝号想叫外国人见识见识，日本也能织出这样的精品。”一个认识太吉郎的店员说。

这话以前来的时候，也曾听说过，这次太吉郎听了仍是点了点头。看到仿唐代的丝绸制品，太吉郎说：

“古代真了不起啊……都上千年了吧？”

这里成匹的仿古衣料大概不会出售——有织成女用腰带的，太吉郎很喜欢，曾给繁子和千重子买过几条，可是这家店看来是面向洋人，没有腰带出售。大件商品不外乎台布之类。

玻璃柜里摆着手提袋、钱包、烟盒、绸巾等一些小物件。

太吉郎买了两三条不像龙村出品的龙村领带和一只菊花绉钱包。“菊花绉”者，是把光悦[1]在鹰峰

① 全名为本阿弥光悦（1558—1637），江户初期艺术家。

发明的一种叫“大菊花绉”的造纸工艺，应用于绸料上；这种工艺方法，时行得还不太久。

“东北[①]有个地方，现在还生产一种钱包，是用结实的日本纸造的，跟这个很相似。”太吉郎说。

“是，是。”店里的人回答说，“不过，同光悦有什么关系，我们还不大清楚……”

里面的玻璃柜，陈列着索尼出的小型收音机，太吉郎一家人看了十分惊讶。即便是为了“赚取外汇”，摆在这里寄售，也太不伦不类了……

他们三人给让进后面的会客室里用茶。店员说，这些椅子，有好几位外国来的所谓贵客都坐过。

窗外是一簇杉林，虽然不大，却很稀罕。

“这是什么杉？”太吉郎问。

“不大清楚……好像叫 guǎng yè 杉。”

“哪几个字？”

“花匠不识字，恐怕不准，大概是广叶杉三个字。据说本州南边才有这种树。”

“树干的颜色……”

“那是青苔。”

---

① 即福岛、宫城、岩手、青森、山形、秋田等六县的总称。

小收音机响了，回头一看，有个青年正在向三四个外国女客做介绍。

“啊，是真一的哥哥。”说着，千重子站了起来。

真一的哥哥龙助也迎着千重子走过来，向坐在会客室椅子上的千重子的父母鞠了一躬。

“你给那几位太太做导游吗？”千重子说。两个人走近之后，千重子觉得龙助同性情随和的真一不同，有种凌人之势，叫人说不出话来。

“谈不上是导游，因为我朋友给她们做翻译，他妹妹突然死了，我临时代三四天。”

“哦，他妹妹……”

“是的。比真一小两岁，是个可爱的姑娘……”

“……”

“真一英语不大灵，又腼腆，只好我来……这家商店也无须翻译……再说，客人到这里来也只买些小收音机什么的。这些美国太太都住在京城饭店。”

“是吗？”

“京城饭店离这里很近，顺便进来看看的。好好看看龙村的纺织品也行，倒看起小收音机来了。”龙助低声笑笑说，“反正也无所谓。”

“这里陈列收音机，我也是头一次看到。”

“小收音机也罢，龙村丝绸也罢，一个美金就是一个美金，这没什么不同。”

“嗯。”

“方才在院子里，池里有各种颜色的金鱼，我心里正发愁，要是细究细问起来，我该怎么讲解才好。幸而她们只是一迭连声地嚷漂亮呀漂亮的，倒帮了我的大忙。对金鱼，我也不大懂。金鱼的颜色，英文究竟怎么说才确切，也不知道。什么花斑金鱼啦，等等……”

“……”

“千重子小姐，出去看看金鱼好吗？”

“那几位女客怎么办？”

“让店员招呼她们好了，马上就到吃茶点的时间了，也该回饭店了，说是要会同她们的丈夫到奈良去。”

“那我跟父母说一声就来。”

“对了，我也向她们打个招呼去。”龙助回到女宾身边，不知说了些什么。她们一齐朝千重子看过来。千重子不禁脸颊飞红。

龙助随即过来，带千重子走到院里。

两人坐在池边，看着美丽的金鱼游来游去，默然有顷。

“千重子小姐，对于贵掌柜——就股份公司来说，应该称专务董事或常务董事，你要给他点厉害看看。你办得到吧？要我给你助阵也行……”

千重子感到愕然，心里不由得揪紧了。

从龙村回家的当晚，千重子做了一个梦——她蹲在池边，各色各样的金鱼聚在她的脚下。金鱼一条挨一条，有的泼刺翻跳，有的探头出水。

就是这样一个梦。梦见的全是白天的事。千重子把手伸进池里，搅起一圈圈的涟漪，金鱼便游近来。千重子自己也吃惊，对鱼群感到有说不出的喜爱。

站在身旁的龙助，惊讶的程度更甚于千重子。

“千重子小姐的手，难道有什么香气——灵气吗？”龙助说。

千重子听了有些赧然，站起身来说：“大概金鱼很快便能和人相熟的缘故。”

龙助目不转睛地看着千重子的侧脸。

“东山就在那边哪。”千重子躲开龙助的目光说。

“哦，你不觉得山色有些不同吗？已经带些秋意了……”龙助回答说。

千重子醒来后，不记得梦里龙助在不在身旁，半晌没能入睡。

第二天，千重子很踌躇，龙助劝她给掌柜点“厉害看看”。她感到难以开口。

店快打烊的时候，千重子坐到账台前。账台是用矮格子栅栏围起来的，很是古朴。植村掌柜感到千重子气色不同寻常。

“小姐，有事吗？”

“给我看一下，有我穿的和服料子没有。”

“小姐穿的吗？”植村松了口气，“您要咱们柜上的？现在挑，是要年下穿的？还是出门做客穿的？要长袖子和服？那好说。小姐一向不是在冈崎染织店或是万记领子店订购吗？”

“把柜上的友禅绸拿给我看看，不是年下穿的。”

“行，行。有多少都拿出来让小姐过过目，也许能中小姐的意。”植村起身招呼两个伙计，耳语几句，三个人捧出十多块料子，在店堂里熟练地一块块摊开来。

“这块就行。”千重子当即挑中，“请在五天或一个星期之内给做得。里子什么的，您就看着办吧。”

植村给镇住了。“一方面要得太紧，另外，咱们店是批发商，很少拿活出去定做，不过，这也没什么。”

两个伙计灵巧地卷起绸料。

“这是尺寸。”千重子放在植村的桌上，然而没有立即走开。

“植村掌柜，店里的生意我想一点点学起来，熟悉熟悉，还得请您多指教。”千重子轻声细语地说，略微低了低头。

“不敢当。”植村神情颇不自在。

千重子沉静地说：

“明天也行，请把账拿给我看看。”

“账？”植村苦笑着说，“小姐要查账？”

“什么查账呀，我可没那么不知天高地厚。我想看看账，是因为不知柜上都做些什么生意。”

“是吗？要说账，可多得很哪，还有专对税务局的。”

“柜上做了两本账吗？”

“瞧您说的，小姐！要干那弄虚作假的事，得请您小姐来。咱们可完全是光明正大。”

“明天就拿给我看吧，植村掌柜。”千重子口气很干脆，说完便从植村面前走开了。

“小姐，您还没出世，我植村就管这爿店哩……”见千重子头也不回，植村低声又咕噜一句：“岂有此理！”然后啧啧两声，说：“腰好痛哇！”

千重子走到正在做晚饭的母亲身边，母亲简直给她吓住了。

“千重子，你跟掌柜说这些，可了不得。”

“哎。妈，您辛苦了。”

“年轻人看着老实，也够吓人的了。妈这儿听着都要打哆嗦了。”

“这也是别人出的主意。”

“哦？是谁呀？”

“真一的哥哥，上次在龙村……真一他们柜上，一方面他父亲用心经营，另一方面又有两个好掌柜。所以龙助说，要是植村掌柜辞职不干，他们可以拨一个掌柜来，他亲自来也行。”

“龙助他本人吗？”

“嗯。他说反正将来得做生意，研究院那儿随时都可以退学……”

“是吗？”繁子望着千重子那光艳照人的面庞，“植村掌柜辞职，倒不必担心……”

“后来还说，在种白胡枝子花的那家人家附近，要有合适的房子，就叫他爸爸买下来。”

“哦！”母亲顿时说不出话来，“都怪你爸爸有些厌世的缘故。”

“可他说，爸爸这样不蛮好吗？”

“这也是龙助说的吗？”

“嗯。”

“……”

“妈，我求您件事。也许您都瞧见了，让我把柜上的和服送一套给杉树村那姑娘好吗？”

“好的，好的。外褂也送一件怎么样？”

千重子忙移开目光，泪水涌上了眼帘。

为什么叫高机呢？固然因为手工织机比较高，不过，安装机器的时候，还要把地面浅浅地挖去一层，埋在土里。据说，土里的潮气对生丝无损有益。原先人要坐在高机上。现在是把筐里放上大石头，吊在机器的横头。

有的染织房里，手工织机和机械织机两种都用。

秀男家只有三台手工机器。兄弟三人各织一台，父亲宗助偶尔也上机器。这在小作坊不少的西阵那一带来说，就算是蛮不错的了。

千重子要的腰带，愈接近完工，秀男心里愈感到喜悦。一来是他苦心孤诣快要织得了；二来在机杼来去之中，轧轧的机声里，有千重子的倩影在。

不，不是千重子，是苗子。不是千重子的腰带，而是苗子的。然而，秀男织着织着，把千重子与苗子变成一个人了。

父亲宗助立在身旁看了一会儿说：

“嗬，好漂亮的腰带！图案很新奇呀。”侧了头又问，“谁家的？”

“佐田家，千重子小姐的。”

“图案呢？”

“千重子小姐设计的。”

“嗯？千重子小姐她？当真吗？哦！”父亲蓦地一怔，看了看，又用手摩挲一下机器上的腰带，“秀男，织得很密实，蛮好。”

“……”

“秀男，记得以前也跟你说过。佐田先生对咱们可是恩深义重呀。”

“听说过啦，爸爸。”

“哦，我说过啦？”宗助依旧喋喋不休地说，“我是织工出身，靠一个人白手起家，好不容易买了一台高机，而且一半是借的钱。织出一条腰带，就送到佐田先生柜上。光一条带子多寒碜哪，我就晚上偷偷送过去……”

“……”

“佐田先生从来没难为过我。现在机器有了三台，总算过得去了……”

“……”

“话虽如此，秀男，咱们的身份终究不比人家……”

“我知道，您说这些个干什么！”

“你好像看上了佐田先生家的千重子小姐……”

“这是怎么说的！”秀男说着又动手织起来。

腰带一织好，便赶紧上杉树村给苗子送去。

下午，北山那里先后出过几次彩虹。

秀男挟着苗子的腰带，一走到路上便看到了彩虹。彩虹虽宽，颜色却很淡，没有呈弯弓形。他停下脚步，仰望着，彩虹的颜色几乎淡到欲无。

公共汽车开进山峡之前，同样的彩虹秀男又看到两次。先后三道彩虹，形状都不完整，总有一处淡得很。虹本是司空见惯了的，可是……

“这虹不知是主吉还是主凶？”秀男今天心里

不免有些惴惴。

天空并不见阴沉。进入峡谷时，那同样是淡淡的彩虹，仿佛又出现了，恰好被清泷川边的一座山遮住了，看不大清楚。

秀男在北山杉的村里下了车，苗子穿了一身劳动服，用围裙擦了擦湿手，赶紧走了过来。

苗子当时正拿菩提瀑布的沙子（毋宁说更像红褐色的黏土），在仔细搓洗圆杉木。

虽说刚刚十月，山水大概很凉了。在人工挖出的水沟里，圆杉木浮在上面，一头垒着简易炉灶，也许是热水外溢，热气升腾。

“劳您到这么一个山坳里来。”苗子弯腰行礼说。

“苗子小姐，您应许过的腰带，已经织好了，现在给您送来了。”

“是替千重子小姐许下的腰带吧？我不愿意再做别人的替身了。这么见一面就行了。”苗子说。

“这条带子您已经应许过，再说又是千重子小姐设计的图案。”

苗子低下头说：“其实，秀男先生，前天千重子小姐店里送来一套衣裳，从和服直到草屐，全有了。那么漂亮，也不知几时才能穿得上。”

"十月二十二日时代祭那天穿好吗？出得来不？"

"没什么，出得来。"苗子毫不犹豫地说，"站在这里太惹人注目了，"沉吟了一下说，"到河边碎石滩那儿去吧。"

总不至于像上次和千重子那样，跟秀男一起躲进杉林里去。

"您织的带子我会珍惜一辈子的。"

"不必这样，我还会给您织的。"

苗子没有作声。

千重子送她和服，苗子寄居的那户人家当然知道，所以把秀男领到家去也未尝不可。如今，对千重子的身份和店铺，苗子已经大致有所了解，可谓夙愿已偿，因而，也就不愿再为些许小事给千重子添什么麻烦。

尤其是苗子寄居的村濑这户人家，在当地有山有林，颇为富足；苗子也不辞辛苦，拼命干活。即便千重子家里知道了，也不碍事。较之一爿中等的绸缎批发店，有山有树，也许家道更为殷实。

然而，同千重子一再来往，情谊弥笃，苗子打算以后要谨慎从事。因为千重子对自己的一腔热爱，她已深有所感……

所以，她才把秀男带到河边的碎石滩上。这清泷川的碎石滩上，凡是能种树的地方，全种上了北山杉。

“这地方太委屈您了，请别见怪。”苗子说。到底是女孩儿家，对腰带总是先睹为快的。

“好秀丽的杉山！”秀男一面抬头望着杉山，一面打开布包袱皮，解开纸绳。

“我的意思，这里打成鼓形结，这个要系在前面……”

“哎呀！”苗子摩挲着腰带说，“这给我太可惜了。”苗子眼睛放着光辉。

“一个初出茅庐的新手织的，有什么可惜！图案画的是红松和青杉，因为快到正月了，我只想到用红松打成鼓形结，而千重子小姐说要加杉树，来到这里一看，才恍然大悟。原先一听说杉树，便以为是什么大树、古木。但我故意画得纤巧一些，倒还画对了。红松的树干在色彩上也稍加渲染……”

当然，杉树干也不是按本色画的。形状和色彩都费了一番苦心。

“带子真好。太谢谢了……要是太花哨的，我这种人也没法系。”

“同千重子小姐送的和服相称吗？”

“我看挺相称的。”

“千重子小姐自幼便熟悉京式和服……这条带子还没给她看过。也不知怎么回事，有些难为情。”

“是千重子小姐设计的图案，怕什么的……我也该给她看看。”

“时代祭那天，就请穿来吧。”说着，秀男折起腰带放进衬纸里。

“请别客气，就收下吧。一方面是我愿织，同时也是千重子小姐的吩咐。您就把我当一个普通的织工好了。”秀男结完绳扣，对苗子说道，“不过，我可是真心真意给您织的啊。”

苗子默默无言地接过秀男递给她的腰带包，放在腿上。

“千重子小姐从小就长在和服堆里，这条腰带同她送您的和服，一定很相称，方才也说过……”

“……”

清泷川浅浅的溪水，从两人面前潺潺流过。秀男环视两岸的杉山说：“正如我意想的那样，杉树干像工艺品似的簇立在那里，顶端的枝叶很像朴素的花朵。”

苗子脸上蓦地现出凄然的神色。父亲准是在树上一面剪枝，一面心疼被抛弃的婴儿千重子，向另一棵树跳时，一失足摔下来的。当时，苗子同千重子同样是个婴儿，蒙昧无知，直到长大后，村里人告诉她才知道的。

而且，千重子——实际上连千重子的名字，她是生是死，以及虽是双胞胎，千重子究竟是姐姐还是妹妹，苗子都无从知道。她只是想，哪怕一次也好，但得能够相逢，能够从旁看她一眼。

苗子那间贫寒的小屋，像个窝棚，至今还荒废在杉树村里。一个姑娘家不便单独住在那儿。所以长久以来，一对在杉山里干活的中年夫妇和他们上小学的女孩借住在那里，当然苗子拿不到什么房租，小屋也不值得收房租。

只是上小学的女孩极其喜欢花，房前有一株美丽的桂花。

“苗子姐姐！”女孩偶尔来找苗子，问怎么侍弄。

“甭管它就行。”苗子说。可是每次走过小屋门前，苗子觉得老远就能比别人先闻到桂花香。这反而使苗子更加抑郁惆怅。

——苗子腿上搁着秀男的带子，格外感到沉甸甸的。她想起了种种往事……

“秀男先生，千重子小姐的下落既然知道了，我就不打算再去找她了。和服和腰带，只有这次，我收下就是，衷心地谢谢了……想来您能明白我的意思。”苗子真挚地说。

“是的。”秀男说，“时代祭那天，就请来吧，让我看看腰带系在您身上是什么样子。千重子小姐我就不请了。祭祀的队伍从皇宫出发，我在西面蛤御门那里等您，这样好吗？”

苗子双颊微微红了起来，半天才深深点了点头。

对岸河边有棵小树，叶子红彤彤的，映在水中，轻摇款摆。秀男举头望去，问道：

“那边树叶红艳艳的，是棵什么树？”

“漆树。”苗子抬头看了看说，顺便又用微颤的手理一理头发，不知怎的，一头黑发竟散了开来，披到肩上。

“哎呀！”

苗子红着脸，绾起头发，拢了上去，发卡咬在嘴里，一一别好。有的发卡掉在地上，不够用了。

秀男看着她的丰姿和举止，觉得有说不出的娟秀俊美。

“您留长头发？”

“嗯，千重子小姐也没剪短。她梳得好，叫你们看不出来……”说着苗子赶忙用手巾包上头发说，“让您见笑了。”

“……”

“在这儿我只顾得给杉树打扮，自己却从不化妆。”

不过，仍是淡淡地涂了一点口红。秀男真希望苗子能把头巾再摘下来，让长长的黑发披到肩上给他看看。可是他不能这么说，看见苗子慌忙拿手巾包头，便觉得没法开这个口。

溪谷狭窄，西面山头天色渐暗。

“苗子小姐，我该告辞了。”秀男说着站了起来。

“今儿的活马上就该收工了……天时短起来了。”

溪谷东面的山坡上，株株杉树亭亭玉立。秀男从树干之间，望着金色的晚霞。

“秀男先生，谢谢您，实在太谢谢了。”说着略微做个收下带子的姿势，站了起来。

“要道谢，请向千重子小姐道谢吧。”秀男说。给这位杉山姑娘织腰带的那份喜悦，在他心里已化作一缕柔情。

“再啰唆一句，时代祭那天，请您务必来。在皇宫西门，也就是蛤御门那儿见。”

“哎。”苗子深深颔首，“这样的和服和腰带，我还从来没有上过身，有点怪不好意思的……”

十月二十二日的时代祭，同上贺茂神社和下贺茂神社的葵花祭以及祇园会一样，在庙会繁多的京都说来，是三大庙会之一。虽然祭典在平安神宫举行，但游行队伍却是从京都皇宫出发的。

苗子从一清早便坐立不安，提前半小时便到了皇宫的西御门，在蛤御门的背阴处等候秀男。等待一个男子，在她还是生平头一次。

所幸天晴，长空一碧。

平安神宫是在京都奠都一千一百年之际，于明治二十八年才修建的，所以在三大庙会之中，不消说历史最短。由于庙会是为庆祝京都定为京城，所以列队着意于表现京城千年风俗的变迁。游行队伍里的人穿着各时代的装束，有的还扮成历史上的一些名人。

例如：和宫、莲月尼、吉野花魁、出云阿国、淀君、常盘夫人、横笛尼、巴夫人、静夫人、小野小町、紫式部、清少纳言等。

此外，还有卖柴女和巫女。

前面列举的是名姬贵妇，其中杂有倡优女贩。至于楠正成、织田信长、丰臣秀吉，以及王朝的公卿武将，更是不在话下。

游行队伍相当之长，宛如一幅京都风俗画卷。

女子加入游行队伍，据说始自一九五〇年，从而使得庙会更加绚丽多彩，锦上添花。

队伍的先头由明治维新时期的勤王队和丹波北桑田的山国队开路，压轴的是延历时代文官参朝的队伍。回到平安神宫后，要在凤辇前致祈祷文。

队伍从皇宫出发，所以在皇宫前的广场上看热闹最好。秀男约苗子到皇宫来正是出于这个考虑。

苗子在皇宫门后等着秀男。人群熙攘，谁也没有留意她。只有一个中年的老板娘，径直走过来说："小姐，这腰带真漂亮，是在哪儿买的？跟这身衣裳很配……对不起，"说着便想伸手摸一摸，"能不能让我看看你身后的鼓形结？"

苗子转过身去。

"咦？"经人这么一看，苗子心里倒反踏实下来。因为她有生以来，从未穿过这样的和服，系过这样的腰带。

"你久等了吧？"秀男来了。

靠近队伍出场的席位已被朝拜团体和旅游协会所占据，紧挨着他们的是观礼台。秀男和苗子便站在观礼台的后面。

苗子头一次站在这么好的位置上，不觉忘了秀男和新衣裳，专心看着游行。

她瞿然发觉，便问：

“秀男先生，您看什么呢？”

“看松林的苍翠。你看那队伍，给松林的苍翠一衬托，格外醒目。在皇宫宽阔的庭院里，有一片黑松吧，我最喜欢了。”

“……”

“有时也侧眼看你一眼，可你没发觉。”

“您真是的。”苗子低下了头。

深秋里的姐妹

在京都众多的庙会里，比起大字篝火，千重子更喜欢鞍马山的火祭。因为离得不远，所以苗子也去看过。那时，在火祭上，即便两人对面相逢，恐怕也不相识。

去鞍马山朝拜的路上，家家户户要树枝分隔，房檐上洒好水，在半夜里点起大大小小的松明火把。

上山朝拜时，一路上齐声吆喝着"美哉，祭礼！"火焰熊熊，两乘神舆一抬出来，村（现在是镇）里的妇女全部出动，拉着神舆的绳子。最后献上大松明火把。仪式一直延续到天亮之前。

可是今年，这个有名的火祭取消了。说是为了节约。火祭不举行了，伐竹祭还照旧。

北野天神庙里的"芋茎祭"今年也不举行了。

芋头收成不好，没有芋茎可做神舆。

京都鹿谷的安乐养寺有“南瓜供”，莲华寺有“黄瓜祭”，这些祭典多不胜数。这些既能展示古都的风貌，同时也可表现京都人的一个侧面。

近年来，重新恢复的仪式有岚山河里龙舟上的极乐鸟、上贺茂神社庭院里的曲水之宴等。这些仪式都是当年王朝贵族的风流胜事。

所谓曲水之宴，是身着古装坐在溪边，在酒盏漂至之前，吟诗作画，或挥毫疾书，酒杯一经到了跟前，便举觞一饮而尽，然后再让杯盏漂走。这些事全由书童来服其劳。

这个仪式自去年开始举办，千重子曾去瞻礼过。坐在王朝公卿之前的，是诗人吉井勇（现已作古）。

因为是刚恢复的仪式，一般人还不太熟悉。

岚山的极乐鸟，千重子今年没有去看，觉得没有什么古趣可言。在京都，古趣盎然的仪式，简直多得看不胜看。

——母亲繁子一直亲自操持家务，也许是母亲教养的结果，也许是千重子天性如此，她也一向清早即起，揩拭门窗什么的。

“千重子，时代祭那天，你两个好快活呀！”早饭吃完刚收拾好，真一来了电话。看来，真一也认错人了，把苗子当成千重子。

“你也去了？打个招呼多好……”千重子缩了缩肩。

“我倒想来着，哥哥不让。”真一不存芥蒂地说。

千重子委决不下，要不要告诉他认错了人。从真一的电话来看，苗子大概穿上千重子送的和服，系上秀男织的腰带，去看时代祭了。

苗子的伴，准是秀男。陡然之间，颇出千重子的意料，一转念，心里感到一丝温暖，脸上不禁浮出笑容。

“千重子，千重子！”真一在电话里叫道，“你怎么不作声？”

“打电话的是你呀！”

“得了，得了。”真一笑了起来，“掌柜在吗？”

“不在，还没来……”

“你没感冒吧？”

“听出像感冒的声音吗？我正在门外擦格子门哪。”

“是吗？”真一好像摇了摇听筒。

千重子朗声笑了。

真一压低声音说："电话是哥哥叫打的。现在他来接……"

和龙助说话，千重子不像同真一那么轻松。

"千重子小姐，掌柜那里，你试探了没有？"龙助劈头便问。

"试探了。"

"嗬，了不起！"龙助加重语气又说，"了不起！"

"母亲无意中也听见了，当时还挺提心吊胆的。"

"是吗？"

"我对掌柜说，我要了解一下柜上生意的情形，想一点点学起来，把账本都拿给我看看。"

"嗯，说得好。哪怕光是这么说说，局面就会不一样。"

"后来，连保险柜里的存折、股票、债券这些东西，也一股脑儿全让他拿了出来。"

"好，了不起！千重子小姐，真了不起！"龙助忍不住说，"想不到你这样一个温柔的小姐……"

"全仗龙助先生的指点……"

"倒不是我指点，是附近同行之间有些风言风语。本来打算，要是千重子小姐谈不成功，家父或是我准备来一趟。但小姐这一手来得顶漂亮。掌柜的态度想必不同了吧？”

“是的，有那么一点。”

“我猜也是。”电话里，龙助沉默了好一会儿才又说，“这一手，来得漂亮。”

千重子感到，龙助在电话里好像为什么事正在迟疑。

“千重子小姐，今天中午我想来府上拜访，不知方便不方便？”又补充说，“真一也来……”

“这有什么不方便的，我又没什么大不了的事。”千重子说。

“年轻小姐嘛！”

“您真是的！”

“怎么样？”龙助笑着问，“趁掌柜也在，我过来一趟。我想来看一眼。不必担心，我就看看掌柜的态度如何。”

“啊？”千重子说不出话来了。

龙助家是室町这一带的大批发商，在同行里颇有势力。龙助虽然还在大学研究生院念书，店家的声势自然也使他身上有种威严。

“现在正是吃元鱼的时令。我在北野的大市订了座，想请你赏光。若连令尊令堂一起请，未免太不自量，所以只请你一个人……我家的童子小哥也去。”

千重子慑于他的气势，只应了一声：

“哎。”

真一在祇园会上扮成童子，坐在插长刀的彩车上，已经是十多年前的事了。可是至今，哥哥龙助有时仍要半开玩笑地喊他为“童子小哥”。也许真一身上仍然保留着“童子”的那种温文尔雅和可爱的风度……

千重子告诉母亲说：“下午龙助和真一要来，刚才来电话了。”

“哦？”母亲有些惊讶。

下午，千重子到后楼上化妆，虽是淡妆素裹，却也花了一些心思。长长的秀发，仔细地梳理了一番，但头发的式样总梳得不那么称心。衣服也不知穿哪件好，左一件右一件，反倒拿不定主意。

等她下了楼，父亲已经外出，不在店里。

千重子到后面客厅，把炭火盆端整好，又四下里打量了一眼。看了看狭小的庭院：大枫树上的苔藓，依然青葱翠绿，可树上那两株紫花地丁，叶子已经有些发黄了。

基督雕像灯脚下的小山茶花，开着灼红的花朵。真红得娇艳妩媚，比那红玫瑰，还要使千重子销魂。

龙助和真一来了，先向千重子的母亲恭恭敬敬地行礼寒暄，随后，龙助一个人到账房间去，端坐在掌柜面前。

掌柜植村慌忙走出账台的矮格子栅栏，向龙助殷勤致意，一再寒暄。龙助虽然也应个一声半声，却始终板着面孔。他这种冷漠神情，植村当然也心里明白。

植村心里尽管寻思，一个学生家，拿个什么架子！但在龙助咄咄逼人的气势下，也无可奈何。

龙助等植村说完，沉着脸说：

“柜上生意兴隆，很好。”

“嗯，谢谢，托您的福。”

“家父他们也说，佐田先生柜上幸好有植村先生这样一个掌柜。多年的经验，难得……”

“不敢当。水木先生柜上是大买卖，我们小可之比，实在微不足道。”

“哪里哪里。我们只是什么生意都做罢了。京式绸缎批发咧，这个那个的，简直就是家杂货店。我是不大喜欢那样的。像植村先生这么谨慎行事，踏实经营的老店，可一天少似一天喽……”

植村正要回答，龙助已经站了起来，朝千重子和真一待的客厅走去。植村苦着脸子，望着龙助的背影。千重子的要看账本，跟龙助今天的这一举动，个中的机关，植村自是心知肚明。

龙助走进客厅，千重子盘问似的看着他的面孔。

“千重子小姐，掌柜那里我已经稍微点了他一下。是我劝你的，我有这个责任……”

“……”

千重子低头给龙助斟茶。

“哥哥，你看那枫树干上的紫花地丁！”真一指着树说，“有两株吧？几年之前，千重子小姐就把两株花看成是一对可爱的恋人……虽然近在咫尺，却永无团聚之日……”

“嗯。”

“女孩子尽会想些可爱的念头。”

“你真是，多叫人难为情呀，真一！”千重子把斟好的茶杯放到龙助面前，手略微有些颤抖。

三人乘上龙助店里的汽车，驰向北野六条大市元鱼店。门面带些古风，是家老字号，连外地游客都知道这家老店。房屋陈旧，天棚很低。

叫了清炖元鱼火锅，外加烩什锦。

千重子身上热起来，似乎有些醉意了。

她连头颈都泛出了桃红色。头颈的肌理白净细腻，光滑柔嫩，添上一层红晕，越发明艳动人。眼风顾盼撩人，显得含情脉脉。她不时用手摸摸脸颊。

千重子滴酒未沾。可是火锅里的汤汁，大概有一半是酒。

外面虽有汽车等着，千重子仍怕脚下不稳。不过，她感到非常快活，话也多了起来。

“真一，”千重子对好说话的弟弟说，“时代祭那天，你在皇宫院子里看见的那个人，不是我，你认错人了。大概是远看的缘故。”

“别蒙人了。”真一笑着说。

“我一点不骗你。”

千重子踌躇了一下：“说真的，那姑娘是我妹妹。”

“什么？”真一满腹狐疑的神情。

在花事正浓的清水寺里，千重子曾告诉真一

说，她是个弃儿。这话想必也会传到真一的哥哥龙助的耳朵里。即或真一没有告诉哥哥，两家的店离得很近，这类事私下里也会不胫而走。作如此想，或许更恰当。

“你在皇宫院子里看见的……”千重子游移地说，“我们是孪生，你看见的，是那另外一个。”

真一真是闻所未闻。

“……”

三人沉默有顷。

“我是给抛弃的……”

“……”

“要真是那样，当初扔在我家店门前该多好……真的，扔在我们家门前该多好。”龙助一往情深地说了两遍。

“哥哥，”真一笑着说，“那时的千重子小姐和现在可不一样。那时是个初生的婴儿。”

“婴儿不也好吗？”龙助说。

“你是因为看到现在的千重子才这么说的。”

“不是的。”

“人家是佐田先生锦衣玉食，当作掌上明珠来养大的。这样，千重子才成其为今日的千重子。”

真一说，“那时，哥哥自己还是个娃娃呢。娃娃能抚养婴儿吗？”

“能养。”龙助犟头倔脑地说。

“哼，哥哥总是这么自负，不肯认输。”

“也许是这样，不过，那我也愿意抚养千重子这个婴儿的。母亲一定肯帮我的。”

千重子酒醒了，脸色发白。

秋天里，北野的舞蹈会演，要跳上半个月。结束的前一天，佐田太吉郎一个人去了。茶馆给的入场券，当然不止一张，但太吉郎谁都不想请。看了舞蹈回来，再结伴去茶馆，他嫌麻烦。

太吉郎神情不悦，走进茶座时，舞蹈还没开始。今天坐在那里专司点茶的艺伎，也没有太吉郎所熟悉的。

在她旁边，站了七八位少女，可能是帮着递杯送盏的，一色都穿着粉色的长袖和服。

只有站在中间的一个少女，穿一身蓝。

“咦！”太吉郎几乎失声叫了出来。妆化得很漂亮，她不是由那个花街柳巷的老板娘带着，和太吉郎一起乘“叮叮当当老爷电车”的女孩吗？唯独她一个人穿蓝，也许管点什么事呢。

这位蓝衣少女给太吉郎端来淡茶，样子矜持，笑都不笑一下，完全是按规矩行事。

太吉郎的心，顿感轻松起来。

舞蹈跳的是八场舞剧《虞美人草图》，是众所周知的中国那出霸王别姬的悲剧。不过，虞姬拿剑自刎后，被项羽抱在怀里，听着思乡的楚歌而死去，项羽也随即战死；下一场便转到日本，讲的是熊谷直实、平敦盛及玉织姬的故事。杀了平敦盛之后，熊谷感到人生无常，遂出家为僧；在凭吊古战场之时，敦盛冢的周围，虞美人草盛开。这时笛韵悠扬，接着敦盛显灵，要求把青叶笛收藏在风谷寺里，玉织姬的阴魂则要求将她香冢前虞美人草开的朵朵红花供在佛前。

舞剧之后，又演出一出热闹的新编舞蹈，叫《北野风流》。

上七轩的舞蹈，与祇园的井上派不同，属于花柳派。

太吉郎走出北野会馆，顺路走进那家古色古香的茶馆，坐在那里出神。

“给您叫哪位姑娘呀？”茶馆老板娘问。

“嗯，咬舌头的那个姑娘吧，——其次嘛，穿蓝衣送茶的那个孩子如何？”

“乘叮叮当当电车的那个吗……好吧，光见个面也许行。”

艺伎没到之前，太吉郎喝了几盅，来了之后就故意站起来走出屋子。艺伎跟在身后，太吉郎问：“现在还咬人吗？”

“您记得可真清楚，不要紧，您就伸出来试试看。”

“我可害怕。”

“真的，不要紧。”

太吉郎伸了出来，被吸进她那温润而柔软的嘴里。

太吉郎轻轻抚拍着女人的背说：

“你堕落了。”

“这就算堕落？”

太吉郎想漱口，可艺伎站在一旁，有所不便。

艺伎这种淘气法太大胆了。在她，恐怕也是不假思索，毫无意义地做做。太吉郎并不讨厌这个年轻的艺伎，也不觉得不洁净。

太吉郎要回客厅，艺伎抓住他：

“等一下。”

她掏出手帕，擦了擦太吉郎的嘴唇。手帕上沾着口红。艺伎又把脸凑近太吉郎的脸，一边看，一边说：

“嗯，这回行了。”

“谢谢……”太吉郎双手轻轻搭在艺伎的肩上。

艺伎为了擦唇膏，留在盥洗间的镜台前。

太吉郎踅回客厅，一个人也没有，像漱口似的呷了两三杯冷酒。

身上仍觉得什么地方沾了艺伎的气味，或是她的香水味。太吉郎隐约觉得身心仿佛年轻了些。

太吉郎自忖，即便是艺伎过于淘气也罢，自己未免也太冷淡了些，恐怕是自己长久没有和年轻女人胡调的缘故。

这艺伎刚二十出头，或许是个大有意趣的主。

老板娘领了少女进来，仍是那身蓝色长袖和服。

“您既然想看她，我就跟人家说，只来见见面。您瞧，年龄总归还小。”老板娘说。

太吉郎看着少女说：“方才端茶……”

“是。”毕竟是茶馆店的孩子，一点都不忸怩，“我心里想，可不就是那位大爷吗，便把茶端了过来。”

“嗯，那就多谢了。你还记得我？”

“记得。”

艺伎这时也回到屋里。老板娘对她说：

“佐田先生对小千代，喜欢得不得了。”

“哦？”艺伎盯着太吉郎说，“您眼光可真高呀，还得等上三年哪。小千代明年春天要上先斗町去。”

“先斗町？为什么？”

“她想当舞伎。说她迷上了舞姬的风采，是吧？”

“嗯？要当舞伎，祇园那里岂不更好？”

“小千代的伯母在先斗町，就图的这个。”

太吉郎一边瞧着这位少女，一边忖量，这孩子不管去哪儿，准能成为顶尖儿的舞伎。

西阵和服纺织工业公会做出一项前所未有的大胆决定：十一月十二至十九日，八日之内全部织机一律停工。十二、十九两日本是星期天，实际上只停工六天。

原因颇多，概括成一句话，即是经济上的考虑。由于生产过剩，库存衣料达三十万件。为了打开销路，改善经营，才采取这一措施。此外，也因近来银根紧缩之故。

从去年秋天到今年春天，收购西阵衣料的商号相继倒闭。

停机八天，大约可少产八九万件，这个措施看来能奏效，估计会成功。

然而，西阵纺织街，尤其是小巷里，一目了然，很多零散的家庭作坊，也都服从这一决定。

一座座小房子，瓦顶陈旧，屋檐很宽，鳞次栉比，匍匐在地面上，即使有二层楼，仍很低矮。窄得像甬道似的小胡同，错综交杂，连织机的声音听着都显得晦暗。这些大概不是自家的机器，而是租来的。

然而，提出申请，要求“破例不停机”的，统共只有三十多家。

秀男家不织衣料，光织腰带。有三台高机，白天也须点灯。不过，车间总算亮堂，屋后也有空地。可是，屋子之小令人不禁要想，简陋的厨房用具，家人的坐卧休息，究竟在什么地方呢?

秀男身体健壮，既有才干，又有事业心。但坐在高机窄窄的板条上，年深月久，屁股上说不定会坐出老茧来。

那天约苗子去看时代祭，皇宫大院里的青松，倒比穿各朝服装的游行队伍更吸引他。这或许是得以从日常生活中暂时解脱出来的缘故吧？而面对狭窄的山谷，在山上劳作惯的苗子，倒并没有怎么留意……

不过，自从时代祭那天，苗子系了自己织的带子以后，秀男干起活来劲头更足了。

千重子和龙助、真一两兄弟去了大市回来，虽说不上是非常痛苦，有时总觉得一颗心仿佛失落在哪里似的，仔细一琢磨，还是因为苦恼。

十二月十三的“备年节”已经过去，京都的气候也进入了地道的冬天，极其多变。响晴的天，会下起阵雨来，时而是雨夹雪。时阴时晴，阴晴莫定。

按京都的风俗，从十二月十三的“备年节”那天起，便要准备过年，送年礼。

信守这些老规矩的，仍要数祇园那些花街柳巷。

艺伎和舞伎要给平素照应自己的茶馆、歌舞师傅和年长的艺伎家送镜饼[①]。

然后，舞伎四处拜谢。

见面要说“恭喜发财”，意思是这一年已平安

---

① 圆形的大年糕，上下两片对拢，系祭神供品。

过来，明年还请格外照应。

这一天，艺伎和舞伎打扮得比平时更加花枝招展，来来往往，提早到来的岁暮即景，把祇园一带点缀得花团锦簇。

千重子家所在的这一带，没那么热闹。

吃完早饭，她一个人上楼，随便打扮了一下。可她时时发怔，停下手来。

在北野的元鱼店里，龙助的话，情见乎辞，时时在她胸中起伏。要是婴儿时的千重子，给扔在他们龙助家门口该多好——话不是已经说得很明白了吗？

龙助的弟弟真一，和千重子是从小就认识的，一直同学到高中，性情温和恭良。千重子知道真一很爱她，可他从来没像龙助那样说过使她动心的话。千重子可以不拘形迹，同他在一起玩。

千重子梳好长长的秀发，披在肩上，下楼来。

快吃完早饭时，北山杉村的苗子给千重子打来了电话。

“是小姐吗？”苗子谨慎地问，“我想见见你，有件事要跟你商量一下。”

“苗子，真怪想你的……明天好吗？”千重子回答说。

“什么时候都行……”

“你到店里来好吗？”

“原谅我，店里我不能去。”

“你的事我已经告诉我的妈妈了，爸爸也知道。”

“店里总有伙计什么的吧？”

“……”千重子沉吟了一下，“那么，我到村里来吧。”

“那太高兴了。可是大冷天……”

“顺便也想看看杉树……”

“是吗？这儿不仅冷，说不定还会下阵雨，你要准备好了再来，尽管我可以点上几堆火。我在路边干活，你一来我准瞧得见。”苗子爽朗地说。

冬之花

千重子穿上长裤和厚毛衣，这是从来没有过的。脚上一双厚袜子很漂亮。

父亲太吉郎正在家里，千重子坐在父亲面前，同父亲打招呼。太吉郎不觉瞪大眼睛，望着千重子这身稀罕的打扮，问：

“要去山里吗？”

“是的……北山杉那姑娘说，有事要同我商量，想见见我……”

“是吗？”太吉郎毫不犹豫地说，“千重子！”

“哎！”

“要是那姑娘有什么困苦和为难的事，就把她领回家来吧……我们可以收养她。”

千重子低下头。

“不错嘛。有两个姑娘，我和老婆子会觉得挺热闹的。”

“爸爸，谢谢您的好意。谢谢爸爸。”千重子俯下身去，热泪顺着脸颊流了下来。

“虽则你从吃奶的时候起，就由我们一手养大，我们一直把你当成心肝宝贝，可是对那姑娘，也一定尽量不分厚薄。她既然像你，准会是个好孩子。把她领家来吧。二十年前，双胞胎被人看不起，现在已经无所谓了。”父亲说。

“繁子，繁子！”招呼妻子。

“爸爸，我打心眼里谢谢您。可是，苗子那孩子决不肯到咱家来的。”千重子说。

“那为什么？”

“她的心思，准是怕妨碍我的幸福。”

“那会妨碍什么呢？！”

“……”

“究竟会妨碍什么呢？”父亲侧着头又说了一遍。

“方才我说，爸爸妈妈都知道了，让她今天来店里，”千重子含着泪说，“她顾虑伙计和邻居……”

“伙计怕什么！”太吉郎大声嚷道。

“我知道爸爸的意思，不过，今儿个还是我先去看看再说。”

“也好，”父亲点头说，“路上当心些……那么，你就把方才爸爸的话告诉苗子那孩子吧。”

“是。”

千重子在雨衣上加了风帽，换了一双雨鞋。

清晨，京都市区的天空晴朗无云，可是说阴就阴，北山那里或许要下阵雨，在市区就看得出这种天色。要是没有京都这些秀丽低矮的群山遮挡，也许会看到那里正是天阴欲雪的作雪天哩。

千重子乘上国营的公共汽车。

去北山杉的中川北山町，有国营和市营两路公共汽车。市营汽车只开到京都市（现已扩大）北郊尽头的山口那里便折回来。国营公共汽车则一直通到远在福井县的小滨。

小滨在小滨湾旁，进而又从若狭湾伸展到日本海。

大概是冬天天冷，车上乘客不多。

一个有人伴随的年轻男子，紧紧盯着千重子瞧。千重子给看得有些发毛，便戴上风帽。

“小姐，求求你，别戴上那玩意儿藏起来嘛！”那年轻人声音沙哑，跟年龄很不相称。

“喂，不许说话！”旁边的男人说。

向千重子说话的年轻人，手上戴着手铐，不知是什么罪犯。旁边的人，大概是个刑警。翻山越岭，要把他押送到什么地方去呢？

千重子又不能摘下风帽，露出脸给他看。

车到了高雄。

“这是在高雄什么地方？”有个乘客说。

未必像他说的那样看不出来。枫叶已经飘零殆尽，树枝梢头已有冬意。

梅尾山下的停车场上，简直就没有车辆。

苗子穿着劳动服，一直来到菩提瀑布车站，等着接千重子。

千重子的这身打扮，乍一看很难认出她来。苗子倒一眼就认了出来。

“小姐，你来了，可太好了。真的，跑到这深山里来，真太好了。”

“哪儿是什么深山呀。”千重子没来得及摘下手套，便握住苗子的两手说，“真高兴。从夏天以后，就没见过面。夏天在杉山上那次，多谢你了。”

“那算什么！”苗子说，“话又说回来，要是当时雷真劈到咱们头上，又会怎么样呢？不过，那我也高兴……”

“苗子，”千重子边走边说，“你电话打到家里，一定有什么万不得已的事。你先说说吧，不然也没心思说话儿。”

“……”苗子一身劳动服，头上包着手巾。

“什么事呢？”千重子又问了一句。

“就是秀男他向我求婚，所以……”苗子也不知是踉跄了一下还是怎的，一把抓住千重子。

千重子搂住摇摇晃晃的苗子。

苗子平日劳动，身体很结实——夏天雷雨那次，千重子因为害怕，没留心。

苗子当即挺直身子，可是让千重子这么搂着，她心里很高兴。所以她宁愿这么靠着千重子走路，不想离开她。

千重子搂着苗子，不知不觉反倒靠在苗子身上。但两个姑娘谁都没注意到这一点。

千重子戴着风帽说：“那你是怎么答复秀男的呢？”

“答复？我当场怎么能马上就答复呢？”

“……”

“他把我当成你——现在当然不是认错人，可是你已经深深印在他心上了。”

“没有的事。”

“不，我很清楚，尽管没认错人，也是把我当作你的替身，他才求婚的。在我身上，恐怕秀男先生看到的，是你的幻影。这是……”苗子说。

千重子记起：春天里，郁金香盛开的季节，从植物园回来，走在加茂川河堤上，父亲曾和母亲商量，把秀男招赘做女婿的事。

“其次，秀男先生家是织腰带的，”苗子加重语气说，“要是这么一来，跟小姐家的店发生点瓜葛，给你添什么麻烦，或是周围的人用奇怪的眼光打量我们，我就是死了也对不起你。所以，我真想躲开，躲到老远老远的深山里去……”

“你为什么这么想？”千重子摇着苗子的肩膀说，“今儿个到这儿来，也是跟父亲说好了才出来的。母亲也都知道了。”

“……”

“你知道父亲说了什么？”千重子更加使劲摇着苗子的肩膀说，“要是苗子那姑娘有什么困苦和为难的事，就把她领回家来吧……我是作为嫡亲女儿入的户籍。可父亲说，对那孩子要尽量不分厚薄。

又说，我一个人也太孤单了些。”

“……”苗子取下包头手巾说，“谢谢了。”把手巾捂在脸上，“打心里谢谢你了。”好半天说不出话来……“我，你知道，没有亲人，没有真正可依傍的人，虽然感到孤单，我尽量不去想，拼命干活。”

千重子故作轻松地说：

“关键问题是，秀男先生的事怎么样呢？”

“这事一时之间还答复不了。”苗子看着千重子，带着哭声说。

“手巾给我一下。”说着千重子接过苗子的手巾，“这么淌眼抹泪的就进村了？”于是给她擦眼睛，擦腮帮。

“不要紧。我虽然好强，干活不让人，就是爱哭。”

千重子刚给苗子擦好脸，苗子反倒伏在千重子胸口上，越发抽噎起来。

“这多不好！苗子，伤心了？别哭了！”千重子轻轻拍着苗子的背说，“你再这么哭，我可要回去了。”

“不，别回去！”苗子一惊，从千重子手里拿过自己的日本布手巾，使劲擦脸。

好在是冬天，看不出她哭过，只是眼白还有些发红。苗子用手巾把头包得严严的。

两人默默走了一会儿。

北山杉连一些小树杈都给修枝剪掉了，留在树梢的叶子，微呈圆形，青幽素雅，像冬天的花朵。

千重子觉得差不多了，便对苗子说：

“秀男画的带子，花样又好，织得也密，人是非常认真的。”

“是的，这我知道，”苗子回答说，“时代祭那天，他约我去来着。他当时与其说看身穿各朝服装的游行队伍，不如说在看游行队伍后面皇宫里的青松，和东山变幻的山色。”

“看时代祭游行，对他已经没什么稀罕了。”

“不，不是那么回事。”苗子用力地说。

“……”

“队伍走完之后，他非要我去他家不可。”

“他家？秀男先生的家吗？”

“嗯。”

千重子不免有些惊讶。

“他还有两个弟弟。领我到屋后的空地上，他说我们两人要是结婚，就在那儿盖间小屋子，尽可能只织些自己喜欢的腰带。”

“那还不好！”

“好？他是把我当成你的幻影，才向我求婚的。我一个女孩子家，这类事自然也懂。”苗子又提起话头。

千重子一边走，心里一边游移，不知如何回答才好。

狭窄的山谷旁，有一条小小的山涧，那些洗圆杉木的女人正围坐成一圈，烤着手脚，篝火的烟冉冉上升。

苗子来到自家的小屋门前。说是小屋，还不如说是窝棚。年久失修的草屋顶已经倾圮，呈波纹状。因为是山里人家，有个小院子，滋生蔓长的南天竹，繁茂高大，枝头结着通红的果实。就这七八株南天竹，也是枝杈交错，缠绕不清。

这座荒凉的小屋，当初或许也是千重子的家。

从屋侧走过时，苗子的泪水已干。这就是当初的家。是告诉千重子好呢？还是不告诉的好？千重子是生在母亲的娘家，恐怕没在这屋住过。苗子还在襁褓中，父亲就去世了，后来又失去母亲，究竟在这小屋住没住过，连她自己也记不大清楚。

幸好千重子只顾抬头望着杉山和放好的一排排圆杉木，没有留意这座小屋，径自走了过去。苗子也就没提小屋的事。

树干笔直，树冠略圆，顶端留着叶子，一经看成是“冬天之花”，便果真像是冬天之花了。

一般人家都在屋檐下和二楼上晾了一排去皮洗净的圆杉木。白白的圆杉木，连根都收拾得干干净净的，竖了一排，煞是好看，也许比什么墙都美。

山上，杉树根旁的草已经枯黄。杉树的干，亭亭直立，一般粗细，显得很美。树皮带点圆斑，从树缝里，可以望见一角天空。

“你不觉得冬天美吗？”千重子说。

“是吗？天天看，看惯了，也就不觉得了。不过，冬天的杉树，叶子带点浅黄，是不？”

“就像花儿一样。”

“花儿？像花儿吗？”苗子仿佛觉得有些意外，仰望着杉山。

又走了一阵，有一幢古雅的房屋。大概是户大山主家。矮墙的下半截是涂成赭红色的木板，上半截一刷白，墙头有茸瓦的滴水檐。

千重子停下脚步说：“好漂亮的房子。”

"小姐，我就住在这户人家里。进去看看好吗？"

"……"

"不要紧。我在这家已经住了快十年了。"苗子说。

千重子听苗子说过两三次，与其说秀男把她当成千重子的替身，不如说当成幻影，才向她求婚的。

说"替身"，还好懂。"幻影"究竟是什么呢？——尤其是提到结婚的时候……

"苗子，你总说幻影幻影的，到底幻影是什么呢？"千重子诘问说。

"……"

"幻影岂不是摸不着看不见的东西吗？"千重子接着说，突然脸上飞起一片红晕。不仅面孔一模一样，恐怕任何一处都和自己相似的苗子，要为男人所猎有了。

"无形的幻影是这么个样的，"苗子回答说，"它存在于男人的心头上或胸怀里，也可能取别的形式。"

"……"

"哪怕我变成六十岁的老太婆，而幻想中的千重子，不依然是如今这么年轻吗？"

这话千重子听着十分意外。

“你居然竟想到这种事？”

“一个美丽的幻影，是永远不会令人生厌的。”

“那倒也不见得。”千重子勉强说了这么一句。

“幻影，你不可能踏倒它，还不是自己为之神魂颠倒吗？”

“嗯……”千重子觉得苗子带点妒忌心在说话，“其实，哪有什么幻影？”

“这儿就有……”苗子摇撼着千重子的前胸。

“我不是幻影，是苗子的孪生姐妹。”

“……”

“那么，你难道跟我的幽灵也做姐妹吗？”

“看你说的。这是指你千重子呀。不过，那也只限于秀男先生……”

“你想得太多了。”千重子低头走了几步，又说，“要不，咱们三个人把事情摊开，好好谈一次好不？”

“谈什么——真心话有时可以谈，有时就不可以……”

“苗子，你那么爱多心吗？”

“并不，但我也有一颗少女的心呀……”

“……”

“阵雨从周山那边移到北山这边来了。山上的杉树也……”

千重子抬眼望去。

“赶快回去吧。好像要下雨夹雪了。”

“我怕天下雨，带了雨具来的。”

千重子脱下一只手套给她看，说：“这只手，不像小姐的手吧？”

苗子一怔，两手握住千重子的手。

千重子还不知不觉，天就下起阵雨来了。连住在这村里的苗子，恐怕也没留心到。这雨，不同于小雨，也不像毛毛雨。

听苗子这么说，千重子放眼向四面山上望去。意态清寒，云气蒙蒙。山麓下丛立的杉树，一株株反而更加分明。

不大会儿，群山的山头，云雾凄迷，分不出界限。与春天的云霞不同，天色先就不一样。现在这天色，毋宁说更像是京都的。

低头一看脚下，地面已经有点潮了。

群山不着痕迹地抹上一层浅灰色，云雾缭绕。

过了片刻，云雾浓重，从山谷上飘下来，还夹着一点白的，成了雨夹雪。

“早些回去吧。”苗子这么说，是她忽然看见那点白的东西。说不上是雪。雨中有雪，雪又时有时无。

山谷里天时不同，已经薄暗微明，骤然冷了起来。

千重子总也是京都姑娘，对北山那种阵雨并不感到陌生。

“趁你还没有变成冰冷的幻影之前……”苗子说。

“又是幻影！”千重子笑了，“我带着雨具呢……冬天的京都，天气多变，下下就停了。”

苗子抬头看看天说：“现在就回去吧。”说着紧紧握着千重子没戴手套的那只手。

“苗子，真的，你想过结婚没有？”千重子问。

“偶尔想过……”苗子回答说，并且情意深长地给千重子戴上那只手套。

这时，千重子说：

“到我们柜上来一次吧。”

“……”

“来吧。”

"……"

"等伙计下班之后。"

"晚上吗？"苗子吃了一惊。

"住一夜。你的事，爸爸妈妈都知道。"

苗子的眼睛露出喜悦的神色，但又有些踌躇。

"哪怕咱们一起过一晚也好。"

苗子站在路边，转过身去，背着千重子潸然泪下。千重子当然不会不知道。

千重子回到室町店里时，城里只是阴天而已。

"千重子，你回来得正好，还没下雨，"母亲说，"你爸爸在里屋等你。"

父亲不等千重子招呼完，便探着身子问：

"千重子，那姑娘说什么了？"

"哎。"

千重子不知怎样回答才好，三言两语也说不清。

"说什么了？"父亲又问了一句。

"哎。"

千重子虽然懂得苗子的意思，但有的话也不甚了了——秀男实际上意在千重子，由于难于如愿，只好死了这条心，转而向长得酷似千重子的苗子求婚。姑娘家心细如发，苗子当然很敏感，所以，便对千重子说起“幻影”这套怪论来。难道说秀男心里想娶千重子，而拿苗子来移花接木吗？千重子觉得，这倒未必是自己自负。

但是，说不定事情并不仅止于此。

千重子不敢正面看父亲，羞得连头颈都红了。

“苗子那孩子是光想看看你吗？”父亲说。

“是的。”千重子决然抬起头来，“据说大友家的秀男向苗子求婚了。”千重子的声音有些发颤。

“嗯？”

父亲审视着千重子，沉默有顷，好像猜着了什么。不过，没说什么。

“是吗？和秀男？要是大友家的秀男，那倒不错。说实在的，各人有各人的缘分。恐怕这也是因为你的关系吧？”

“爸爸！不过，我觉得苗子不会跟秀男好的。”

“噢，为什么？”

“……”

“为什么呢？我觉得蛮好的……”

“倒不是好不好的事，爸爸，您还记得吗？您在植物园可是说过，把秀男招赘给千重子怎么样。

那姑娘可是知道这层意思的呢。”

“哦，这是怎么回事？”

“而且，她好像还考虑到秀男的织带铺同咱们店多多少少有些交易。”

父亲把不住心跳了，默默无言。

“爸爸，求您件事。哪怕一个晚上也好，让那孩子来家里住一夜吧。”

“当然可以。这有什么……我不是说过吗？收养她都行。”

“那她是决不肯的。就一个晚上……”

父亲不胜爱怜地看着千重子。

听见母亲在关窗上的挡雨板。

“爸爸，我去帮一下忙就来。”说着千重子站起身来。

阵雨悄没声儿滴落在檐头。父亲木然坐在那儿。

龙助和真一的父亲，请太吉郎到圆山公园的左阿弥吃晚饭。冬日天短，从高高的客厅俯瞰市街，已经是灯火点点了。天空灰蒙蒙的，没有晚霞。街市除了灯火，也是灰蒙蒙的，真是一派京都冬天的色彩。

龙助的父亲是室町街上的大批发商，生意兴

隆，为人可靠，可是今天说话却有些吞吞吐吐，一边踌躇，一边说些闲话来拖时间。

“其实呢……”他借着酒力终于点到了正题。而性情优柔寡断或者说日渐消沉的太吉郎，大约也猜到水木先生要说什么。

“其实呢……”水木期期艾艾地说，“大概您从令爱处也听到些关于龙助那个愣小子的事吧？”

“啊，我这人很不中用，所以令郎龙助少爷的好意，我十分领情。”

“是吗？”水木轻松起来，“这小子很像我年轻的时候，一旦打定主意，谁也劝不过来。实在没有办法……”

“我倒是非常感谢他。”

“真的吗？听您这么说，我总算放下心了。”水木当真按着胸口说，“那就请您多多包涵。”说着鞠躬如仪。

太吉郎的店尽管日渐萧条，但是要搬请同行中的后生来帮忙，总是近乎耻辱。要是说来见习，从两家店的规模来说，倒是应该反过来才对。

“对于小店来说，是求之不得，但是……”太吉郎说，“宝号少了龙助少爷，恐怕不大方便……”

“哪里哪里。生意上龙助只是道听途说一点皮毛，哪晓得多少。从我这做父亲的来看，怎么说呢？他人还是很踏实牢靠的……”

“是啊，到小店来，忽然板起面孔坐在掌柜面前，我都吃了一惊。”

“他就是那么个人。”说完，水木喝着闷酒。

“佐田先生。”

“哦？”

“倘能叫龙助到府上帮忙，即便不是天天去，他弟弟真一也会慢慢长点志气，这一来也帮了我的忙。真一性格温良，直到现在龙助还动不动就嘲笑他，叫他‘童子小哥’的，真是不像话……祇园会上真一曾经坐过彩车……”

“因为长得眉清目秀的。同我家千重子从小就是同学……”

“令爱千重子……”水木一时语塞。

“令爱千重子……”水木又重复说，口吻甚至有点怒意，“怎么出挑得那么漂亮，好一位出色的小姐。”

“这不是靠父母的力量，是孩子自己天生成的……”太吉郎率直地回答道。

“想来佐田先生心里也明白，府上同我们可算是同行，龙助之所以要去府上帮忙，也为的是想在千重子小姐身旁，多待上一时半刻的。”

太吉郎点了点头。水木擦了一把额角，龙助的前额跟他很像，接着又说：“这小子虽然丑，但办事能干。我绝不敢有任何勉强的意思，万一有朝一日，千重子小姐对龙助还觉得中意，我这实在是老着脸皮，能否请佐田先生招门纳婿？我可以废掉他作为长子的继承权……”说着，又低头一礼。

“废掉……”太吉郎简直吓住了，“偌大一个批发商的嗣子……”

“这并非一个人的幸福。最近看到龙助那样子，我便这么想。”

“承您厚爱，不过，这种事全要看两个年轻人将来是否情投意合。”太吉郎避开水木的锋芒说，“千重子是个捡来的孩子。”

“捡来的孩子又怎么样呢？”水木说，“我这些话，佐田先生心里知道就是了，龙助去府上帮忙，您看可以吧？”

“那好吧。”

“多谢多谢。”水木看来满心高兴，举杯饮酒的样子也自不同了。

第二天清晨，龙助早早来到太吉郎的店里，立即把掌柜和伙计招集拢来，开始盘货——漆染绸、白绸、绣花绉绸、单丝绉、绫葛、高级绉绸、绵绸、结婚礼服、长袖和服、中袖和服、普通和服、花锦缎、缎子、高级印花绸、会客礼服、织锦腰带、里子绸、和服饰物等等。

龙助只是一旁看着，什么也不说。自从上一次较量之后，掌柜在龙助面前赔着小心，不敢拿大作势。

虽经挽留，龙助仍赶在晚饭前回去了。

当晚，“笃笃笃”敲着格子门的，是苗子。那声音只有千重子听见。

“哟，苗子！从傍晚起就挺冷的，你来了可真好。”

“……”

“星星出来了。”

“听我说，千重子，见了父母，我该怎么招呼才好呢？”

“你的事他们都知道，见了就说‘我是苗子’就行了。”千重子搂着苗子肩膀，走进屋，问道，“晚饭吃过了吗？”

“我在那边吃过鱼肉饭卷来的，甭张罗了。”

苗子虽然有些拘束，但二老一看到这么相像的姑娘，简直瞠目结舌，几乎说不出话来。

“千重子，你们上楼去吧，两个人从从容容说说话儿。”还是母亲繁子乖觉。

千重子拉着苗子的手，走过窄窄的廊子，上了后楼，点上暖炉。

“苗子，来一下。”千重子把她叫到穿衣镜前，凝视着两人的面庞。

“真像。”千重子浑身感到热乎乎的。两人又左右对换位置站着。“真是活脱儿像。咦？”

“孪生姐妹嘛。”苗子说。

“人要是尽生双胞胎，那会成什么样子呢？”

“准是老认错人，麻烦得很。”苗子退后一步，眼睛湿润了，“人的命运真不可思议呀。”

千重子也退到苗子身边，用力摇着苗子肩膀说：

“你就住下来不好吗？爸爸妈妈都这么说……我一个人又很孤单……虽然杉山那里不知有多舒畅……”

苗子仿佛站不住似的，一歪身跪了下去，一边摇着头，眼泪滴在膝盖上。

“小姐，直到现在，咱们的生活境遇都不一样，教养也不同。室町这儿的生活，我未必过得惯。就让我到府上来这么一次，只要这么一次就行了。也是想穿上你送我的衣服，让你看看……再说，杉山你都去过两趟了。”

“……”

“而且，婴儿中，父亲抛弃的是小姐你呀！虽然我当时什么也不知道。”

“这些事我早就忘记了。”千重子毫不在意地说，“我现在也不去想，我还有过那样的父亲。”

“我想父母他们也许是受到报应了……尽管我那时还是个婴儿，请你原谅吧。”

“这事有你什么责任和罪过？”

“倒不是这么说。先前我说过，我苗子决不妨碍小姐你的幸福。”苗子放低了声音说，“所以，还是销声匿迹的好。”

“不行，你这是怎么说的……”千重子用力说，“你这样可太不公平了……苗子，你觉得不幸吗？”

“没有，但是感到孤独。”

“幸福是短暂的，孤独是长久的，你说是不？”

千重子说，“咱们睡下去，再好好聊……”千重子从壁橱里拿出铺盖来。

苗子一面帮忙，一面说：“幸福大概也就是这么回事吧。”然后侧耳倾听屋檐上的声音。

千重子见苗子凝神细听，便问：

“阵雨吗？还是雨夹雪？要么是阵雨里带雪花？”说着千重子也停下手来。

“谁知道呢，或许是小雪？”

“雪？”

“这么静！这不是平常下的雪，实在是小极了的那种细雪。”

“哦。”

“山里常常下这种细雪，干活的时候，不知不觉间，杉树叶上铺了一层白，像花儿似的，连那些冬季落叶的枯树尖上，都变得雪白。”苗子说，“真是美极了。”

“……”

“有时下下就停了，有时变成雨夹雪或是阵雨……”

“要不要打开挡雨板看看？看一眼就知道了。”说着千重子起身要过去，苗子拦住道：“甭开了。怪冷的，你会感到幻灭的。”

“幻呀幻的，你就爱说这个字。”

“幻影吗？”

苗子姣好的面庞上，笑容可掬，但是隐约有一层凄婉的神情。

千重子刚要铺被褥，苗子忙说：

“千重子，就让我给你铺一次床吧。”

两个被窝并排挨着，千重子默默地钻进苗子的被窝。

“啊，苗子，好暖和。”

“干活毕竟不一样些。住的和……”

苗子紧紧搂着千重子。

“这样的夜晚，要冷的。”苗子压根儿不怕冷的样子，“细雪下下停停，停停下下……今儿晚上怕就是……”

“……”

父亲太吉郎和母亲繁子好像上楼走进隔壁房间。因为上了年纪，用电毯暖被窝。

苗子凑近千重子的耳边，悄声说：

“你的被窝已经暖和了，我挪过去睡啦。”

等到母亲把纸门拉开一条缝，看看两个姑娘的卧室时，已是后来的事了。

翌日清晨，苗子绝早起床，叫醒千重子说："小姐，这大概是我一生中最幸福的一晚了。趁着还没人看见，我回去了。"

正如昨晚苗子说的，夜里果真细雪下下停停，此刻正是细雪霏霏、寒气袭人的清晓。

千重子起来说："苗子，你没有雨具吧？等一下。"她把自己最好的天鹅绒外套和折叠伞、高底木屐拿给苗子。

"这是我送你的。以后还要来呀！"

苗子摇了摇头。千重子扶着格子门，一直目送她远去。苗子没有回头。千重子的额发上，飘洒下几点细雪，霎时便融化了。市街依旧在沉睡，大地一片岑寂。

一九六一至一九六二年

美丽与悲哀

除夕钟声

东海道线特快列车“鸽子号”的观光车厢里，有一侧的窗旁，摆了五把转椅，大木年雄发现，只有尽头的一把，随着列车的震动，径自悄没声儿地转悠。大木一直盯着，眼睛始终没离开。他坐的这一侧，椅子扶手低，不能动，当然也转不了。

车厢里只有大木一人。他身子深深埋在扶手椅里，瞧着对面的一把转椅转来转去。椅子不是按一个方向转，转的速度也没个准儿。一会儿快一会儿慢，时而停下来不动，时而又朝反方向转去。总之，大木独自在车厢里，望着面前的一把转椅独自转来转去，不禁引发心头的寂寞，以至遐想连连。

时值腊月二十九。大木是专程去京都听除夕钟声的。

每年的大年夜，大木都听收音机里的除夕钟

声，这习惯也不知有几年了。自打几年前开播这个节目以来，恐怕他年年都听，未曾间断过。日本各地有名的古刹钟声，配以播音员的旁白解说，广播于辞旧迎新之际。所以，播音员的话语也往往是美词丽句，感叹颂赞。古老的梵钟，间隔着撞响，徐缓地传来，袅袅的余音蕴含着对时光流转的追思，透露出日本自古以来那幽雅的情趣。北国寺院的钟声一响，随后便听见九州各地的钟声，而每年除夕，总是以京都各寺的钟声殿后。京都寺院众多，有时收音机里会数寺钟声并起，交相争鸣。

播放除夕钟声的时刻，尽管妻子和女儿还在忙碌，或在厨房准备正月的菜肴，收拾东西，或是打点衣物，插花布置，大木却总是坐在起居室里听收音机。随着除夕的钟声，不禁回想起即将逝去的一年而颇多感慨。那感慨因年而异，有时激越，有时痛苦，有时也会因悔恨和悲痛而自责。播音员的话语和声调带着感伤，有时虽让人反感，但钟声却打动他的心弦。几时能在京都过除夕，不必通过收音机，亲耳听听各处的古刹钟声，是他心驰神往已久的事。

于是，今年岁暮，他遽然决然，作京都之行。

而且私心里还萌生一个念头：同家住京都的上野音子久别重逢，共听除夕之钟。音子搬到京都之后，与大木几乎音讯杳然。不过，她作为日本画画家时下俨然自成一家，似乎依旧独身过活。

因为是一时心血来潮，再说事先定下日子预购车票，也不合大木的脾气，所以，大木没买快车票便从横滨上了“鸽子号”观光车。心想，年终岁暮，东海道线也许很挤，但与观光车里的老服务员颇熟，总能设法给找个座位。

“鸽子号”去时，午后由东京发车，经过横滨，傍晚到达京都；回来也是午后由大阪发车，经过京都，对惯于晚起的大木比较合适。因此，往返京都，大木经常乘坐“鸽子号”，二等（那时分一等、二等、三等）车厢里的女服务员也大多都认识大木。

一上车，没料到二等车厢格外空。或许是岁尾二十九，乘客少的缘故。到了三十和三十一，该又挤起来了吧。

大木凝望着那把自动旋转的椅子，无意中沉入关于“命运”的思绪里。这时那位老服务员送茶来了。

“只有我一个人吗？”大木问。

“嗳，有五六位。”

“元旦挤不挤？”

“不挤，元旦很空。您元旦回去？”

“是啊，元旦得回去……”

“那我先给您安排好。元旦我不值班……”

“拜托了。”

老服务员走后，大木四处打量了一下，尽头那把靠椅脚下，放着两只白皮箱，四四方方，略微薄些，款式新颖。白皮面上带有浅茶色的斑点，是日本少见的上等货。椅座上还搁了一只豹皮制的大手提包。物主大概是美国人吧，好像到餐车去了。

窗外，杂木林在暖融融的浓雾中逝去。浓雾之上，远处的白云间，闪耀着一缕微光，仿佛是从地面映射上去的。随着列车奔驰，天气逐渐晴朗。阳光从车窗射进来，一直照到地板上。车过松山，地上散落着一片松叶。有一丛竹林，叶子已经枯黄。波光闪闪，拍打着黑色的海角。

从餐车回来的，是两对中年美国夫妇，等列车驶过沼津，望得见富士山的时候，便立在窗旁频频拍照。可是，待到整个山容连同山脚都一览无余时，他们反而背对着车窗，许是拍照拍累了吧。

冬天日短，河面上泛着凝重的银灰色的光，大木目送着河水远去，一抬头，正对着落日。不大一会儿，从黑云的弓形云隙中，冷冷地漏出白色的余晖，久久不见消失。车厢内，早已点上了灯，不知什么缘故，转椅全都转了半圈。但是，一直转个不停的，依旧只有尽头的那一把。

到了京都，大木直奔京城饭店。心里寻思，说不定音子会到饭店来，便要了一间安静些的房间。电梯似乎上到六七层，但因饭店是盖在东山的陡坡上，顺着长廊往里走，直到尽头还是一层。沿走廊的各个房间都鸦雀无声的，许是压根儿没住客。可是，过了十点钟，两边的房间响起外国人的声音，忽然间嘈杂起来。大木去问值班的服务员。

“有两家人，光小孩子就有十二个。”服务员回答说。十二个孩子不仅在房间里大声说话，还在彼此的房间里窜来窜去，在走廊上乱跑乱闹。空房间本来很多，为什么偏叫大木受这份夹板罪，两边安排这样吵闹的客人呢？不过，大木转念一想，好在是孩子，待会儿就会睡的，开头还不以为意。然而，恐怕是出来旅行，小孩子也兴奋难眠，总也静不下来，尤其在走廊上跑来跑去的脚步声，十分刺耳。

大木干脆从床上爬起来。

并且，两边房间里外国话的絮聒，反使大木感到孤寂。“鸽子号”观光车厢里的那把独自旋转的转椅，又浮上他的脑海。觉得好似看到内心的孤独，在无声地回旋。

大木是为听除夕钟声，与上野音子相会才来京都的。可是，音子与除夕钟声，究竟哪一个是主要的，哪一个是附带的呢？他要再推究一下。除夕钟声，那是准能听到的，可音子，却未必能见到。那准能办到的，不过借口而已，未必能行的，岂不是他衷心企盼的？大木是想与音子同听除夕钟声而来京都的。原以为这不难办到，会如愿以偿才动身的。然而，大木与音子之间，却横亘着一段漫长的岁月。虽说音子至今未嫁，一直独身，但她肯不肯同昔日情人相会，能否把她约出来，其实大木自己又何尝知道？

“不，她那个人……”大木喃喃自语。“她”会变得怎样？眼下如何？这终非大木所能知道的。

音子好像租了寺院的厢房，与女弟子一起生活。大木曾看到一本美术杂志上登的照片，那厢房似乎不止一两间，倒像是一户人家，当作画室的客厅也挺宽敞。院子里也颇有情致。她人的姿势是正握着笔，低头作画，但从前额到鼻梁的线条来看，错不了，准是音子。人到中年却还没有发福，风韵犹存。这幅照片使大木感到，还未及回忆往日的温馨，已先自有股逼人之气：责备大木剥夺了她为人妻做人母的权利。当然，这种逼迫感，在看到杂志上这张照片的人中，唯有大木才会有。在与音子关系不深的人眼里，或许她只是一个搬到京都，具有京都风致的漂亮女画家罢了。

大木原想二十九日晚上就算了，待第二天三十日，再给音子打电话，或径自去她家造访。但是，早上被外国孩子吵醒后，他又畏缩起来，游移不决。心想，还是先写封信吧，便坐到桌前。可提起笔来，竟不知如何开头才好。望着客房备下的便笺仍是一张白纸，转念又觉得，不见音子也罢，独自听过除夕钟声便回去。

两边房间的孩子，老早就把大木吵醒了，等两家外国人离开之后，他又睡了下去，起来时已快十一点了。

大木慢慢地打领带，不禁想起春子说话时的情景：

“我给你打。让我来……”——这是十六岁的少女，被夺走童贞之后的头一句话。大木还一直没有开口，他无话可说，只是温柔地将她的背搂过来，轻抚她的秀发，始终不作一声。从他臂膀中脱出来，先穿戴好的，是音子。大木站起身后，音子一动不动，抬头看着他穿衬衫，打领带。一双眸子温润而没有泪水，却晶莹发亮。大木躲着她那双美目。方才接吻时，音子也睁着眸子，大木把嘴凑上去，让她两眼闭拢。

音子说，我给你打领带，声音透着少女的妩媚。大木放下了一颗心。这倒真是意想不到。与其说是宽宥大木的表示，或许是要摆脱眼前的自己也未可知。她的手打着领带，动作轻柔，似乎打得不顺手。

“会打吗？”大木问。

“我想会的。我看过爸爸打领带。”

——音子的父亲，在她十二岁那年去世了。

大木坐到椅上，把音子抱到腿上，扬起下巴，让她好打些。音子略微挺胸，有两三次刚打好又解开，然后说：

“得，宝贝儿，好了。这样行吗？”说着，从腿上下来，手指搁在大木的右肩上，端详着领带。大木站起来，走到镜子前面。领带打得相当好。他用手掌使劲搓了搓带些油腻的脸。他没脸去瞧侵犯了少女之后的自己。镜子里，映出少女的面庞，正朝这边走来。她那清新妩媚而又楚楚可怜的美丽，令大木一凛。那是这种场合难得见到的美，大木为之惊讶，一回头，少女的一只手搁在大木的肩上：

“我喜欢你。”说了这么一句，便将脸轻轻靠在大木的胸前。

十六岁的少女喊三十一岁的男人为“宝贝儿”，大木觉得妙不可言。

——尔后二十四年过去了。大木已经五十五，音子也该有四十了。

大木洗过澡，打开房里的收音机，广播说今早京都已经结冰，并预报今冬天暖，正月里天气也会是温暖的。

大木在房间里只吃了一点吐司和咖啡，便乘车出去了。今天依旧下不了决心去看音子。他茫无目的，便决定到岚山转转。由车里看出去，从北山到西山，一座座小山连绵起伏，有的向阳，有的背阴，山容虽总那么柔和浑圆，却显出京都冬天特有的清寒。向阳的山上，日色惨淡，看似已近黄昏。大木在渡月桥前下了车，没过桥，顺着河边的路向上走去，路通到龟山公园的山脚。

由春到秋，游人如织，热闹喧腾的岚山，到了岁末的三十这天，竟然杳无人踪，与平日的情景大不相同。仪态清幽，呈现出岚山的本色。潭水一碧清澄。筏上的木材，装到河畔卡车上的声音，远远地传了开去。朝河的这边，一般所见到的岚山的正面，恰是山阴，山势向河的上游倾斜，只在山脊上尚有一线余晖。

大木打算一个人在岚山静静地吃顿中饭。以前来过的餐馆有两家，然而，离渡月桥较近的那家关门休息了。大年三十，该不会有客人现巴巴地跑到冷清萧索的岚山来吧？大木心里嘀咕，河上游那家小小的老店，恐怕也不会开门吧？一边慢慢地走着，倒不是非要在岚山吃饭不可。等他登上古旧的石阶，一个瘦小的女人说，家里人全进城去了。

“都不在。”回绝了他。竹笋上市时节，在这家店里曾吃过圆笋片煮鲣鱼干，那是几年前的事呢。大木回到河边的路上，又登上通向隔壁一家店的石阶，看见一位老婆婆正在扫枯落的红叶。店大概还开着吧，老婆婆回答道。大木站在她身边说，真静啊。老婆婆便说：

“连对岸的人声都听得清楚着呢。”

那家餐馆宛如掩藏在半山腰的树丛里，屋顶上葺着厚厚的茅草，又潮又旧，门口有些昏暗。倒也不是什么正经的门，门前挡着一丛竹子。隔着茅屋顶，耸立着四五株端直的红松。大木给请进房间里，好像没什么客人。玻璃拉门前，红的是珊瑚木的果。大木看到一朵开得不当令的杜鹃。珊瑚木，竹丛，还有红松，虽说挡住了河上的风光，但叶隙露出的深潭，澄澈深沉得如碧玉翡翠一般，水面纹丝不动。整个岚山一带，也宁静似水。

大木将两肘支在炭火很旺的暖笼上，听到小鸟的鸣啭。卡车装木材的声音，在山谷里回荡。不知是出山洞还是钻山洞，山阴的汽笛声响彻群山，留下凄厉的余韵。大木想起初生婴儿孱弱的哭声。——十七岁的音子怀上大木的孩子，到八个月便早产了，是个女孩儿。

婴儿眼看保不住了，就没抱到音子身边去。死时，医生说：

“等产妇恢复一些后，再告诉她的好。”

音子的母亲于是说：

“大木先生，还是请你告诉她吧。我女儿她也还是个孩子，好不容易生下来，实在怪可怜的，只怕我不等开口就会先哭起来。”

音子母亲对大木的气愤和怨恨，因女儿生产，暂时压下去。就算大木是个有妻室的人，音子既然给他生了孩子，这位独生女儿的寡母，恐怕已没那气力，一直去责备对方、怨恨对方了。比要强的音子还要强的母亲，好像忽然之间人就垮了似的。瞒着别人偷偷生育，连生下的孩子如何处置，不都得听大木的吗？再说，怀孕期间，音子脾气暴躁，母亲一说大木的坏话，就寻死觅活吓唬人。

大木回到病房，音子转过产妇那种无怨无恨、安详清澄的眸子，随即涌出大颗大颗的泪珠，顺着眼角流下来，弄湿了枕头。大木心想，准是给她察觉到了。音子的眼泪不住地往外涌，流成两三条，有一条快流进耳朵里，大木慌忙想去揩掉。音子抓住他那只手，这才抽抽搭搭放声哭了出来，仿佛冲破的水闸，抽泣得越发厉害了。

“死了，是吗？婴儿死了，死掉了！”

她肝肠寸断，翻来滚去，简直椎心泣血。大木抱着音子，紧紧压住她的胸脯。少女的乳房虽小却胀鼓鼓的，碰上了大木的胳膊。

母亲一直在门外探听动静，这时走进来叫道：

"音子，音子！"

大木并不在乎音子的母亲，犹自紧抱着音子的胸脯。

"好难受。放开我……"音子说。

"老老实实的，别动行吗？"

"老老实实的。"

大木才放开她，音子喘着气，肩膀一起一伏的，眼窝里又噙满了泪水。

"妈，要烧掉是吗？"

"……"

"连小囡也这样？"

"……"

"我出生时，头发黑黑的，妈说过的，是不是？"

"是的，黑黑的。"

"婴儿的头发是不是也挺黑？妈，给我剪下一绺留着好吗？"

"何苦呢？音子……"母亲为难地说，"音子，很快又会有的呀。"不留神说走了嘴，好似后悔似的，愁眉苦脸地扭过头去。

母亲，甚至连大木，不是私下里都巴望着，但愿那孩子能不见天日的吗？音子给送到东京郊区一家蹩脚的产院里。要是一家好点的医院，想尽办法，说不定婴儿的命能保住。想到这里，大木也不免痛心难过。送音子进产院的，只有大木一人，母亲没能来。医生是个半老的男人，一张脸喝酒喝成了猪肝色。年轻的护士用责备的目光望着大木。音子穿了一套朱红的绸衫。绷短的袖子也忘记放长。

——在二十三年后的岚山，那个头发乌黑、不足月的婴儿的面影，竟历历如在大木的眼前。她好似藏在冬天的枯木林中，沉在碧绿的深水潭里。大木击掌叫来女侍。今天大概没准备接待客人，烧菜烹肴很费工夫，这是一开始就料到的。女侍进屋后，为了拖时间吧，就斟上热茶，也坐了下来。

漫无边际的闲聊当中，女侍讲了一个男人被狐狸迷住的故事。快天亮时，那人在河里哗啦哗啦一边走一边喊：

“要死啦，救命呀！要死啦，救命呀！”于是别人发现了他。渡月桥下，水很浅，上岸原很容易，他却在河里跌跌撞撞地兜圈子。等救醒后，说是头天晚上十点来钟，像梦游似的在山里转来转去，不知不觉竟跑到河里去了。

女侍被厨房叫去了。先上的是鲫鱼。大木慢慢地呷着酒。

临出大门时，大木又抬头望了望厚厚的茅屋顶。长了青苔，已经朽了，大木觉得别有情趣。

“遮在树下，没个干的时候呢。”老板娘说。重葺的草，还不到十年，刚八年便这样子了。茅屋顶的左边，清白的半月挂在天空。正是三点半钟。大木下到河边的路上，望着翠鸟在水面上低掠飞翔。羽毛的颜色，看得很分明。

在渡月桥下，大木叫了一辆车，打算去仇野看看。那里祭祀无主孤魂的地藏王雕像和石塔一片林立，冬日的黄昏，想必会让人兴起无常之感吧。然而，到了祇王寺的入口处，一见竹林的幽森阴暗，便让汽车转了回来，决定到苔寺绕一下再回饭店。苔寺的庭院里，只有一层枯败的松叶，倒映在池中的树影，随着人走而动。朝着沐浴赭红夕阳的东山，大木回到了饭店。

在浴室里身子洗暖之后，从电话簿上查到上野音子的号码。一个年轻女人的声音，是她的女弟子吧。音子立即接了过去：

“喂。”

“我是大木。”

“……”

“是大木，大木年雄。”

“哦，好久不见了。”音子带着京都口音说。

大木不知从何说起才好，干脆省去那些难以启齿的话，就像这突如其来的电话一样出其不意，让对方不感拘束地急口说：

“我来京都，是想听除夕钟声的。”

“听除夕钟声？……”

“能不能请你和我一起听？”

“……”

“能和我一起听吗？”

“……”

电话里，好半天没有回答。音子一定很吃惊，感到很惶惑吧？

“喂喂，喂喂……”大木喊道。

“您一个人吗？”

“一个人，就我一个人。”

音子又不作声了。

“听过除夕钟声，元旦一早便回去。想和你一起听过年的钟声才来的。我也到了这个年纪了。有多少年没见面了啊！要不是来听除夕钟声这种机会，想要见你简直说不出口，年月实在太久了。”

“……”

“明天来接你好吗？”

“不，”音子慌忙说，“我来接您吧。八点……是不是早了点儿？那就九点钟后，请在饭店里等。我先找地方订个座位。”

大木原想从从容容同音子共进晚餐，可是九点钟已是饭后了，好在音子答应下来了。往昔记忆中音子的倩影，栩栩如生，浮现在大木眼前。

第二天，从清早直到晚上九点，一个人待在饭店里，时间显得很长。一想到是除夕三十一，就越发感到时间之长了。大木无事可做，京都虽有几个熟人，可赶上除夕这种日子，晚上又要同音子去听钟声，就谁都不想见了，也不愿意让任何人知道自己来了。餐馆虽然不少，京都的美味佳肴很诱人，他还是在饭店里，例行公事般用过晚饭。这样，大木在年终的这一整天里，充满了对音子的回忆。同样的回忆，一再地浮现，也就越发地鲜明。十几年前的往事，反比昨天的还要鲜活，竟如同在眼前一般。

大木没站到窗旁，看不见饭店下面的街道。从窗内，隔着京都市街的屋顶，只能望见西山。而西山，也离得很近，比起东京来，京都这座城市又小又亲切。西山上空的浮云，透明之中带一抹金色，转眼间就变得阴冷灰暗，天色已经垂暮。

回忆，是什么呢？这样鲜明地印在记忆中的过去，又是什么呢？音子随着母亲搬到京都，大木曾以为和音子分开了，这固然没错，可他们果真分开了吗？一想到自己搅乱了音子的一生，使她终生不能为人妻为人母，大木就免不了要受良心责备。但一直未嫁的音子，在漫长的岁月中，对大木又是如何想的呢？即便对大木来说，记忆中的音子是个性情激越的女人，那是再也找不出第二个人来的。而且，时至今日，对音子的回忆还如此鲜明，音子又何尝离开过大木？尽管大木生在东京，可夜幕下，灯火通明的京都，使他生起故乡一般的感觉。虽说这是由于京都犹如日本的故乡，更因为音子就住在这里。大木心里很不踏实，便去洗澡，从内衣到衬衫，连领带也换过，一忽儿在房间里踱来踱去，一忽儿又对镜照照自己，就这样等着音子。

“上野先生接您来了。”门口服务台打来电话，已经九点过了二十多分。

“马上下来，请她在大厅里等一下。”大木说完，却又自言自语地，“或许请她到房间里来更好些。”

宽敞的大厅里，没见到音子。一位年轻的姑娘，朝大木走过来。

“是大木先生吗？”

“正是。”

“上野先生派我来接您。”

“嗯？”大木尽量装作若无其事的样子，“多谢了……”

大木一心以为音子会来，不料给甩了。几乎一整天里，对音子的回忆是那么鲜明，现在简直迷惑不解了。

直到坐上姑娘让等在门口的汽车里，大木仍是沉默不语，隔了半晌才开口道：

“你是上野小姐的高足吧？”

“不敢当。”

“同上野小姐两人一起住吗？”

“是的，还有一个帮佣的娘姨。”

“是京都人？”

“我，家在东京，因倾慕上野先生的作品，一径闯上门去，承先生留在身边。”

大木转脸看了一眼那姑娘。在饭店里招呼他的时候，大木就已看出姑娘的美貌，先是看她的侧脸，细长的脖颈，和好看的耳朵。脸庞是那么艳丽，简直叫人不好意思正眼瞧去。说起话来，很文雅娴静。坐在大木身旁，显得很拘谨。大木同音子之间的事，姑娘知不知道呢？按说那还是她出生之前的事，大木心里一边寻思，一边贸然问道：

“平时也穿和服吗？”

“不穿。在家里要来回走动，多半穿长裤，很不成样子的。我跟先生说，听了钟声就到初一了，先生便让我穿上过年的衣裳。”说话之间稍微显得轻松一些。她不但到饭店来接大木，好像还要一起去听除夕钟声。这样，大木心里就明白了，音子是避免与大木两人单独相处。

汽车经过圆山公园，朝深处的知恩院方向上去。古色古香的租用客厅里，除了音子，还招来两个舞伎。这也完全出乎大木的意料。只有音子把腿伸进暖笼里，两个舞伎则隔着火盆相对而坐。女弟子跪在门口，向音子行礼说：

“我回来了。”

音子从暖笼里挪出腿：

“久违了。”对大木说，“我想知恩院的钟好些，便定在这里。可是，这里今天也休息，没办法招待什么……”

“多谢了。给你添麻烦了。”大木只能这样说。女弟子之外，还有舞伎在场。关于大木和音子之间的往事，言谈中自是漏不得半点口风，神色上也不能流露分毫。昨天音子接到大木的电话，想必是既为难又有戒心，便想到叫两个舞伎来，避免同大木单独相对，难道音子内心里对大木犹存隔阂？大木走进客厅，与音子才一见面，便觉出了这一点。可是，从这一眼，大木同时也感到自己仍在音子的心中。旁人恐怕觉察不出来。不，女弟子就生活在音子的身边，而舞伎虽说是少女，毕竟是风尘中的女子，说不定能觉出点什么。当然，谁都会装作若无其事的样子。

音子安排大木就座之后，对女弟子说：

“坂见小姐坐这儿。”隔着暖笼与大木相对。就连那个位置，音子也躲开了。她打横靠着暖笼。两个舞伎坐在音子身旁。

“坂见小姐，跟大木先生寒暄过了？”音子低声问过女弟子，然后向大木介绍说：

“住在我那儿的坂见庆子，跟她的容貌可不一样，疯疯癫癫的。”

“啊哟，先生，瞧您说的。”

“时常能别出心裁画些抽象画。看上去简直热情得可怕，带些狂气。不过，她的画很吸引我，好羡慕她呢。画起画来，人都会打战。”

女侍端来酒水和小吃，舞伎给斟上酒。

“没料到，会取这种方式听除夕钟声。”大木说。

“我想，同年轻人一起听要好些。钟一响，又该长一岁了，多寂寞啊。”音子低首垂目，说道，“像我这样的人，居然还能活到今天……”

大木不由得想起，生下的孩子死后两个月的光景，音子曾服安眠药自杀过。她是不是想起那件事来呢？——大木是得了音子母亲报的信才跑去的。是母亲让女儿跟大木分手，才出了这事，可她还是把大木叫去了。大木便在音子家里住下看护她。因注射大量针剂，大腿肿得硬邦邦的，大木一直给她揉腿。母亲则给换蒸热的毛巾，来回跑厨房。音子的内裤给脱了下来。十七岁的音子，腿原本是细长的，打针打得肿了起来，非常难看。大木手上用力，有时会滑进大腿里面，趁母亲不在的工夫，把渗出来黏乎乎的脏东西给她擦干净。大木又是自责又是心疼，眼泪直落到音子的腿上。他像祷告似的在心里念叨：无论如何也要救活她，不管怎样也决不分开。音子的嘴唇发紫。听见母亲在厨房里啜泣，大木站起来，走过去，见母亲缩着肩蹲在煤气灶前。

“活不成了，她要死了。”

“就算她死了，妈一直那么疼爱她，我想，这也足够了。”

母亲抓住大木的手说：“你也一样呀。大木，你也是一样的呀……”

一直到第三天音子睁开眼睛，大木始终不眠不休地守在跟前。音子眼睛睁得老大。

“难受。好难受呀。”她抓头挠胸地滚来滚去，也许是看见大木，喊道：

“走开，走开。不要你在这儿嘛。”

固然是两个医生尽心治疗的结果，但大木始终认为，能够救活音子的性命，自己一心一意地看护也起了作用。

对于大木的看护，母亲大概没详细告诉过音子。可是，大木至今还记得清清楚楚。比起曾经抱过音子的身体，在生死之际为她揉过的大腿，更加鲜活地浮现在眼前。二十几年后，在聆听除夕钟声的房间里，即便她腿伸在暖笼里，也能看得见。

舞伎或大木斟的酒，音子毫不犹豫地一一干尽，看来相当有酒量了。一个舞伎说，撞一百零八下钟，听说得用一个钟头。两个舞伎都没穿正式陪酒的衣裳，是一身平常打扮。腰带也不是那种垂下来的，可是质地考究，花色漂亮。头上没戴花簪，只插了一把华美的梳子。两人好像同音子是老相识，但大木不明白，何以装束这么简慢就来了。几杯酒下肚，听着舞伎满口京腔，东拉西扯，大木的心情也随着轻松起来。音子的安排该是聪明的。不错，她是避免与大木单独相处，但是，突然要同大木相会，总归希望心理上能有个准备，让情绪平静下来吧。仅仅这样坐着，两人之间也能灵犀相通。

知恩院的钟声响了。

“啊！”满座寂然。钟声过于古拙，略带破裂之音，但余音袅袅，荡向远方。隔一会儿又响起来，似乎就在附近撞的钟。

“太近了。我说起要听知恩院的钟声，有人就告诉这家好。要是离得稍微远些，在鸭川河边那里就好了。”音子对大木和女弟子说。

大木打开纸拉门一看，客厅外面的小院子下面便是钟楼。

“就在那儿啊！连撞钟都能看见。”

“实在太近了。”音子又说了一遍。

“不，挺好。每年除夕听的，是收音机里的钟声，能贴近听一次也很好嘛。”大木说，不过，确实缺少一些情趣。钟楼前一片黑乎乎的人影晃来晃去。大木关上拉门，回到暖笼前。钟声不绝于耳，一旦不再特意去听，自是蕴含一股远古时代那深沉雄厚的力量，果然不愧是古钟名品。

大木他们离开租用客厅，一路走到祇园神社，去参拜一年中的最后一个庙会白术祭。在绳子的一头点上火，晃着火绳回家的人还真不少。据说用这火绳点灶火，元旦煮年糕，是自古相传的习俗。

早春

大木年雄站在山丘上，出神地望着紫色的晚霞。下午一点半起，伏案给晚报写连载小说，写完了一节，刚走出家门。他家在北镰仓的山丘上。西天的晚霞在高空弥漫开来。许是暮霭吧，但紫得那么浓，还以为是片薄云呢。紫色的晚霞，大木觉得很稀罕。仿佛刷子在湿纸上横着刷过去，浓淡之间晕虚朦胧。紫色的轻柔中，孕育着将临的春意。有一处呈桃红色。夕阳似正隐藏在其间。

大木想起在京都听过除夕钟声，元旦乘“鸽子号”回来时，夕照之下，铁轨上闪着红光，一直红到很远的地方。一侧是大海。铁路转弯折入山阴处，红光也随之消失。列车一进山峡，骤然间便暮色苍茫。然而，铁路上的那一片红，使大木又回忆起与音子的往事。听除夕钟声，音子还带上女弟子坂见庆子，并叫来舞伎，想必是不愿与大木两人单独相处吧，但她这样做，反而使大木感到自己仍在音子的心中。从祇园神社出来，走在四条大街上，熙熙攘攘的人群中有些醉汉和年轻小伙子，他们有人上来搭讪，举起手，要去摸舞伎的云鬓。平时，京都没有这种事。大木边走边护着两个舞伎。音子和女弟子则落后一步，跟在后面。

元旦中午，大木乘上“鸽子号”，虽然觉得音子未必会来车站送他，可心里却又惦记着。这时，女弟子坂见庆子来了。

“过年好。先生说，本来应当她来送行，可每年元旦，有几家礼数上少不得，非去不成，中午还得在家恭候客人，一大早就出去了。所以，就让我代她来送行，好好向您道歉。”

“哦，是吗？你还特地赶来，真是过意不去……”大木回答说。元旦车站上乘客虽少，庆子的美丽，依然引人注目。“大年夜劳你到饭店来接，元旦又到车站来送，多承照应。”

“不客气。”

庆子穿的仍是昨晚那身和服，上面绘有千姿百态的海鸟，纷纷飘落的雪花。料子是淡青的缎子。

尽管海鸟上了颜色，但依庆子的年纪来说，终究太素，作为过年的衣裳，也显得不够热闹。

“这衣裳很漂亮。是上野先生设计的？”大木问。

“不，是我自己画的，还不尽如人意。”庆子脸微微一红说。毋宁说这身素净的衣裳，反把庆子那张娇艳的面庞，衬托得更加生动水灵。而且，海鸟的色彩搭配与形态变化，于抽象之中自有一股朝气。纷落的雪花宛如在翩翩飞舞。

庆子把京都的点心和冬天的酱菜递给大木，说是音子先生的礼物。

“还有，这是盒饭。”

从“鸽子号”进站到开车，虽说只有一两分钟，庆子一直靠窗站着。大木只看得见庆子胸脯以上的地方，心想，现在应是庆子一生中最美的时光。大木无从知道音子的美丽青春。他不得不与十七岁的音子分开，而昨天见到的音子，已经四十岁了。

大木提前在四点半钟便打开饭盒。拼好的年菜中，还添上了饭团。饭团捏得又小又好看，其中似乎蕴含着女人的款款心意。音子是为了那个男人——往日曾蹂躏过少女的他而捏的吧？咀嚼着仅一口或一口半大的饭团，在舌头与牙齿之间，大木感觉到了音子对自己的宽恕。不，那不是宽恕，那是音子的爱心吧，是音子至今仍深藏在心底的爱吧。被母亲带到京都以后，音子生活里发生过些什么事呢？除了画画，独自生活，详细情形大木一无所知。也许她有过爱情，或是谈过恋爱。然而，以少女的全部生命爱大木，这份爱，是切实的。在音子之后，大木也曾经有过几个女人。但像爱少女音子那样爱得那么刻骨铭心的，却没有。

“米真好。哪儿的米呢？关西的米……”大木一面寻思，一面把小饭团接连送到口里。不咸不淡，很入味。

音子在十七岁时，早产，自杀未遂，又在两个月后送进窗上拦着铁格子的精神病房里。大木虽从音子母亲那里得到信，却不被允许相见。

“只可在走廊里远看，请千万别过去……”音子的母亲说，“我也不愿叫你瞧见她现在那样子。要是见了你，又该闹得她不安生了。”

“她还认得出我吗？”

“当然认得出……不就是为了你，才这样的吗？”

“……”

“不过，好像还没到疯的地步。医院的大夫也安慰我说，只是一时的。那孩子总是做这样的手势。”说着，母亲比画着抱婴儿哄孩子的姿势，“是想她的孩子哟。怪可怜的。”

音子住了三个月才出的院。母亲见到大木时说：

“我也知道，您有太太，还有孩子。音子当初也该知道的。以我这年纪，明知这样，却还来求您，也许您会以为，倒是我才疯了呢……”音子母亲颤着肩膀说，“能不能请您跟音子结婚呢？”

母亲涌出眼泪，低下头，紧紧咬着牙。

“这事我也考虑过。”大木不胜痛苦地回答。他家里当然也起了风波。他太太文子那时二十四岁。

“想过好多好多次。”

“您权当我也跟女儿一样，脑筋有毛病，当成耳边风好了。我绝不会再来求您的，并不是说马上就要怎么着，就让音子等上三年两载，五年七年的。不用我说，音子那姑娘也一定会等的。再说，她还是个十七岁的女学生家……”

大木心想，听这口气，母亲的那股烈性，竟传给了女儿音子。

没到一年，母亲把东京的房子卖掉，领着女儿搬到京都住了。音子转到京都的女子高中，留了一级，女高毕业后，进了美术专科学校。

直到除夕共听知恩院的钟声，元旦把盒饭送到特快列车上，这已经二十几年过去了。不只是饭团，就连年菜也按着老规矩保持着京都风味，大木每下箸捡菜，都先欣赏一番，然后才送进嘴里。京城饭店的早餐，虽然也应景儿有碗烩年糕，但真正过年的风味，是在这个饭盒里。即便回到北镰仓自己家中，恐怕也同近来妇女杂志的彩色照片一样，正月的菜肴大多有些洋化了。

京都女画家音子，照她女弟子的说法，元旦有些“礼节”上的应酬，但总还不至于连抽个十分一刻钟，上车站来一趟的工夫都挤不出来吧？或许也像除夕听钟那样，免得与大木两人单独相处，音子才又打发女弟子来车站送行的？昨晚当着女弟子和舞伎的面，关于往事，大木对音子虽然只字未提，但往昔在两人之间却像息息相通似的。这盒饭也是这样。

“鸽子号”开动后，大木在窗内用手掌拍拍玻璃，发现这样做，车外的庆子听不见，便把车窗抬起两厘米说：

“元旦一大早便赶来，谢谢了。府上是在东京吧？常常要回去是不是？顺便到舍下来玩吧。北镰仓不大，在车站附近一打听，马上就能打听到。还有抽象画，音子先生说的那种充满狂气的画，给我寄一两张来看看。”

“真难为情，那画儿都给上野先生说了，有些狂气……”庆子的眼里，倏忽闪过一道奇怪的神色。

“不，那是因为上野先生已经画不出那种画，才那么说的不是？”

列车停车的时间很短，同庆子的谈话也短。

大木自己以往写过幻想小说，但今日所谓的抽象小说却从未涉笔。倘如语言与文字脱离日常实用，将其看作抽象或象征也未尝不可。不过，大木早年在散文写作上，对自家运用抽象或象征的这种才能和资质，曾经竭力加以遏制。他亲近过法国象征派诗歌，新古今[①]和俳谐[②]等，年轻时也学过以抽象或象征的语言，做具体而写实的表现。然而，大木认为，具体而写实的表现一旦深化，仍会达到象征与抽象的境界。

---

① 即《新古今和歌集》，成书于镰仓（1185—1333）初期，辑录和歌约二千首，追求优雅纤细的诗风，具有唯美浪漫的倾向。代表诗人有西行、俊成、定家等人。

② 俳谐连歌之略，具有诙谐、滑稽趣味的日本传统诗歌形式，狭义上指俳句。

譬如说，大木用语言和文字所表现的音子，同实在的音子之间，究竟有怎样的关系呢？个中真相，恐怕是难以把握的。

大木的小说中，寿命最长，至今仍拥有众多读者的，是部长篇，写他同十六七岁的上野音子恋爱的故事。由于小说的出版，音子的脸面益发受到伤害，引起世人的好奇，这的确有碍她的婚事。但是，直到二十几年后的今天，作为小说原型的音子，毋宁说，依旧为广大读者所喜爱，这到底是什么缘故呢？

与其说是成为小说原型的女孩儿音子为读者“所喜爱”，还不如说，是大木小说中的音子受到读者所喜爱更妥当。那不是音子的自述，而是大木的写作，其中加上作家大木的想象与虚构，当然也就有所美化。但是，这些姑且不谈，大木所写的音子，同假定是音子自述的那个音子，二者究竟哪一个才是真实的音子，实在难以分辨。

不过，小说中的女孩儿是音子，却是错不了的。大木若是没有同音子的这段恋情，恐怕就不会有这部小说了。而且，直到二十几年后的今天，小说还一直广为阅读，显然全仗有音子这样一个人物的缘故。倘如大木没有得遇音子，大木的人生中就不会有这段浪漫史。三十一岁的大木结识音子，彼此相爱，是命运呢？抑或是上天的赐予？思之再三，而百思不得其解。但这事给大木这位作家带来好运，开始走红，确是不争的事实。

大木给小说取名为《十六七岁的少女》。书名很平常，没有讨巧之处。在二十几年前，旧学制的女学生，年仅十六七便失身予人，又早产，还一度发狂，这是极不寻常的事。但大木并不认为有多不寻常，也就没当作不寻常的事去写，更没用好奇的眼光看待音子。正像小说平凡的书名一样，作家毫无虚饰地将音子写成纯洁而热情的少女，借容貌、丰姿、举止，尽力写得形象鲜明。就是说，作者以清新活泼的笔调，倾吐他青春的爱情。《十六七岁的少女》之所以长期以来拥有广泛的读者，便是因为这个吧。年轻而有妻小的男子与少女的悲恋，一味抬高其美感，竟至看不出任何道德层面上的反省。

音子和大木幽会的时候：

“你总觉得对不起这个，对不起那个的，这是你的脾气，是吗？脸皮不要这样薄，胆子再大一点才好呢。”听音子这样说，大木不觉一怔。

“我脸皮够厚的了。现在不就是这样吗？”

“哪儿呀，我说的不是指你跟我的事。”

“……”

“不论什么事，你应该想怎么做就怎么做，那多好。”

大木一时无言以对，不禁回顾起自己。音子这句话，过了很久，仍使他不能忘怀。十六岁的少女，居然能看透大木的性格和生活，他感知到了一双爱情的慧眼。其实，大木向来是非常任性的，但自从跟音子分开以后，凡事太顾虑别人时，就会想起音子的这句话，想起说这句话的音子。

音子许是感觉到，因为自己的这句话，大木才停下了爱抚的手，于是把脸靠在大木的胳膊上，一声不响，咬住大木的胳膊弯，咬得很用力。大木忍痛没有动。音子的眼泪，沾湿了他的胳膊。

“痛死啦！”大木说着，抓住音子的头发，拉开了。胳膊上留下音子的牙印，沁出血来。音子舔着牙印说：

“你也咬我！”

大木轻抚音子的手臂，从指尖直到眉梢，一面端详着，真不愧是少女的玉臂，便去吻她的肩。音子怕痒，扭着身子。

大木写《十六七岁的少女》并没有按音子的话“想怎么做就怎么做”，但写的时候，倒是想过音子这句话。《十六七岁的少女》是跟音子离开两年后才写成的书。音子已随母亲搬到京都去了。音子的母亲明知大木有妻小，却还来恳求，要他同音子结婚。大概是得不到大木的答复，才离开东京的也难说，或许是受不住独生女儿和自己的悲哀与难过吧。在京都，音子和母亲看了大木的《十六七岁的少女》，会怎么想呢？以音子为模特儿的小说，成了大木的成名作，读者越来越多，她们又会怎么看呢？对年轻作家小说里的模特儿，一般人是不会去深究的。等别人知道《十六七岁的少女》以音子为模特儿时，大木已经过了五十，作家的地位也有了提高，便有人出来查访他的经历。那已是音子母亲去世后的事了。音子在京都也成了女画家，这位小说模特儿就愈发出名了。作为《十六七岁的少女》的模特儿，音子的照片还曾在杂志上刊登过。音子当然不会甘当小说的模特儿，允许别人拍照。那准是作为画家拍的照片，未经她本人许可，擅自移用的，大木心里这样揣度。做模特儿的感想一类的文字，当然更不会见诸报端的了。《十六七岁的少女》出版时，音子和她母亲也没向大木表示过什么。

乱子倒是出在大木自己家里。那是理所当然的。大木的太太文子，一直在一家通讯社当打字员。大木写好的稿子，便叫新婚的妻子打字。其中未尝不带有新婚的甜蜜与爱情游戏的成分，但也并非仅仅如此。自己的作品头一次在杂志上发表时，看到钢笔写的原稿与小小的印刷铅字之间，其效果和印象竟有偌大的差别，大木也觉得惊奇。但等写惯了，自然而然能从钢笔手稿上知道铅字印刷的效果了。并不是一边考虑效果一边写，压根儿就没放在脑子里，结果竟能消去铅印与手稿之间的差距。他只能做到，写的时候就好像看到印刷稿，而不是看的原稿。原稿上看着无聊，甚至疏忽的地方，印成铅字，反而相当紧凑。这许是职业的训练，已到了得心应手的地步吧。大木常对初写小说的人说：

“不管同人杂志还是什么，总之，印成铅字试试看，与原稿大不相同哩。你会发现许多奥妙，简直意想不到。”现在发表的形式一般是铅字印刷，但有时也能品味到与之相反的讶异之趣。譬如，大木一直看《源氏物语》的注释本或小型文库本，也即现在这种小字体的铅字印刷，但偶尔翻翻北村季吟的木版本《湖月抄》[①]，所得的印象便截然不同。进一步再追溯到王朝时代，用优美的假名书写的手抄本，试想，读后的印象又该如何呢？再说，《源氏物语》对现代而言，是一千年前的古典名著，但在王朝时代，却是当时的现代小说。不论《源氏物语》的研究有多大进展，在今天来说，终究不能当现代小说来读。尽管如此，看木版本比看铅印本，却更让人陶陶然。读高野断简上的《古今集》和歌等，想必也会有同样感受吧。再往后，西鹤小说的版本，纵使是复制品，大木尽可能读元禄时的木版本。这倒不是出于怀古的趣味，而是为了多少能接触到作品的实质。至于今日的作品，读手稿的复制品，不过是种风雅罢了。一般人总是读铅印本，无意去看那蹩脚的钢笔字。

和文子结婚时，大木的钢笔手稿与铅印本之间，几乎已无多大差别，因为太太是打字员，稿子

① 古典名著《源氏物语》的注释本，北村季吟（1625—1705）注，成书于1673年，通常称之为《源氏物语湖月抄》。

统由太太打。日文的打字稿比钢笔写的手稿，大概更接近铅印本吧。并且，他还想到，西洋的原稿，不是打字稿，便是打字誊清稿，几乎没有例外，于是也想试一试。可是，大木的小说打成日文字后，也许是看不习惯的缘故，与钢笔手稿和铅印相比，似乎要乏味得多。不过，因此倒也容易发现不足，便于修改润色。于是，大木的稿子便统由文子打字，这也成了惯例。

那么，《十六七岁的少女》的稿子该如何处理，便同惯例起了冲突。倘若交给妻子去打字，势必会给她带来痛苦和屈辱，且也太残忍了些。音子十六岁的时候，太太二十三岁，已经生了一个男孩。丈夫与音子偷情，不用说文子已有所察觉，半夜三更背着婴儿在铁路旁彷徨。直到两个小时后回来，也不马上进屋，靠在院子里的老梅树上。大木到外面去找她，一进大门，听见啜泣声才发现她。

“你这是干什么！孩子不要着凉吗？”

三月中旬，天气还冷。婴儿果然着了凉。有些肺炎的症候，便住了院。文子也跟到医院去陪住。

“要是这孩子死了，你和我撂开手就容易了，那多好！”文子曾说过。尽管如此，大木却正好趁妻子不在家，去与音子幽会。孩子的病倒是好了。

因发现音子母亲从医院寄来的信，音子十七岁早产的事，让文子知道了。十七岁倒不足为怪，可是让文子吃惊到极点，简直做梦都没法儿相信的，是自己的丈夫会让一个少女遭那样大的罪，便大骂丈夫是恶魔，激动之下，竟咬了舌头。看见妻子嘴里流出血来，大木慌忙撬开她的嘴，伸进手去。文子好像憋不过气来，恶心得要吐的样子，一下瘫倒了。大木抽出手来，指头上有妻子咬的牙印，淌着血。一看这情形，妻子倒多少镇静了下来，给大木洗净手指，敷上止血药，裹好纱布。

音子和大木一刀两断，跟母亲搬到京都的事，文子也知道了。《十六七岁的少女》完稿，便是那以后的事。稿子让文子打字，固然又要揭开妻子嫉妒与苦恼的伤疤，让它再次淌血，可是，只有这部小说不经打字便发稿，对妻子而言，便好像是“秘密出版”似的。大木左思右想，结果还是打定主意把稿子交给妻子。他尤其存心要向妻子坦白一切。打字之前，文子似乎从头至尾通读了一遍。她没法儿不那样做。

“我要是跟你分开就好了。为什么没跟你分开呢？”文子脸色苍白地说，“读者都会同情音子的。”

“我不愿过多写你的事。”

“我比不上你理想的女性，是吗？”

“不是这个意思。”

“我只是个嫉妒得发狂、招人恨的女人嘛！”

“音子她人已经离开了。而你，要跟我一起生活，往后的日子还长着呢。书里的音子，加进好多虚构，与实际的音子是两回事。就说她发疯时的事吧，我压根儿不清楚。”

“那些虚构的事，正是你的爱情呀。”

“要不是的话，怕就写不成了。”大木干脆地说，“这部稿，能给我打吗？你心里会不好受的……”

“我打。打字机是部机器。我可以把自己当成机器使。”

文子虽说要把自己当成“机器”，可是做不到。她似乎常常打错，大木不时听到撕掉打字纸的声音。有时停下手，偷偷啜泣，或要呕吐。房子狭小，一间仅六席大的简陋房间，算不上是书房；隔壁是四席半大的起居室，角落上便放了打字机。大木在六席大的屋里，对文子的动静一清二楚。他无法安心坐在桌前。

不过，对于《十六七岁的少女》，文子没再说一句话。也许是要当“机器”，就不愿开口了。《十六七岁的少女》这部小说，按四百字一页的稿纸，一共有三百五十来页。曾经当过打字员的文子，又一直给大木打稿子，看样子得用不少日子。而且，文子的脸色发青，面容憔悴。有时会竖起眉梢，茫然地盯住一个地方。她固执地硬不肯离开打字机。一天，晚饭前吐黄水，趴在那里。大木绕到她身后，摩挲她的背。

“水，给我水！”文子喘着气说，眼圈儿发红，含了一包眼泪。

“是我不好，不该叫你打这部小说。”大木说，“可唯独这部，直接拿去发稿，倒像背着你似的，我又……”那样一来，他们夫妻关系虽不至于破裂，毕竟后患无穷，会留下难以愈合的伤痕。

“你肯让我打，不论多难受，我都要谢你。”文子虚弱地强作笑容，“连续打这样长的稿子，还是头一回，多半是累了。”

“稿子越长，你受的罪也越久。或者也可以说，这就是当小说家老婆的报应啊。”

“看你这本小说，我对音子小姐已经非常了解。

我虽然痛苦得要死，却还是觉得，你能碰上她，真是福气。”

“我不是说过了吗？我写的音子，是理想化了的。”

“这我知道。像书中的小姐，现实里是不会有的。可是关于我，希望能再多写一些才好。哪怕把我写成泼妇，嫉妒得发狂，像个母夜叉似的，我都不在乎。”

大木穷于回答：“可你并不是那种泼妇啊。”

“那是你不懂我的心。”

“不，我不愿意家丑外扬。”

“骗人。你是叫小音子给迷住了，只想写她一个人。要是写上我，你觉得会有损于音子小姐的美，糟蹋你的大作，对吧？可是，小说非要写得那么美不可吗？”

就算是一个嫉妒得失去理智的妻子也罢，由于小说里没多写上几笔，又一次招来妻子的嫉妒。文子的嫉妒，并不是没写，而是写得简略了一些，毋宁说这样更有说服力。可文子，却因没把自己写得详尽周备而感到委屈。在大木看来，妻子的这种心理，让他不可理解。是不是跟音子比，文子以为自己受到轻视，或者说觉得大木没把她放在眼里呢？《十六七岁的少女》是写同音子的悲恋的，对文子所用的笔墨，势必不能与音子一样多。即便其中加进作者的虚构，但一直瞒着妻子的事，大木也如实写了不少。他最担心的，也正是怕妻子知道那些事。可比起那些事来，妻子倒为自己给写得太少而伤透了心。

“我不愿意通过你的嫉妒来写音子。”大木说。

“没有爱——甚至连恨都没有，所以你才写不来……当时我为什么没让你离开？我一边打，心里一边仔细琢磨。”

“又提这些没有意思的话。”

“我是很当真的。没让你离开，是我的一大罪过。这罪孽，我难道一辈子都得背下去吗？”

“你胡说什么！”大木抓住文子的肩膀，使劲摇着。文子的胃又翻腾起来，苦着脸吐黄水。大木松开手。

“……”

“不要紧的。我，我，说不定又怀上了。”

“什么？”

大木一愣。文子两手捂住脸，放声大哭起来。

“那你可不能不保重身子。小说也别打了吧。”

“不，要打。就让我打吧。已剩不多了，再说，也只是动动手的事。”

文子一味固执，不听大木的话。打完后，隔了四五天便小产了。原因与其说是打字打的，不如说是所打的内容给她内心的打击。请了一位女医生来出诊，文子躺在家中，头发像梳辫子一样束在后面，看上去显得薄了一些似的。本来头发虽厚，却很柔软。她只淡淡地涂上点口红。没有血色的脸上，因为没有搽粉，露出光滑柔嫩的肌肤。文子年纪还轻，小产对她并没多大影响。

然而，大木把《十六七岁的少女》塞到文件柜里，便没再碰过。虽没烧掉也没撕毁，但也没拿出来重看一遍，一直那么搁着。这部小说，无形中埋葬了两条小生命。音子早产，文子小产，岂不是很不吉利吗？小说的事，夫妻俩暂且谁都避而不谈。后来，倒是文子先提起来。

“小说为什么不发稿呢？是怕对我不利吗？既然嫁给了小说家，这也是无可奈何的事。要是说有什么不好，我倒觉得，恐怕对音子小姐不大好。”说这话的文子，小产后身子已经恢复，甚至连皮肤都变得娇嫩艳丽起来。这就是青春的奥妙吧。而且，比先前更加懂得女人要取悦于丈夫了。

《十六七岁的少女》即将出版时，文子又有了身孕。

小说得到了批评家的赞赏，尤其获得许多读者的喜爱。文子未必会忘掉她的嫉妒与痛苦，但在神色间、言语上，却没有一点表示，她为丈夫的成功而高兴。在大木的小说中，至今仍最畅销的，便是被人誉为他早年的代表作，这部《十六七岁的少女》。小说不仅改善了大木一家的生活，并且给文子以衣着乃至首饰，甚至对她子女的教育费都有所裨益。难道文子现在就没再想过，这是因为有了音子这位少女，有了这位少女同大木相爱的结果吗？莫非她以为这是丈夫当然的收入？至少，音子与大木往日的这场悲恋，如今对文子说来，已不再是出悲剧了吧？

对此事，大木还不至于那么违心，有时也禁不住要想。成了《十六七岁的少女》中的主人公的音子，对他大木，难道会是毫无价值的吗？音子对自己给写成小说的事，从未向大木说过什么。她母亲也没来抱怨过。较之绘画与雕刻一类写实的纪念像，小说通过语言文字，更能深入到音子的内心，连她的模样都可随心所欲地加以想象、虚饰和美化，但女主人公是她音子，却决不会错。大木尽情于写年轻人的热恋，至于音子的困窘，以及对未婚的她日后会造成什么麻烦等等，他全没放在心上。这样写虽然吸引读者，却说不定妨碍了音子的婚事。而大木反因《十六七岁的少女》，名利双收。文子的嫉妒看来已经消解，创伤也似乎复。被迫离去的音子早产与大木太太文子的小产，两者自有不同。正如俗话说，小产之后必早得子，果然文子不久又平安生了一个女儿。所不变者，唯《十六七岁的少女》这部小说，而岁月则无情地流逝。小说里，没有渲染文子疯狂的嫉妒，就家庭这一世俗观念而言，岂不是更好吗？不过，这确也是这部小说的不足之处。尽管如此，这不正好使小说更加耐看，使书中的音子更为可爱吗？

一提起大木的代表作，即便在二十几年后的今天，仍必首推这部《十六七岁的少女》。大木作为小说家，不免有些泄气。

“真没出息呀！”常常一个人心中烦恼。但转念又想，那正表明小说富有青春的魅力。再说，世人的好恶，已有社会的定评，即或作者本人抗议，也无改于一丝一毫。作品已离开作者而独立存在。然而，十六七岁的少女音子，后来怎样了呢？大木心里常常挂念着，只知道她被母亲带到京都去了。大木之所以对音子的事放心不下，不能不说是由于小说《十六七岁的少女》历久不衰。

音子以画家成名，还是近几年的事。在那之前，两人彼此不通音讯。大木以为音子平平常常地嫁了人，平平常常地过着日子。大木也但愿她能如此。但依音子的性格，又觉得她不会甘心过平凡的日子，这是不是自己还旧情未断呢？大木有时这样反省自己。

因此，得知音子成为画家，对大木是个不小的冲击。

分手以后，直到音子当上画家自立，这中间，她吃过多少苦头，有过多少烦恼，终非大木所能知道，但却让他高兴得直打战。在百货公司的画廊里，偶然看到音子的画作，内心好一阵激动。那不是音子的个人画展，而是各类画家展销的作品中，有音子的一幅画。画的是牡丹。在画绢的顶上方，只画着一朵红牡丹。花朵对着正面，比真的还大。叶子稀疏，下面有一朵白的花蕾。从大得超乎自然的花朵上，大木看出音子的气派与品格。他当即买下，因有音子的落款，不便拿回家去，便捐赠给了小说家俱乐部。在俱乐部的墙上，高高地单挂上这么一幅画，与在热闹的百货公司里看，印象多少有些不同。那红艳艳的大朵牡丹花，仿佛魔幻一般，由花心发出孤独的光。大木从妇女杂志上看到音子在画室里的照片，便是那个时候。

想在京都听除夕钟声，是大木多年的夙愿。而想要与音子同听，倒多半是由这幅牡丹画引起的。

北镰仓又称作“山内”，南北两丘之间有条通路，花木繁茂。今年，路旁的百花想必不久也会报知春来的消息吧。从北山丘散步到南山丘，已成了大木的习惯。远眺紫色的晚霞，是在南山丘的高处。

晚霞的紫色，倏忽之间便消失了，变得蓝里透灰，显得冷冰冰的。宛如春天乍到，又转回了冬天。将薄霭染成一抹桃红的夕阳，想是已经西下，顿感肌肤生寒。大木从南山丘走下山谷，回到北山丘的家中。

“京都来了位叫坂见的年轻小姐，”文子说，“带了礼物，有两张画，还有麸嘉老铺的面筋。”

“走了吗？”

“太一郎送她出去的，没准儿找你去了。”

“嗯？”

“真是漂亮得惊人。是什么人呀？”妻子盯住大木的脸，察看他的神色。大木虽然尽力装得若无其事，妻子以她女人的敏感，似乎觉出那女孩与上野音子有些关系。

“画在哪儿？”大木问。

“书房里。还包着，我没看。”

“哦。”

坂见庆子到京都站送行时，曾答应过大木，大概是如约送画来了。大木随即走进书房，拆开包。有两张画，镶在朴素的框里，一张叫《梅》。说是梅，却只画了一朵花，有婴儿的脸那么大，没有枝条，也没有树干。一朵花上，有红瓣，还有白瓣。而且，红瓣上红得有深有浅，画得颇奇妙。

这朵大梅花，形状并不那么怪，也丝毫没有图案的感觉，仿佛有个怪诞的灵魂在摇晃，真好像在动似的。那或许是背景的缘故。乍一看，大木以为是一堆厚厚的破冰片，再仔细看去，像是连绵的雪山。好在不是写实，厚冰也罢，雪山也罢，什么都成，但作品给予鉴赏者的巨大感受，当是雪山而非其他。这样尖峭有如刀削，上宽下窄的山，当然是不会有的，那是抽象派的画法。既不是雪山，也不是厚冰，应是庆子心中那无可名状的意象吧。即或是层层的雪山，也不是那种冰冷的雪白。雪的冰冷的感觉与雪的温暖的色调，交织而成一首乐曲。而且，还不是清一色的雪白，仿佛是各种颜色的合唱。色调的变化，同那朵梅花的红白花瓣一样微妙。倘认为这是幅冷峻的画，那便是冷峻的；认为是温暖的，便是温暖的。总而言之，梅花里洋溢着画家年轻的情感。坂见庆子大概是依从季节，为大木新画的吧。既然看得出是梅花，该算是半抽象画吧。

看画的工夫，大木想起院子里那株老梅树。花匠说梅树有病，是畸形的。大木听信花匠一知半解的植物学知识，竟信以为真，自己也没再去查考，一直到今天。那株老梅，一棵树上便开了红白两种花，不是嫁接的结果，而是同一枝上有红梅和白梅。也不是枝枝都这样，有的一枝上全开白梅，有的一枝上全开红梅。但小枝上的花，大多是红白相间。而这么掺杂着开的，未必年年都在同一条花枝上。大木很喜欢这株老梅。老梅现在正新蕾初绽。

坂见庆子的画，一定是用一朵梅花来象征这株稀奇的梅树的。她大概是听音子说过这株梅树的事吧。音子十六七岁的时候，大木已与文子成家。音子虽没来过，却听说过老梅树的事。大木自己都忘了曾说过这事，可音子倒还记得，并且，又告诉了她的弟子庆子。

说到梅树，会不会把往日的悲恋也袒露了出来呢？

“那个，是音子小姐的？”

“什么？”大木回过头。正在凝神看画，竟没发现妻子站在身后。

“是音子小姐的画吧？”妻子问。

“不是的。这么富于朝气的画，她画不出吧，是方才来的那女孩儿画的。落款上不是写着‘庆’字吗？”

“这画好怪。”文子的声音有些生硬。

“是很怪，这画。”大木尽量随和地应着，“近来的年轻人，连日本画也画成这样。”

“是叫抽象派吗？”

“还不到抽象派的程度，总属那一类吧……”

“另一幅更怪啦。是鱼呢，还是云？把乱七八糟的颜色任意涂在上面，有这样画的吗？”

“嗯。鱼和云可差得远哪。非鱼也非云吧？”

“那画的是什么？”

“既然看着像鱼，或者像云，说不定随你怎么看都行。”

大木把目光投向那幅画，弯腰去看靠在墙上的画框背面，一面念道：

“《无题》。叫《无题》。”

画面上没有任何物的形象，用色比那幅《梅》还强烈。因为横线多，文子才勉强解释为鱼或云吧？乍看，似连色彩都不谐调。但以日本画而论，颇显出一种热情。当然不是任意乱涂。《无题》，反蕴含着无穷意味。画家的意图看似含而不露，其实说不定倒更加呈露了出来。画的中心究竟在哪儿，大木正看着，妻子突然诘问道：

“那个人，跟音子有什么关系？”

“随身弟子呀。”大木回答说。

“是吗？让我把这画撕了烧掉成吗？”

“胡说八道！怎么能那样乱来……”

“两张画都曲尽其意，画的是音子。这种东西不该留在家里。”

大木猝不及防，对女人闪电般的嫉妒很是惊讶，一面镇静地说：

“这怎么会是画的音子？”

“你会不明白？”

“是你胡思乱想，疑心生暗鬼哟。”说着，大木心底点起一小团火，好似烧得越来越旺。

看得出来，那幅《梅》，显然在表现音子对大木的爱。那么一来，《无题》也能看出其中隐含着音子对大木的深情。《无题》使的是矿物颜料。画的中央偏左下方，矿物颜料用得很多，采取晕染的手法。晕染之中，有一亮点，像扇奇怪的窗子，仿佛能窥到这幅画的灵魂。如果认为是音子对大木的未了之情，也未尝不可。

“这两张画不是音子画的，是她女弟子画的。”

文子似乎疑心到，大木去京都听除夕钟声，兴许是跟音子一起听的。不过，当时什么也没说。也许是因为大木回来那天，正好在大年初一。

“反正我不喜欢这画，”文子竖着眼睛说，“不能搁在家里。”

“你喜不喜欢是另一回事，这可是正经八百的画家作品，又是出自年轻女画家的手笔。随便把人家的画毁掉，好吗？尤其是，这是送给咱们的呢，还是光叫咱们看看的，你知道吗？”

文子理屈词穷了。

“是太一郎出面接待……然后送她上车站了吧？不过，到北镰仓车站，时间够久的了。”

难道这点事也会叫文子着急？车站很近，每隔十五分钟就有一班车。

“这回太一郎会不会受她的诱惑呢？人美得简直有些妖气。”

大木把两张画原样摞在一起，慢条斯理地包着，说：“不要说什么诱惑不诱惑的！我讨厌诱惑这种字眼。那么漂亮的女孩子，这画兴许画的是她自己呢，出于女孩儿家的一种孤芳自赏……”

“不，这画的准是音子，没错儿。”

“哼，就算是这样，没准儿那女孩儿跟音子是同性恋呢。”

“同性恋？”文子冷不防给钻了个空子，“她俩是同性恋吗？”

“我哪儿知道！即便是同性恋，也没有什么可奇怪的不是？两个人同住在京都的古刹里，性格又都刚烈得近乎疯狂。”

说同性恋，显然让文子感到迷惑不解，半晌没作声。

“就算是同性恋，我觉得，那画画的还是音子对你不渝的爱情。”文子的口气已经缓和。为了搪塞一时，竟脱口说出“同性恋”这词儿，大木不禁感到羞愧。

“你说的也罢，我说的也罢，恐怕都是胡思乱想。因为两人都带着成见看画……”

“她要是不画这种莫名其妙的画，不就好了吗？”

“嗯。”

无论多么写实的绘画，总要表现画家的内在情感和创作意图的。但大木此时避免与妻子继续争论下去。他有些心虚。对庆子的画，文子的第一印象，或许出人意料，竟是正确的。而“同性恋”，大木未加思索随口说说的印象，说不定也偶尔言中，歪打正着。大木心里这么嘀咕着。

文子走出书房。大木则等着儿子太一郎回家。

太一郎在一所私立大学做国文专业的讲师。没课的日子，不是到学校的研究室去，就是待在家里看书。他本来想研究明治以后的“现代”文学，由于父亲反对，改为研究镰仓、室町时代的文学。他能阅读英、法、德三国语文，以国文学者而论，是颇为出类拔萃的。人倒是个才子，但性情上与其说温和，倒更带些忧郁。而他的妹妹组子，对裁剪、服饰、插花、编织，什么都是半瓶醋，没个常性，却又总是快快活活的。相比之下，两人的性格正好相反。组子有时约他去溜冰或打网球，太一郎经常爱搭不理的，被妹妹看成是怪人。同妹妹的朋友——那些女孩子也不来往。叫学生上家里来时，也不给妹妹正式介绍一下。母亲在家里热心款待太一郎的学生，组子有时会板起面孔，但从不当真往心里去。

“太一郎的客人来了，只是开头叫女用人送杯茶就算招待了。而组子呢，从冰箱直到柜子，自己会去翻个底朝上，还打电话，自作主张，又是订寿司，又是什么的，好不热闹哟……”叫母亲一说，组子吐了吐舌头，说：

“可是，上哥哥这儿来的，全是他的学生嘛。”

组子已经出嫁，随丈夫去了伦敦，家信一年不过两三封。太一郎还不能自立，当然闭口不谈婚事。

不过，太一郎送坂见庆子出去，一直迟迟不归，大木也有些不放心了。

大木在书房里隔着后窗的小玻璃向外望去。战争时期，挖防空壕挖出的泥土，还高高地堆在山脚下，已经杂草丛生。杂草中，遍开着深蓝色的小花。草长得很矮，几乎看不大见。花也极小，但却蓝得十分浓艳。大木家的院子，除了瑞香，就数这种小蓝花开得最早，而且开得最久，也不知花名叫什么。虽说不上是报春的花，因靠近书房的后窗，大木常想去摘一朵那娇弱的小花看个仔细，但总也未去。因此，对这蓝色的小花，愈增爱惜之情。

稍后不久，草丛里的蒲公英也开了。蒲公英的花期也很长。此时，蒲公英的黄花与点点小蓝花，在苍茫的暮色中若隐若现。大木凝目望了很久。

太一郎仍未回家。

满月祭

上野音子打算带女弟子坂见庆子，上鞍马山去看“五月的满月祭”。这里所说的五月，是指阳历，而满月，当然是“阴历”。头天夜里，月上东山，悬挂在晴朗的天空。

“明天也会是一轮明月的。”音子在廊下赏月，对着庆子说。所谓满月祭，是赏月的人让月映酒中，举杯而饮；倘若天阴无月，那就太煞风景了。

庆子也来到廊前，一手轻轻搭在音子的背上。

“五月的月亮呀。”音子说。庆子没点头，也没开腔，隔了一会儿却说：

“先生，现在到东山的高速公路上，或者大津那边，看琵琶湖上的月光好不好？”

“琵琶湖上的月光？那有什么稀罕！”

“小酒杯里的月光，难道比大湖上的月光还要好吗？”说着，庆子坐到音子的脚下。

“先生，院子里的夜色好美！”

“是吗？”音子将目光投向院子。“庆子，给我拿个坐垫来，顺便把屋里的灯熄掉……”

在廊前坐下，寺里的僧房遮住视线，从厢房这里，只看得见里院。院子毫无雅趣可言。横阔的院子，一半沐浴着月光。石步上也半是月光半是阴影，明暗不一。白杜鹃花开在暗处，似在飘浮。虽到五月，依旧红艳艳的枫树上，新抽的嫩叶才刚萌出绿意，在夜色中，显得黑黝黝的。春天的时候，许多游客常把红枫的嫩叶错当成花，还问：“这是什么花呢？”院子里，土马鬃长得很茂盛。

“要不要沏壶新茶来？”庆子问。这么一座平淡无奇的院子，音子为什么一直要这样瞧着？庆子心里一面纳闷。是自家的院子，不分昼夜朝夕，有意无意之中，早已司空见惯。音子面对半庭朗月，一动不动，像在低头沉思。

庆子回到廊下，一边沏茶，一边说：

“先生，听说罗丹那座《吻》的模特儿，已经八十来岁了，还在世呢。我在一本什么书上看到的，当时脑子里浮起那件雕塑，简直不可思议呢。”

"嗯？因为你年轻，才会这样说。当了表现青春名作的模特儿，难道年轻轻就该死掉吗？哪有这种道理呀！专门打听模特儿隐私的那些人才可恶呢。"

庆子寻思，自己无意中的一句话，难道竟让音子想起大木年雄那本《十六七岁的少女》吗？可四十岁的音子，依然是美的。庆子若无其事地接着说：

"读了《吻》的模特儿的事，我当时曾想，趁现在还年轻，应该求先生给我画张像留着。"

"如果我能画得了，当然好。倒不如你自己试着画张自画像，你说呢？"

"我怎么行……一来画不像，画了，也会将内心的丑恶表露出来，变成一幅可憎的画了。再说，为画自画像倒用起写实的手法，人家准要认为我是孤芳自赏呢。"

"你居然想用写实手法画自画像？岂不是自相矛盾？不过，谁知你以后会怎么变呢。"

"我要先生给我画。"

"我要能画得了，当然好。"音子重复道。

"不是先生的爱心减弱了，便是先生怕我。"庆子尖着声音说，"要是男画家，准乐意给我画。尤其是裸体画……”

“看你说的。”对庆子的怨言，音子并不感到意外，“既然这样，就画画看吧。”

“啊，我好开心！”

“裸体可不行！女人画女人的裸体，不会觉得有多大意思，尤其画我这种日本画。”

“我要是画自画像，就画跟先生两人在一起的。”庆子撒娇地说。

“构图时，如何把两人放在一起呢？”

庆子神秘兮兮地笑着说：“先生若肯画我，我的画就可以用抽象手法，叫谁都看不懂……您就不必担心啦！”

“我倒不是担心。”音子啜着清香的新茶。

这是音子去宇治田原的汤屋谷茶园写生时，人家送的新茶。那时已经开始采茶了，但她的写生画里却没有采茶姑娘。整个画面，满是一垄垄圆坨坨高高低低的茶树。音子连着去了几天，画了好几张。因时间不同，照在茶垄上的日影各呈异趣。庆子也跟着去了。

“先生，这不是抽象画吗？”庆子问。

“要是你画的话。可就我来说，仅有绿色，已够大胆的了。只要那嫩绿与老绿，在柔和圆润的波浪形与色彩变化之间，能够调和就行。”

在画室里，依据多幅写生所画的草稿已经完成。

不过，音子之要画宇治汤屋谷的茶园，倒并非仅是着意那绿波浓淡不一的色彩，以及线条起伏变化而错落有致。当年同大木年雄的爱情破裂之后，跟着母亲躲到京都，东京、京都之间，她曾经几度往返。那时，留在音子心中的，便是从车窗中所见静冈一带的茶园。有时是日当中午的茶园，有时是黄昏落照下的茶园。当时，音子只是一个女学生，还没有要当画家的打算，望着茶园的景色，与大木离别的悲哀，一阵阵涌上心头。东海道的沿线，有山，有海，还有湖，随着时间的推移，连浮云也会染上感伤的色彩。毫不起眼的茶园，何以竟会打动音子的心？这固然无从知道，但也说不定，是茶园那沉郁的绿意，夕照中茶垄上浓重的阴影，沁透到她的心底。而且，茶园不是天然的，是人工的、小巧的，垄上的阴影又深又浓。还有，一丛丛圆圆的茶树，宛如一群温驯的绿羊。离开东京前，一直伤心悲切的音子，到了静冈一带，她的悲哀恐怕正达到顶点吧。

看到宇治汤屋谷的茶园，音子又生起那缕悲哀之情，于是，便去画速写。或许连她的弟子庆子都没觉出音子心中的那份悲哀。走进新芽萌出的茶园，并无东海道线上窗内所见茶园的那种沉郁，虽说日本的风情十足，但翠绿的新芽，一派鲜亮明快。

庆子读过《十六七岁的少女》，在枕边那些毫无顾忌的悄悄话中，也听说过大木的事。知道得虽多，却终究没有察觉，茶园的写生画中，音子寄寓了她经久不渝的爱的悲哀。随她前往茶园写生的庆子，很喜欢那一丛丛茶树的圆线条所呈现的抽象风格，可画了几幅素描之后，竟又逐渐离开写实的画法。音子看了她的素描，哑然笑了起来。

“先生，您是纯用绿色的吧？”

“是啊。画的是采茶时节的茶园嘛。关键是把绿色的变化调配得好。”

“我想来想去，是用红色呢还是紫色？乍一看，哪怕看不出是茶园都不要紧。”

庆子的那幅草图也立在画室里。

“这新茶真的好喝。庆子，再沏一壶来。用你的抽象派手法。”音子笑着说。

“抽象派手法？……要不要沏成苦得让您没法喝？”

“那就是抽象派吗？”

庆子在屋里娇声笑道。

“庆子，你上次回东京，去过北镰仓他家吧？”音子的声音略带生硬。

“去过。”

“为什么？”

“年初到京都站送行时，大木先生说要看我的画，叫我送去。”

“……”

“先生，我要为您报仇。”庆子冷静地说。

“报仇？”音子没料到庆子会说出这话，一时感到愕然，“报仇？为我？……”

“是的。”

“庆子，来，坐到这儿来！咱们一边品尝你用抽象派手法沏的苦茶，一边聊聊好不好？”

庆子默默地挨着音子的腿坐下，端起茶杯。

“哎呀，真的好苦。”皱起眉说，“重沏一壶吧？”

“不用了。”音子按住庆子的腿说，“你说要报仇，究竟要报什么仇？”

"您不是知道的吗？"

"我可从来都没想过，要报什么仇，也没有好怨恨的。"

"因为您还在爱他……您一辈子都没法儿不爱他……"庆子顿了顿说，"所以，我才要给先生报仇。"

"为了什么呢？……"

"我嫉妒哪。"

"咦？"

音子把手放在庆子的肩上，她那年轻的肩膀竟自僵得颤了起来。

"先生，我说的对不对？我全知道。我不喜欢那样。"

"好厉害呀，这孩子！"音子温和地说，"你说报仇，什么仇呢？怎么回事？你想怎么办？"

庆子低着头，一动不动。院子里，月光照的地方越来越宽。

"为什么要到北镰仓他家去呢？也不跟我说一声……"

"大木先生伤透您的心，我想去看看他的家。"

"都见到谁了？"

"只见到他儿子太一郎少爷。我觉得跟他父亲大木先生年轻时一模一样。说是大学毕业之后，一直在研究镰仓和室町时的文学。对我非常殷勤，带我去了圆觉寺和建长寺，甚至还领我去了江之岛呢。”

“你在东京长大，那些地方对你来说没什么稀罕不是？”

“可不。不过，以前只是走马看花而已。现在江之岛变了好多哦。断缘寺的故事也非常有趣。”

“你说的报仇，便是引诱那位太一郎少爷吗？还是你受他引诱？”音子把手从庆子肩上放下来，说，“那么说，该嫉妒的，应当是我喽。”

“哎哟，先生还会嫉妒？我好快活！”说着，搂住音子的脖子，靠了上去。“噢，先生，除了您上野先生之外，不论对谁，我都可以当一个坏妞、一个魔女。”

“你拿去两张画吧？两张自己喜欢的画是不是？”

“坏妞也愿意开头给人一个好印象嘛。后来，太一郎来信，说我的画挂在他书房的墙上了。”

“是吗？”音子静静地说，“这就是你为我报的仇吗？使出的头一手？”

“对。”

“太一郎那孩子，当时还非常小，对大木先生与我的事，什么都不知道。听说大木先生跟我分开不久，又生了一个叫组子的女儿，比起太一郎来，他妹妹倒更叫我伤心呢。现在想想，也就那么回事吧。他妹妹大概已经出嫁了吧。”

“那么说，先生，就先去破坏他妹妹的家庭生活好不好？”

“胡说什么呀，庆子！不管你多漂亮、多媚人，动不动就开这种玩笑，未免太狂了。这也正是你的致命之处呀。这可不是什么儿戏或者是恶作剧。”

“有上野先生在嘛，有什么好怕的？更没什么可迷惑的。要是离开先生，我还能画什么？恐怕早丢开手不画了。随着性命一起……”

“别说得那么吓人。”

“去破坏大木先生的家庭，先生当时办不到吧？”

“因为我那时只是一个小小女学生……而大木先生，已经有了孩子……”

“要是我，就非毁了它不可！”

“说是这么说，家庭这玩意儿可是相当牢固的呢。”

“甚于艺术吗？”

“怎么说呢，这个嘛……”音子侧着脸，略显悲哀的神情，“我那时，对艺术之类，想都没想过呢。”

“先生，”庆子转过脸，轻柔地抚弄着音子的手腕，追问似的说，“那您为什么要叫我去京城饭店接大木先生？又打发我去京都站给他送行呢？”

“因为庆子又年轻，又漂亮嘛，是我的得意门生呢。”

“先生对我都不肯说真心话，我不干！那一次，我从头至尾仔细观察过先生。以我这双嫉妒的眼睛……”

“是吗？”音子凝视着月光下庆子那双闪亮的眸子，说，“我不是有意要瞒你。我被迫离开他的时候，虚岁才十七岁。而现在，我成了一个没有腰身的中年女人了。说老实话，我真不大想跟他见面，会让他感到幻灭的。”

“幻灭？您说他会感到幻灭？这话不是该咱们说的吗？我顶尊敬上野先生了，但对大木先生，却感到了幻灭。我一直待在先生身边，所见到的年轻男人，没一个像样的，本来以为大木先生有多了不起呢，一见了面，竟彻底地幻灭了。听先生的回忆，一直以为他是个出众的人物。”

“刚见一两次，是不会知道的。”

“我知道。”

“你知道什么？”

“大木先生也罢，他儿子太一郎也罢，要引诱，容易得很。我……”

“吓，你这人，说这话多可怕呀！”音子胸口发紧，脸色发青，“庆子，你这样自负，对你自己，也太可怕了。”

“没什么可怕的。”庆子压根儿无动于衷。

“怎么不可怕？”音子又说了一遍。“那不跟妖妇一样了吗？不论你有多年轻，长得多美……”

“如果那就叫妖妇，差不多的女人都该成妖妇了。”

“是吗？你是别有用心，才把自己喜欢的画送到大木先生家里去的？”

“不，引诱人哪儿用得着画儿呀。”

对庆子的自命不凡，音子也无可奈何。

“我是先生的弟子，所以才拿两幅自己觉得最好的画去。”

“那倒要谢谢你了。可是，听你的话，到车站去送行，不过随便打个招呼而已，也无须送画儿不是？”

“已经答应他了嘛。何况我想到大木先生家去看看，也没有别的可当借口呀。再说，大木先生看了我的画，会是一副什么表情，说些什么话……”

“幸好他不在家。”

“我想，那画他随后就会看到的，只怕他看不懂。”

“那倒不见得。”

“他的小说，比《十六七岁的少女》更好些的，后来不是也写不出来了吗？”

“那不一样。那是拿我当模特儿，把我理想化了，也是你的偏爱。因为是青春小说，自然会得到年轻人的喜爱。他后来的作品，有的要么是因你年轻看不懂，要么是你不喜欢，我是这么看的。”

“可是，万一大木先生作古，作为能传世的代表作，还不是那部《十六七岁的少女》！”

“别说这种丧气的话！”音子厉声地说，把手腕从庆子的手中抽出来，又挪了挪腿。

“还那么恋恋不舍的！”庆子也不高兴了，“人家要替您报仇哪……”

“不是恋恋不舍。”

“是爱……是爱情吗？”

“也许是的。”

音子离开月光半洒的廊子，进屋去了。庆子留在那里，两手捂着脸。

“先生，我也把献身视为生活的意义呀。”她声音发颤地说，“可像大木先生那种人……”

“原谅我。那时我才十六七岁。”

“我要给您报仇。”

“即便你要为我报仇，我的爱还是不会泯灭的。”

廊子上传来庆子的呜咽声，她蜷着身子倒在廊子上。

“先生，您画我吧……趁我还没变成您所谓的妖妇之前……求您了，裸体也行。”

“那好吧，以我的爱来给你画。”

“好开心。”

音子藏着好几幅早产婴儿的画稿，一直瞒着别人，连庆子都没让看。题为《婴儿升天图》，原打算正式画成画，结果几年过去了。她当然也翻过一些画册，想参考一下西洋圣母圣婴像中的基督或天使，但都是那么白白胖胖、结实健壮，与音子悲哀的心境很不相符。她也曾看过三四幅日本古代名画稚儿太子图，端丽之中固然不乏日本的情趣，也能与音子的心灵沟通，但画像上的太子却不是婴儿，更不是升天图。音子的《婴儿升天图》，也不拟直接采取升天的构图，而让其蕴含升天的意韵。但是这幅画，究竟到哪年哪月才完得成呢？

因为庆子要音子画她，所以音子想起很久没有拿出来看过的《婴儿升天图》画稿。把庆子画成《稚儿太子图》那样，不知妥当不妥当？那会是一幅道地古典风格的“圣处女像”了。古代的《稚儿太子图》，属于佛教绘画一类，其中有的画有说不出的妖艳。

“庆子，那就让我来画你吧。方才我想好一个构图。要画成佛像的样子，所以举止上，这么没规矩可不行。”音子说。

“佛像？”庆子惘然坐了起来，“我不愿意，先生。”

“先画画看再说嘛。佛像中也有很多艳丽的，画成佛像的样子，再加个标题：一个抽象派青年女画家——岂不是很有意思吗？”

“您在开玩笑。”

“当真的。画完茶园就动手。”音子回头朝房间看过去。她和庆子画的茶园草图，并排立在墙边。墙的上面，挂着音子母亲的画像，是音子所绘。

音子的目光落在母亲的肖像上。

画上的母亲，年纪很轻。看上去，恐怕比现年四十的音子还显得嫩相。画这幅像的时候，音子是三十二三岁，也许她把自己的年纪画成肖像的年纪了。说不定是自然而然就把母亲画得那么年轻而美丽。

坂见庆子头一次来的时候，望着画像说：

“是先生的自画像吧？真美呀。”

音子没说是母亲的肖像，心里寻思，难道别人都会当成是自画像吗？

音子与母亲很相似，其相似之处多半都表现在画上了。也许是出于对亡母的思念吧。母亲的肖像，也不知画过多少张。起初，把母亲的照片放在旁边，照着画。可是，没有一张画得称心的。索性撇开了照片。于是，幻觉中，母亲恍如模特儿，坐在眼前。那形象栩栩如生，胜似幻影。她接连画了几张，倾注全部的心血，下笔越发挥洒自如，可是，时时泪眼模糊，不得不停下手来。而且，画着画着，音子也发现，母亲的肖像成了她的自画像了。

现在，挂在茶园草图上边墙上的，是最后画的一张。先前画的几张母亲肖像，音子全烧掉了。只有像音子自画像的一张，作为母亲的肖像画保留了下来。音子想，这已足够了。音子看着这张画，眼里闪出一缕悲伤，那是别人无法感知的。画与音子，息息相通。直到这张肖像画定稿，音子花了多少时间啊。

除了这幅肖像画，音子从没画过人物画。即使画过，也仅是在风景中当点缀而已。今晚，她之所以动了心要画人物，是庆子央求的结果。长久以来，一直想要画的婴儿升天图，音子并未当人物画看。但是，因要画庆子，而联想到《稚儿太子图》，便打算画成古典风格的“圣处女像”，是她心中终究存着《婴儿升天图》的缘故吧。既然画过母亲的像，还要画死去的婴儿，那么贴身弟子坂见庆子也是该画的吧。这不正是音子的三份爱心吗？尽管这爱截然不同，却无疑是三种爱。

“先生，”庆子叫道，“瞧着您母亲的画像，您心里准在寻思，我的像该怎么画。可对我，当然不会像对您母亲那么爱，就以为画不了，是不是？”

说着，庆子把腿靠了过来。

“你这人好别扭。妈妈这张画，现在看起来，觉得不满意呢。跟画这张画时相比，我现在多少会有些长进。不过，画得虽然不大好，却是花了功夫，凝聚了我的心血，自然要觉得亲切些。”

“我的画，您用不着那么苦心孤诣的，尽管自由放开……”

“那可不行。”音子心不在焉地回答，眼睛凝望着母亲的肖像，心里充满了对母亲的回忆。庆子就是在这时候招呼她的。音子收回心来，眼前却又浮现出古时的《稚儿太子图》来。所谓太子，在不少画像上看着像是美丽的女童或少女，但都是一些“稚子”，固然不乏佛像高雅的气度，却是十分艳丽。在中世纪女子禁入的僧院里，便成为同性恋者对那些美如少女的美少年衷心爱慕的象征。音子为画庆子的肖像，首先萌发《稚儿太子图》式的构思，其中难免不含有这种私情。稚儿太子的头发是女童的发式，现在叫作刘海儿。但衣裳与裙裤是古色古香的锦缎，现在已经无处搜求了。除非拿能乐的戏装或别的衣裳重新改做。尽管构图上仿照“稚儿太子”，但无论如何，作为现代少女庆子的服装，终嫌太过古老。音子想起手头那幅岸田刘生[①]的《丽子像》。在受丢勒[②]影响的油画和水彩画中，有的采用工整的工笔画法，具有古典风格，像宗教画似的。但是音子看到的一幅却是很少见。在半张宣纸上，淡彩素描，画的是丽子的裸体画。腰上只围着大红浴巾，端庄地坐着。虽然算不上名作，可刘生为什么要用日本画，这样描绘自己的女儿呢？音子心里不禁纳闷。同样的构图，庆子说“裸体也行”，或者就照她说的，索性画成裸体，不知行不行？佛像里，未尝没有露出女性乳房的。但若仿《稚儿太子图》来构图，画成裸体，那么发式该画什么样子才好呢？小林古径[③]有幅名画《发》，画面清新明丽，而庆子的发式，应该有所不同才是。思之再三，音子终觉自己实在力不从心。

“庆子，该睡了吧。”音子说。

---

① 岸田刘生（1891—1929），日本现代西洋画家。受后期印象派以及德国画家丢勒影响，晚年吸取浮世绘与中国宋元绘画的技巧，代表作有《自画像》《丽子像》等。

② 丢勒（Albrecht Durer,1471—1528），德国文艺复兴时期的代表画家。

③ 小林古径（1883—1957），日本画家。获文化勋章，代表作有《仙鹤与火鸡》《发》《清姬》等。

“这么早，多美的月夜呀！”庆子回头看了看房里的台钟，“先生，差五分才到十点呢。”

“我有点累了。躺下来说说话不好吗？”

“好吧。”

音子在镜台前擦脸的工夫，庆子已把两人的被褥铺好。做这类事，庆子非常麻利。等音子站起来，庆子开始对镜卸妆，低下修长的脖颈，凝视着镜中的面孔。

“先生，我这张脸不适宜画成佛像呢。”

“只要画画儿的带着宗教的心便成。”

庆子取下发卡，摇摇头。

“散开头发吗？”

“哎。”庆子梳着披散下来的头发。音子躺在被窝里望着，说：

“今晚把头发散下来吗？”

“觉得有点气味。洗一下就好了。”说着把后面的头发搂近鼻子闻闻。

“先生，令尊去世的时候，您多大？”

“十二岁。都问过几次了，你不是知道的吗？”

“……”

庆子关了纸拉门，又关上与画室之间的拉门，然后躺到音子身旁。两床紧挨，没有留下空隙。

这四五天里，睡觉时没关外面的挡雨板。朝院子的纸拉门上，映着月色，微明薄暗。

——音子的母亲死于肺癌。

“音子，你还有一个异母的妹妹。”这话母亲终于未能告诉音子。音子至今还一无所知。

音子的父亲是经营生丝和丝绸的贸易商。大殓那天，许多送葬的人在灵前烧香祭奠，照规矩行事而已，只有一个像是混血儿的年轻女人，母亲觉得与众不同。烧完香向遗族行礼时，眼睛已经哭肿，看得出是用冰或冷水镇过的。

母亲心里一惊，以目示意，招呼站在遗族一旁丈夫的秘书。

“方才那个像混血儿的女人，她的名字和住址，请你马上到接待处去查一查。”凑近秘书的耳朵，小声吩咐说。后来便根据那个住址，打发秘书去调查。据说祖母是加拿大人，嫁给了日本人，国籍倒是日本，但毕业于美国学校，现在在当翻译，跟一个中年女用人，住在麻布的一所小房子里。

“没有孩子吧？”

“听说有个小女孩。”

“你，见到那个孩子了？”

“没有，听她邻居说的。”

音子的母亲觉得，那女孩儿，准是丈夫的孩子。要想查清楚，固然有不少办法，但想等女方来，看她说什么，结果却没来。半年多以后，音子母亲听秘书说，女的带着孩子嫁人了。从秘书口里得知，那个混血儿女人，曾是丈夫的情妇。丈夫已经过世，随着时间的流逝，嫉妒也罢，气恼也罢，都渐渐地淡薄了。有心要把那女人的孩子领回来。既然是带着孩子嫁过去的，幼小的孩子想必会把女人的丈夫当成自己的亲生父亲吧？丈夫的孩子，就会认一个没有血缘关系的男人为父，长大成人。音子的母亲有时甚至觉得好像失掉什么宝贝似的。这不仅因为音子是独生女。可是，音子才十二岁，父亲背地里有情妇和私生女儿的事，当然不能告诉她。母亲临死时，音子的年纪已是可以告诉她一切了。在临终的痛苦中，母亲虽然犹疑苦恼，却终于未说。所以，直到今天，音子做梦也不会想到，还有这样一个异母妹妹。至于异母妹妹怎样了呢？不但到了可以知道一切的年纪，照理，结婚也该有几年了，有了孩子都没准儿。但对于音子，可以说等于没有这个异母妹妹……

“先生，先生！”音子被庆子叫醒，“是不是叫什么魇着了？好难过似的……”

“啊！”音子喘着粗气，庆子给她摩挲胸口，自己则支着胳膊，半抬起身子。

“你看见我魇着了？”音子问。

“嗯，有一会儿……”

“唉，你真讨厌。人家做梦呢。”

“什么梦？”

“梦见一个绿色的人。”音子的声音还没有镇静下来。

“是个绿衣人吗？”庆子问。

“不，不是穿的衣服，好像浑身都是绿的，连手呀脚呀也是。”

“是青不动[①]？”

“别开玩笑。形象没有不动明王那么可怕。是一个浑身发绿的人，绕着床忽悠忽悠地飘来飘去。”

“是女的吗？”

“……”

---

① 用绿色绘的不动明王像，特指京都青莲院所藏不动明王之画像，系红、黄、绿日本三大明王像之一。

“是好梦。先生，这是一个好梦呀。”庆子的手掌捂住音子的眼睛，让它合上，另一只手拿起音子的手指，放进嘴里咬了一口。

“好痛！”音子这下清醒了。

“先生，您说要给我画像是吧？您把我同汤屋谷的绿茶园凑到一起了呀。”庆子在给音子圆梦。于是音子说：

“会是这样吗？你睡着了，还在我周围，转着圈荡来荡去的？真吓人。”

庆子把脸伏在音子胸口，带点疯劲儿，哧哧地忍着笑：“是先生的画魂……”

第二天，两人按计划于傍晚上了鞍马山。寺院里来了许多善男信女。五月的长日，已向四周的峰峦，高耸的树木，垂下夜幕。对面京都市街的东山上，已经升起一轮明月。殿前两侧，点起了篝火。一干僧众走了出来，开始诵经。首座穿着红袈裟。“请赐予吾等以荣兴之机，新生之力……”众人随声唱了起来，还有风琴伴奏。

善男信女人人手持蜡烛行进。殿前正面放一只大银杯，里面盛满水，水中映着满月。然后将水舀在一一走上前去的善男信女的掌心，一饮而尽。音子和庆子也依样做了。

“先生，等回到家，不动明王的绿脚印，一定会留在房间里的。”庆子说。

这便是山上的情景。

梅雨天

大木年雄每当小说写到半途，感到厌倦或者写不下去了，便躺到廊下的躺椅上歇着。如果是在下午，多半就那么睡上一小时、一个半小时。养成这种午睡的习惯，还是最近一两年的事。从前逢到这种时候，都是出去散散步。然而，长年住在北镰仓，圆觉寺、净智寺、建长寺这些寺院，以及近处的各山各景，早已了然于胸。而且，惯于早起的大木，清晨总要散一会儿步。他的习惯是，只要一醒，床上便躺不住。这样晨起散步，使清早来打扫拾掇的女用人也不必有所顾忌。而且，晚饭前，还要散好长一会儿步。

书房的廊子很宽，角上摆了一张写字台。一会儿坐在书房的席子上写，一会儿坐在廊下的椅子上写。廊下还准备了一把躺椅，颇为舒适。只要躺到这把椅子上，写作的烦恼，当即会抛诸脑后。说来也真怪，夜里，工作中间休息时，睡不深，还常常做些与工作有关的梦，可在廊下的躺椅上，立刻便能入睡，什么事都跑得一干二净，好不酣畅。年轻时没午睡的习惯。午饭后，客人经常接连不断，压根儿没工夫午睡。写作也在夜里，大抵是从半夜写到天亮。因为把工作从夜里改成白天，结果便习惯午睡了。午睡的时间倒没有一定。写得不顺手时，便去躺椅上躺躺。有时在午饭前，有时在傍晚后。夜里工作，累了以后反会有种飘飘然的感觉，但白天，却难得有。

“写不下去便午睡，这算什么事！还不是上了年纪衰老的症候？”大木心想，“可这真是一把魔椅。”

廊下的这把躺椅，只要躺上去，总能睡得着。而且，一旦醒来，便神清气爽。阻涩的文笔，发现新的思路，也并不罕见。确是一把魔椅。

现下已进入了梅雨季，是大木最感腻味的季节。北镰仓与镰仓的大海隔着丘陵，离得尚远，但海上来的潮气依旧很重。天空也低垂下来。大木右额角上，因为凝重的阴云而感到沉甸甸的，脑膜上的皱褶都像要发霉似的。所以，有时午前午后，竟要躺在魔椅上睡两觉。

“京都来了位姓坂见的客人。”女用人通报说。

大木刚睡醒，还躺在躺椅上，没有答话。

“是不是回掉，说您在休息？”女用人说。

“不用。是位小姐吧？”

“是的，以前来过一回……”

“请她到客厅里吧。”

大木又埋下头，闭上眼睛。午睡之后，梅雨天的慵懒已经减轻了几分，但是，听说是坂见庆子来访，便像淋过清水浴一般。大木站起来，果真去用水洗了脸，还擦了身，然后才走进客厅。庆子一见大木，立即从椅子上站起来，微微红着脸。大木有些惊讶。

“你来了。”

“突然来叨扰……”

“哪里哪里，春天那次来，我到附近山上散步去了。你多待一会儿就好了。”

“那次多承太一郎少爷送我。”

“我听说了。还带你去过镰仓一些地方吧？”

“去过了。”

“你是在东京长大的，镰仓这些地方，应该没什么可稀罕的。再说，跟京都、奈良比，镰仓也没有特别值得一看的地方，是不是？”

“……”

庆子盯住大木的面孔，说：“海上的落日可美得很呢。”

难道儿子带着庆子，连海边都去过了？大木心里一惊，嘴上却说：“元旦早上，你到京都站送行之后，还是头一回见面哪。有半年之久了吧？”

“可不。先生，半年是不是很久呢？先生觉得很久吗？”

对庆子这微妙的问话，大木摸不透她的本意。

“说久，也久。说短，也短吧。”

庆子的神情似嫌他回答的无聊，没有一点儿笑容。

“譬如说，你有个心上人，半年不见，就会觉得很久吧？”

“……”庆子的脸上仍摆出那副嫌他无聊的神情，只有那双有点蓝莹莹的眼睛，挑逗似的盯住大木。大木有些沉不住气了。

“怀胎半年，在腹中就会动了。”大木这样说，庆子听了也不怕难为情，“节令已从冬天到了夏天。眼下这梅雨天，最让我腻烦……”

“……”

“关于时间，自古以来有许多人做过哲理的思考，却似乎没有一个令人满意的解答。时间能解决一切，这种世俗的见解，虽说根深蒂固，但我仍抱怀疑。还有，一死万事休，不知庆子小姐以为如何？”

“我还没那么厌世呢。”

“这跟厌世不是一回事。”大木拦住她的话头，“不错，时间固然一样长，但我的半年与年轻的庆子小姐的半年，却是截然不同的。譬如说，患了癌症，只有半年寿命的人，他的半年又有所不同吧。还有，因意外的车祸而顷刻丧生的人，以及因为战争失去生命的人……即使没有战争，也有可能被杀。”

“可您不是堂堂的作家吗？”

“只会留下让人脸红的作品罢了……”

“让人脸红的作品是留不下来的。”

“不错，真那样的话，倒求之不得了。但却未必如此。如果真如你所说，我的作品，全部该失传了。那对我倒反而好了。”

“哪儿的话……先生写我师父的那本《十六七岁的少女》，必能传世，您不是很清楚吗？”

“又是《十六七岁的少女》！”大木沉下脸来，“怎么，连音子小姐的弟子，也说这种话？”

“因为我就在音子先生的身边嘛。对不起。”

“不，没什么……令人徒叹奈何……”

“大木先生，”庆子的表情忽然一变而为生气勃勃，说道，“在我师父之后，您是不是又恋爱过？”

“这个嘛，嗯，有过。尽管没发生像音子那样的悲剧……”

“为什么不把那些也写出来呢？”

“是啊，那是……”大木迟疑了一下，说道，“因为有言在先，不许把对方的事写出来，结果就写不成了。”

“哟！”

“作为作家，这也许是一种自馁。写音子时的那种青春热情，恐怕是再也激发不出来了。”

“要是我，随先生怎么写都成。”

“什么？”大木吃了一惊。大年夜音子派庆子到京城饭店去接，元旦又赶到京都站来送行，再加今天来北镰仓家里造访，统共只见过三回，每次见，都谈不上是真正的会面。那又如何去写她呢？小说里，充其量是借庆子的花容月貌，写一个虚构的女人罢了。庆子说跟儿子太一郎去过镰仓的海边，是不是当时发生了什么事？

“那我，便有一个好模特儿了。”大木想借笑声掩饰过去，可一见庆子，他的笑意已被庆子那双撩人的媚眼吸了过去，水汪汪的，好似泪光。大木再也说不出话来。

“上野先生说，要给我画像。”庆子说。

“是吗？”

“今儿个我又带来一张画，想请先生过目。”

“嗯？抽象画我可不大懂。这间屋子窄，到那边大房间看吧。上回的那两幅画，小儿都挂在书房里了。”

“今儿个他没在家吗？”

“嗯，今天他去研究室，然后到私立大学教课。我内人去看古典木偶戏了。”

“只有先生一个人，太好了。”庆子声音低到欲无，说着走到门口，把放在那里的画拿到房间。画镶在简洁的白木框里，以绿色为基调，又随意涂上各种色彩，不拘一格，整幅画面宛似翻滚的波浪。

“先生，这在我，算是写实的作品，画的是宇治的茶园。”

“嗯？茶园？……”大木边看边说，“像似波浪翻滚的茶园呢，也是充满青春气息的茶园啊。头一眼，我还以为是内心热情迸发的抽象呢。”

“太高兴了，先生。这样看也可……”庆子跪在大木身后，下巴颏几乎要触到大木肩上。一缕甜丝丝的气息，吹拂着大木的头发，暖洋洋的。

“大木先生，这张画，您从这张画上，感受到我内心的波澜，我真是好开心呀。”庆子重复着说，“以一幅茶园的画而论，也许太拙劣……”

“实在充满青春气息啊。”

“到茶园去，总归要写生的，但我，把那些看成茶树和茶垄，也只是开头的半小时或一个小时而已。”

“是吗？”

“茶园，静极了。不过，那一道道圆圆的嫩绿色波浪，高低起伏，好似滚滚而来，结果就成了这个样子。这可不是抽象画呀。”

“茶园抽出新芽的季节，是朴素无华的。”

“先生，我还不懂，什么叫朴素无华。无论绘画，还是感情……”

“连感情也……”大木一转身，肩膀正碰到庆子丰满的前胸。而庆子的一只耳朵恰在眼前。

“说这种话，难保不把这只漂亮的耳朵割下来呢。”

“我哪儿有凡·高[①]的天才，只要别人不给咬掉……”

“……”大木一怔，倏地转回身去，贴着大木跪在身后的庆子险些摔倒，庆子一把抓住大木。

“什么朴素无华的感情，我讨厌。”庆子就势说道。大木如手臂一用力，庆子就会扭身倒在他腿上，仰着胸脯，像等人接吻的样子。

可是，大木手臂没有动。庆子仍保持着那个姿势。

“先生。”庆子悄声低语，凝视着大木。

“耳朵的形状既可爱又漂亮，侧面美得简直有些妖气。”大木说。

---

① 凡·高（Vincent van Gogh,1853—1890），荷兰画家，后期印象派代表人物之一。1888年精神病发作，割去自己一只耳朵，绘有《耳朵割去后的自画像》。

“真高兴，先生能说这话。”庆子修长的脖颈微微泛红，“您的话，我会终生不忘的。但先生所说的美，又能保持多久呢？想到这里，身为女人，真是可悲呀。”

“……”

“让人瞧着虽然难为情，但给先生这样的人看，却是女人的福气。”

庆子这热烈的话语，大木听了十分惊奇。倘若在相爱中，恐怕就不足为奇了吧？

大木声音不大自然地说：

“我也好福气哟。想必你还有很多美丽之处。”

“真的吗？我只是个糟糕的画家，不是模特儿，所以不知道……”

“画家可以公然以人体为模特儿，作家却不能。这一点，有时真叫人不服气。”

“如果有用得着我之处，尽管请……”

“那太多谢了。”

“先生，方才我说，要是我，随先生怎么写都成。不过，先生的幻想或是空想，比我本人实际上还要美，虽然有点儿悲哀，但也没关系。”

“要抽象的，还是写实的？”

“那就悉听尊便……”

“但是，美术模特儿与文学模特儿，压根儿是不一样的。”

“我明白。”庆子眨着浓密的睫毛说，“就说我画的茶园吧，尽管幼稚，可不是画的茶园，也不是自然的写生，而成为描绘我自己的作品……”

“任何绘画都是如此吧，不限于抽象或具象。就美术而言，不是人体，恐怕是不能称作模特儿的。小说的模特儿，也单单指的是人。风景咧，花咧，不论怎样写，都不能叫作模特儿。”

“先生，可我是人哪。”

“是个美人儿。”大木的手放在庆子的肩上，把她扶了起来。

“美术的模特儿，如画裸体，仅摆一个姿势便可以了，但小说的模特儿，单是这样恐怕就……”

“我知道。”

“这样说，行吗？”

“行。”

年轻的庆子大胆如许，大木倒不免有些畏怯。

“小说中的女孩子，兴许可以借助你的容貌……”

“那多没意思。”庆子娇媚地逼着大木。

“女人真是奇怪。”大木毋宁躲闪似的说，“有人硬是以为写的是自己，自己成了小说里的模特儿，有那么两三个呢。全是作者所不认识，毫无关系的女人……也不知她们胡思乱想些什么。”

“身世可怜的女人多着呢。让胡思乱想缠住，依我看，那是一种自我安慰。”

“是不是脑筋有毛病呢？”

“女人的脑筋容易有毛病。先生难道就不会叫女人脑筋出毛病吗？”

此话问得突然，大木竟答对不出。

“先生就那么冷眼瞧着女人出毛病？”

“嗯？”大木不知所措，把话岔了开去，“不过，跟美术的模特儿不同，小说的模特儿嘛，是无偿的牺牲。”

“为他人牺牲，我顶愿意呢。能为什么人牺牲，或许正是我生活的意义所在呀。”

庆子的话，大木颇感意外，于是接过话头说：

“对庆子小姐来说，那是一种极端任性的牺牲。反过来也要求对方做出牺牲……”

“不，先生，您错了。牺牲的本质是爱，是憧憬。”

“庆子小姐现在为之奉献牺牲的，是音子先生吧？”

“……”

“是吧？”

“也许是吧。可音子先生是女人呀。女人为女人奉献牺牲，这种生活是没有纯洁可言的。”

“哦，这我就不懂了。”

“两个人难免都要毁掉……”

“两个人都要毁掉？”

“可不是。”

“……”

“只要有一点点游移，我都讨厌。哪怕五天，十天也好，只求能彻底忘掉自己。”

“即便结婚，也难做到呀。”

“结婚算什么，想结，早不知有过多少机会呢。结了婚，忘我的牺牲，就长不了了。先生，我不愿意回顾自己。方才也说过，朴素无华的感情之类，我真是顶讨厌不过了。”

“跟心爱的人在一起，四五天下来，便唯有自杀，别无出路，这种话最好别说。”

“是呀，自杀我倒一点都不怕。比自杀更令人讨厌的，是失望与厌世。就算给先生掐死，也是福气。哎呀，不，在那之前，得先当先生的模特儿……”

大木年雄不能不疑心，庆子是来勾引自己的。仅凭今天的行止，虽不能断定庆子就是妖妇，但作为小说里的模特儿，倒是一个相当有趣的女孩子。可是，爱上庆子再分开，难保又像《十六七岁的少女》的音子那样，事后住进医院的精神科。

今年初春，坂见庆子拿自己的两张画《梅》与《无题》来访时，大木年雄外出散步，正从北镰仓的山头眺望晚霞，不在家里，是儿子太一郎接待的。照今天庆子的话来看，太一郎送她出去，不仅到北镰仓的车站，甚至还到了镰仓的海滨。显然，太一郎叫庆子的妖媚给迷住了。

“但儿子不中用，会给庆子毁掉的。”大木心想，“倒不是因为年岁相差而嫉妒。”

庆子对大木说：“这张茶园的画，要能放在先生的书房里，真不知有多开心呢。”

“行啊，就这样办吧。”大木不大情愿地回答。

“夜里，在光线微暗的地方，希望您能看上一眼。那时，茶园的颜色会沉落下去，那些随手涂的色块便能浮现出来。”

“嗯？还会做个奇怪的梦吧？”

“什么梦呢？”

“嗯，年轻的梦吧。”

“好开心。您竟说出这样令人开心的话。”

“你不是很年轻吗？茶园里圆圆的重重波浪，当是音子先生的陪衬，而让人看不出新茶嫩绿的那些色彩，那就是庆子小姐你啊。”大木年雄说。

“先生，哪怕一天也好……然后，先生尽管塞进壁橱的角落里，随它落满灰尘好了。反正是张蹩脚的画，改天我再来用小刀割碎。”

“咦？”

“是真的呀。”庆子的神情，温柔得出奇，“画得不好嘛。只要一天就行，放在先生的书房里……”

“哦——”

大木一时无言以对。庆子默默垂下头来。

“这样一张稀奇古怪的画，先生真能为它做一次梦吗？”

“很抱歉，与其受画的诱惑，梦见画，说不定倒会梦见你呢。”大木说。

“尽管请，什么梦都成……”庆子也禁不住连耳根都红起来了，“不过，先生还没做出什么事，以至于会梦见我，是不是？”庆子抬起头，凝眸望着大木，渐渐地，一双美目带些朦胧。

“不，上次承你送来两张画，太一郎本来送你到附近的北镰仓站就可以了，却一直送到了镰仓的海滨。今天，我也来送送你吧，好吗？家里没有人，没法留你吃晚饭，车已叫好了。”

车子开过镰仓的市街，驶向七里滨。庆子什么话也没说。

梅雨季的相模湾，海天一色，灰蒙蒙的。

汽车在江之岛的海滨游乐场等着。

庆子买了一些墨鱼和竹荚鱼，做海豚的食饵。海豚从水中跃起，叼走手中的食饵。庆子胆子大起来，食饵越举越高，海豚也愈窜愈高，扑向食饵。庆子简直高兴得跟小女孩似的，连下雨都不觉得。

“趁雨还不大，走吧。”大木催着庆子说，“裙子都有点湿了。”

“啊，真快活。”

上车之后，大木说：

“这附近，伊东温泉过去些，常有成群的海豚游过来。据说一些赤身露体的男人，把海豚赶到岸边，再逮住。海豚怕痒，挠它肋下就没力气了。”

“噢。”

“你们小姐会怎么样呢？”

“先生好讨厌。大概拼命地又踢又抓吧。”

“还是海豚老实啊。”

车到了山上的旅馆。眼前的江之岛也是一片灰色。左面，三浦半岛若隐若现。雨点变大了。毕竟是梅雨，四周浓雾弥漫，连近处的松林也朦朦胧胧。

两人给引进房间，浑身湿漉漉的。

“庆子小姐，回不去了呢。”大木说，“这样大的雾，开车太危险了。”

庆子点点头，没有一点为难的样子，简直令大木惊奇。

“浑身湿漉漉的，晚饭前得擦擦身子……”大木说着用手抹了一把脸，“庆子小姐是不是也像海豚一样，能让我试试看吗？”

“先生，这话可太糟践人了吧？把我比作海豚……难道我该受这种侮辱吗？当海豚玩……”说着，庆子一只肩膀靠到窗边，“好黑的海。”

“是我不好，对不起。”

“至少也该说句：我想好好看看你啦，或者……一声不响地把我拖起来……”

“不撑拒吗？”

“那可不知道……但拿人当海豚玩，太糟践人了。我又不是贱骨头。先生难道那么下流吗？”

“我下流吗？”说了一句，大木便进了浴室。

大木一边洗淋浴，一边将西式浴盆冲干净，放上热水。然后擦干身子，头发乱蓬蓬地走出浴室。

“请吧。”说话也不看庆子，“已经放了干净水，有半缸了吧？”

庆子沉着脸望着大海。

“变成蒙蒙雾雨了。附近的小岛和半岛，影影绰绰的……”

“觉得悲哀了？”

“波涛的颜色也令人不快。”

“身上湿漉漉的，不舒服吧？水放好了，去洗洗吧。”

庆子点点头，走进浴室。连撩水的声音都听不见，没有一点儿动静。出来时，脸已经洗过，坐在三面镜前，打开手提包。

大木走到她身后说：“冲过头，可什么都没有，头发乱蓬蓬的……发蜡倒有，不喜欢那味儿。”

“先生，这香水怎么样？”庆子递过一个小瓶。

大木闻了闻，说：

“抹上发蜡，再洒这种香水？”

“洒一点儿就行了。”庆子开始露出笑容。

大木抓住庆子的手说：“庆子小姐，不要化妆，什么都别用……”

“痛，好痛呀！”庆子回过头来说，“坏先生！”

“这张本来面目多美。修眉皓齿，有多漂亮。”大木将嘴唇印到庆子红润的脸颊上。

“啊哟！”

化妆椅子倒了。庆子也倒了下去。大木的嘴唇压在庆子的樱唇上。

一个长长的吻。

大木透不过气来，把脸离开些。

“不，先生，再长些……”庆子拥紧他。

大木心里暗暗吃惊，一面却说：

“采珠女也憋不了那么久的，会晕过去的。”

“让我晕过去……”

“女的倒是很能憋气。”大木借着调戏，又把嘴凑上去。好长一个吻。又透不过气来，便把庆子抱了起来，放到床上。庆子蜷起身子和脚，缩成小小一团。

大木想叫她舒展开来，庆子虽然没有撑拒，却也费了不少时间。这工夫，已知道庆子显然不是处女。动作一旦狂猛起来，只听得：

“先生，先生！”庆子在下面悲切地叫着，“上野先生，上野先生！”

“啊？”

大木以为在叫自己，等知道是叫音子，顿时泄了气。

“你叫谁？上野先生？”大木扫兴地问。庆子没搭理，推开大木，脱出身子。

石景——枯山水

京都寺院的石景庭园，至今还留下多处，颇为知名。西芳寺的石园，银阁寺的石园，龙安寺的石园，大德寺的大仙院石园，妙心寺的退藏院石园等，便是主要的几处吧。其中，龙安寺的石园，不仅名闻遐迩，而且在禅学和美学上，可以说几近神化了。这当然不是没有理由的。相当地完美，真是无与伦比的杰作。

不论哪一处，上野音子都看得烂熟，印在脑海里。但今年，刚一出梅，她便怀着一颗绘画的心，天天到西芳寺的后山，去看石园。她并不认为，这座石园，她音子能以一个女人的力量画得成。她只是想去感触一下这石园所蕴涵的力量。

以石园而论，这园子不是最古老也最遒劲的吗？无论画得成画不成，音子都不在乎。后山的石园，与下面幽雅的苔寺庭园相比，真是大异其趣。要是没有什么游客上来，音子只想坐下来，与石景默然相对。她打开写生簿，瞧着石景，那里站一会儿，这里站一会儿，无非是让过路人不要对自己感到奇怪罢了。

西芳寺是梦窗国师于历应二年（1339）所复兴，修堂塔，挖池塘，筑岛屿。据说曾引人至山顶缩远亭，纵目远眺京城。那些建筑今已尽毁。庭园也因洪水而荒芜，曾几经修复。如今的枯山水，相传是沿着上山去缩远亭的石磴构筑而成，意在表现瀑布与流水。因是以石搭成，想必风貌依旧，完好如初。

而后，千利休的次子少庵，曾经在此隐居，音子无意去翻检这些历史，推究考证。她每天只是为看石景而来。庆子仿佛是音子的跟包，也每天跟着来。

“先生，石景是不是都很抽象？”庆子问。“就绘画而言，像塞尚画的莱斯塔克岸边的石山那么雄健有力的，有没有？”

“庆子，你倒了不起，还知道这些？那不是天然的石山吗？虽说没有山那样大，但毕竟是海岸的岩石……”

“先生，要是把这组石景画下来，可成一幅抽象画呢。以写实笔法描绘这组石头，我可没那能耐。”

“是啊。我也不是说非要画……”

“那我就挥笔，大刀阔斧地画画看？”

“那样画也许更好些。上次画的那张茶园，就很有意思，显得生气勃勃。那张画也送给大木先生了吧？”

“是呀。现在没准儿叫他太太给撕了毁了也说不定……跟大木先生在江之岛的旅馆里过夜，他竟叫我当什么海豚，我看大木先生也下流起来了。等我一叫您的名字，他马上就泄了气……大木先生直到今天，对先生是又爱又后悔呢。简直叫我嫉妒死了……”

“跟大木先生？……你打算怎么办？”

“我要毁掉他的家庭，为先生报仇。”

“报仇？……”

“我不高兴嘛，先生到现在还在爱大木先生。给他那样欺侮，居然还爱他，真是女人的痴心……我不高兴这样。”

“……”

“我在嫉妒呢。”

“嫉妒？”

“就是嫉妒嘛。”

“因为嫉妒，就跟大木先生在江之岛的旅馆里过夜？如果我还爱大木先生，要嫉妒的，不该是我吗？”

“先生，真的嫉妒我吗？”

“……”

“那我太高兴了。”庆子手上加快了对石景的写生，“在旅馆里，我没睡着。可大木先生倒睡得挺香。五十多岁的男人，顶讨厌了……”

音子心里乱糟糟的，很想知道是睡双人床还是单人床，但又问不出口。

“掐死熟睡中的大木先生，简直易如反掌，想想就叫人开心，太开心了……”

“哎呀，好险。你这人，真可怕。”

“我只是那么想想罢了。单是那么想想，就开心得让我睡不着。”

“你这就叫为了我，是吗？”音子画石景的手有些发颤，“我可不认为，这是为了我。”

“是为先生的嘛。”

对庆子的古怪性格，音子此时甚感惧怕，说道：“庆子，大木先生家里，别再去了。谁知道会出什么事呀！”

“先生住院的时候，难道就没想过，要杀掉大木先生吗？”

“没想过。那时脑筋确实不大正常，但要杀人，却……”

“您不恨大木先生，反倒爱得更深，是吗？”

“我当时还有孩子的事……”

“孩子……”庆子顿了顿说，“先生，可我不是也能给大木先生生孩子吗？”

“什么？”

“岂不是可以就此把他断送掉？”

音子仿佛挨了一击，凝视着女弟子。这修长的脖颈，俏丽的侧脸，竟然迸出这样可怕的话来。

“当然能生啦。”音子按捺住自己说，“你是不是糊涂了？就算你生大木的孩子，我也无所谓。不过，有了孩子，就不会说这种话了。人会变的。”

“先生，我才不会变呢。”

跟大木在江之岛的旅馆过夜，庆子究竟做了什么呢？听她的话，尤其看她说话的神气，岂不是有事瞒着音子吗？什么嫉妒啦，报仇啦，说得倒慷慨激昂，庆子到底有什么要遮掩的呢？

然而，想到自己直到如今还在为大木年雄嫉妒，音子不由得闭上眼睛。石景仿佛影子一样，留在眼底。

“先生，先生！”庆子搂住音子的肩膀，“怎么啦？脸色突然发青。”

接着，在音子的肋下使劲掐了一把。

“痛，痛死了！”音子身子一摇晃，一条腿跪了下去。庆子扶她起来，说道：

“先生，我心里只有上野先生，只有上野先生您呀。”

音子不作声，擦掉额上的汗。

“庆子，你说这话，会倒霉的，会一辈子倒霉的……”

“什么倒霉，我才不怕呢。”

“你年轻，又漂亮，所以才会说这种话，不过……”

“只要能让我待在上野先生身边，我就心满意足了。”

“那谢谢你了，可我毕竟是女人呀。”

"男人，最讨厌不过了……"庆子说得很干脆。

"那怎么行！真那样的话，日子一长……"音子黯然地说，"连画风也会变得很厉害呢。"

"总是一种画风的老师，最讨厌了……"

"你的'最讨厌'，真多啊。"音子略微镇静一些，"你把写生簿拿来，让我看看。"

"好的。"

"这个，是什么？"

"瞧您，先生。这不是石景吗？您好好看看……硬画一些我画不来的东西嘛。"

"嗯。"音子看着看着，脸色又变了。诚然，这是一幅一色黑的素描，乍看上去，看不出画的是什么，但其中，好像回荡着一种说不出的生命力。那是庆子的画里向来所没有的。

"在江之岛的旅馆里，你和大木先生到底还是做了冲动的事，对吧？"音子的身子哆嗦起来。

"冲动？那就叫冲动吗？"

"你的画变了。"

"先生，那就告诉您吧，大木先生连个长吻都接不来。"

"……"

“男人都这样吗？”

“……”

“跟男人，这还是头一次呢。”

音子望着庆子的素描，一边感到迷惑，这“头一次”该从哪里算起呢？

“我真想变成这枯山水的石头呀。”音子蓦地这样说。

梦窗国师的这组石景，历经几百年的沧桑，一派古色苍然，以至于看不出是造化天成，还是人工搭就的。不过，那肯定是人工搭成的，嶙峋峥嵘，自有一股内力，从没有像此刻这样，向音子逼仄而来。她感受到一种精神的压力，不禁有些痛苦。

“庆子，今天是不是该回去了？觉得石头有些可怕了。”

“好吧。”

“又不能在石头上坐禅，回去吧。”音子踉踉跄跄地站了起来，“这种东西，我画不来。这才是抽象呢。像你那样奔放不羁的画法，说不定倒能抓住些什么。”

“先生，”庆子拉住音子的胳膊说，“等回去，咱们装海豚玩吧？”

"装海豚玩？什么叫装海豚玩？"

庆子艳笑着，朝左面的竹林下去。

摄影家土门拳拍过一张很美的照片，那片竹林或许就是他照片中的竹林吧？

音子从竹林边上过去，神情与其说是忧郁，还不如说是紧张的好。

"先生，"庆子拍拍音子的后背，"您是不是叫那组石景把魂儿摄去了？"

"魂儿倒没摄去，不过想不带笔和本，单是那么看它几天。"

庆子的神情却一如平日，年轻而明朗。"不就是石头嘛。像先生那样看，也许能涌现出一股力，以及青苔的美感，可石头毕竟是石头……"然后接着又说：

"俳句家山口誓子的文章里有这样一段话：'日复一日，总与枯山水无缘，相知唯有大海；朝朝暮暮，大约是与枯山水没点儿情分……后来，搬到京都，方始真正理解了枯山水。'——确实写过这样一段话。"

"大海与石景。比起大海，以及自然中高山的巨岩与石壁，小小庭园里的石景，终究是人造的……”音子说，“即便如此，这种石景，我毕竟画不来。”

“先生，这是由人创造的抽象嘛。就连颜色，似乎也能按我自己的意思染好。画成我自己的抽象形式……”

“……”

“石园是什么时候有的？”

“不大清楚，室町时代以前，大概还没有呢。”

“用的岩石……”

“究竟古到什么时候，谁又能知道呢？”

“比那些岩石留存得还久远的绘画，先生想不想画呢？”

“那是不可企及的呀。”音子闷闷不乐地说。

“西芳寺的庭园也好，桂离宫的御苑也好，几百年间，树木生长，枯萎，受暴风雨摧残，庭园荒芜，我想，与当初比，会有相当大的改变的。但石景，却不会变得那么厉害吧？”

“先生，我倒认为一切都变个样，全都消失了才好。就说最近画的那张茶园吧，这会儿恐怕早叫大木太太给撕了、剪了呢。尤其在江之岛过了夜……”庆子说。

“那张画倒挺有意趣的……”

“真的吗？”

“庆子，你一画出好画，是不是就打算拿到大木先生那儿？”

“是呀。”

“……”

“直到给上野先生报了仇。”

“够了，别再提什么报仇的事了，我已嘱咐过你好几次了。”

“那我知道。但我也弄不懂。”庆子依旧爽朗地说，“是女人爱记仇呢？还是女人的矫情？要么是女人的嫉妒？”

“嫉妒？……”音子颤着声音低低地说，握住庆子的手。

“上野先生的内心深处，至今还爱着大木先生。大木先生也把上野先生深深藏在心底。除夕听钟的时候，我这个丫头就全明白了。”

“……”

“女人的恨，不正是爱吗？”

“庆子，在这种地方，你干吗要提这些事？”

“我看那些枯山水的岩石，也许是年轻的缘故，能从中看出古代日本人的抽象来。不过，那抽象的心境，现在我还不能理解。因为带着几百年的古色，才成了现在那样子，那么刚造出来的时候，会是什么样子呢？”

“嗯，刚造出来的样子，在庆子眼里该当幻灭了。”

“我要是画的话，就要随自己的心思，改变石景的形状，对石景搭配当初，那些不匀称的色调，我都要着上自己喜欢的色彩。”

“是吗？那样一来，就好落笔了。”

“先生，那石景比起您我的寿命，实在太长了。”

“可不是吗？”音子说着，蓦地心中一凛，“虽然不是永恒……”

“我只要能在先生身边，画些短命的画就行……哪怕画好了，马上毁掉也情愿……”

“因为你还年轻……”

“就说那张茶园画吧，大木先生的太太要能给撕碎、毁掉，我反而高兴呢。她那样一来，感情总多少会冲动一些。”

……

“我的那些画，哪儿有什么正经八百的欣赏价值！”

“倒也不能那样武断……”

“又不是什么天才，连一张我都不想留下来。只是，我喜欢先生，但求能让我留在您身边。本来呢，只要能照料一下先生的起居，洗个茶碗之类，我就很开心了。可是，先生竟教我绘画……”

音子极为惊讶，说道：

“庆子，你怎么这样想？”

“在我心底……”

“你说归说，但你确实有绘画的天才呀，常常叫我吃惊呢。”

“小孩子的自由画吗？小时候倒常给贴在教室里展览。”

“比较起来，你跟我这个平庸的画家不一样，我觉得你是个独特的画家，甚至有时还很羡慕你。庆子，以后别再说这种话了。”

“是。”庆子很听话，点了点头，“只要能留在先生的身边，我一定会努力。”庆子点头的姿势，优美动人。

“先生，画的事就不再提了。”

“你明白我的意思吗？”

“明白了。”庆子又点了点头，“只要先生不赶我走……”

“怎么会赶你走呢！”音子用力地说，“可是……”

“可是什么？”

“女人总有结婚啦、生养孩子啦这些事。”

“那些事……”庆子爽朗地笑了起来，“我才不会有呢。”

“是我的罪过。对不起。”

音子微微俯下头，扭转脸，揪下一片树叶，默默地走了好一阵子。

“先生，女人很可怜是不是？年轻男人，决不肯爱一个六十岁的老太婆吧？可是十几岁的女孩子，却能真心爱一个五六十岁的男人。倒不是贪图什么……是不是，先生？”

音子一时无从回答。

“先生，大木先生现在简直差劲。一心以为我是个烂污货呢，可我还是个姑娘家呀……”

音子的脸色发青了。

“不但这样，在紧要关头，我不由得喊起‘上野先生，上野先生’来，结果竟没再把我怎么样。”

“……”

“为了上野先生，简直让我丢尽女人的脸。”

音子依旧脸色发青，两腿簌簌发抖。

“是在江之岛的旅馆吗？”音子勉强开口问了一句。

“嗯。”

上野音子对这位庆子，自有其无法抗议的隐情。

车子开到音子她们住的寺院。

“倒也幸亏如此，总算逃过一关……”庆子毕竟也红了脸，“先生，我跟大木先生生个孩子给您，好不好？”

冷不防，庆子脸上狠狠挨了一记耳光，痛得眼里几乎要流泪。

“啊，真痛快！”庆子说，“先生，再打，再打！”

音子颤抖了。

“再打……”庆子重复道。

音子期期艾艾地说：“庆子，你这话，多不要脸啊。”

“不是我的孩子。我想说的是上野先生的孩子。我生下来，送给先生。我是想从大木先生那儿偷个孩子给您……”

音子一抬手，又是一记耳光过去。这回庆子抽抽搭搭哭了起来。

“先生，先生，您现在不论多爱大木先生，也不能同大木先生生孩子了。您生不了啦。我没感情却能生的呀。我觉得，这跟上野先生生是一回事……”

“庆子！”音子喊了一声，便跑到廊子上，一脚把萤笼踢到了院子里去。

萤笼从音子光着的脚尖上飞了出去。刹那间，笼子里的萤火虫，一齐洒着青白的光，落到院子里的青苔上。夏日昼永，天空刚刚浮起暮霭。院子里，虽还看不出，却照例按时飘起暮霭，天光尚明。按理，萤火虫不该闪出火色，也不会发出白光。那流光火影，想必是缘于音子的眼睛、音子的心。她站在那里，浑身僵直，只管盯着落在青苔上的萤笼，眼睛一眨不眨。

庆子停止啜泣，偷偷瞧着音子的后影，连大气也不敢出。她挨音子打，并没有躲闪，只是坐在那里，两腿松了开来，右手拄在席子上，撑住要倒的身子，就那样一直没有动弹。看着僵立在那里的音子，庆子也好像浑身发僵似的。但也只是短短的一会儿工夫。

“啊，先生回来啦？”美代进来招呼说，“先生，洗澡水已经烧好了。”

“哦，费心了。”音子声音好似卡在喉咙里，感到腰带下面汗湿透了，很不舒服。胸口那里也出汗出得凉冰冰的。

“天气倒不怎么热，可叫人腻味。潮乎乎的……这黄梅天还没过去吧？是不是又回来了？”

音子没有回头看美代，接着说道：“能洗个澡好极了。”

——美代是寺里雇的女用人，也到音子她们住的厢房帮忙。打扫，洗衣，收拾厨房，有时音子她们连饭都交给她做。音子喜欢烹调，做得一手好菜，可是，一旦绘画占据她整个心思，烧烧煮煮，便不胜其烦。庆子倒也没看出，她居然还能烧出精致的京味小菜来，不过，也仅是种消遣而已。这样、那样，美代随便弄几样，把午饭晚饭凑合过去的日子也不少。美代已经五十三四了，到寺里来了六年，做事一直很勤快。寺里虽有年轻媳妇或是做了母亲的人，倒是美代常来厢房帮音子做活。人矮墩墩的，胖得手腕和脚腕像捆起来一样。

这时，美代圆肩膀上的一张脸，乐呵呵的，一瞧见院子里的萤笼，便问：

“先生，是让萤火虫吸吸露水吗？”说着踩着石步走到萤笼跟前。许是萤笼横着倒在那里的缘故吧？美代弯下身，把萤笼摆正，没有捡起来，大概以为是特意把萤笼摆在那儿的。

美代站起来，准能从院子里看到廊下的音子，但音子早已转身朝里面的浴室走去了。这样，美代与庆子正好照面。庆子眼里闪着泪光，使美代低下头。庆子苍白的面庞，一侧的面颊红了一块，觉得事不寻常。

“小姐，您怎么了？”美代不禁脱口问道。

“……”

庆子没有回答，两眼睛直勾勾的，站了起来。浴室里传来水声。音子好像往热水里兑凉水。是烧得太热了吗？哗哗的水声一直不停。

庆子走到挂在画室墙上的镜子前，从手提包取出东西重新匀脸，用一把小巧的银梳。三面镜梳妆台和穿衣镜，都在浴室前面的小屋里。

音子把和服脱在那里，正在浴室洗澡，庆子不便进去化妆。从衣柜上面的抽屉里，拿出浮面上的单和服。内衣也全部换过。长衬衣外面套着单和服，伸进袖子正要合上衣襟，手不听使唤。

“先生……”

忽然叫了一声音子。

庆子低着头，在她眼里，单和服袖子和下摆上的花样，有音子的倩影。那花样是音子设计，并亲手为庆子描绘的，然后叫人染色。虽然是夏天的花，却不像是音子手笔，采用大胆的抽象画法，尽管看得出是牵牛花，但花很虚幻。颜色也浓淡随意，近来颇为时兴，显得又活泼又清爽。能设计出这样的和服，恐怕是音子画的时候，庆子始终不离她左右的缘故吧。

“小姐，要出去吗？”美代在隔壁屋里问。

“你看什么呢？”庆子头也不回地说，“要是看我，到跟前来看好了。”

“……”

庆子转念想，单和服的前襟合得不服帖，腰带上面的细带子也不会系，美代可能感到奇怪才瞧着自己。

“要出去吗？”美代又问了一遍。

“不出去。”

庆子右手提起下摆，左胳膊上搭着腰带和腰带的衬垫，一边朝浴室前的小屋走去，一边吩咐似的说：

“美代婶，布袜子忘了，给我拿双新的来。”

听见庆子的脚步声，音子在浴室里招呼说：

“庆子！洗澡水好极了。”音子以为庆子是来洗澡的。但庆子却站在穿衣镜前系腰带结，勒得紧紧的，几乎要勒进腰里了。

美代一声不响，把布袜放在庆子脚下便出去了。

“快来洗吧。”音子又招呼道。

音子泡在热水里，直浸到乳房处，眼睛望着杉木门，等着庆子。庆子理应马上开门进来，但门外静悄悄的，也没有脱衣服的动静。

光着身子进来，庆子是不是有些犹豫？这种怀疑刺痛了音子。她顿感憋闷难当，便从浴槽中站起，扶着槽沿爬出来。

庆子同大木在江之岛的旅馆里过夜，她是不是不愿意叫音子瞧她的身子？

庆子从东京回来，是在半个多月之前。在东京的时候，她去看望大木，给带到了江之岛。回到京都以后，与音子一起洗过几回澡，赤身露体并没害羞过。话虽如此，庆子头一回向音子坦白，她跟大木在江之岛过夜，却是今天，在苔寺后山的石景前，十分突然。她的话也极不寻常，非常奇怪。

庆子是个风流妖媚的女孩子，这几年来，音子平日里就有所发现。她的风流妖媚，日甚一日，恐怕音子也助长了这种倾向。虽不能说是音子一手造成的，但她在庆子心中点上了火种却是确凿无疑的。

音子站在冲澡板上，额头冒出了汗珠，拿手摸了一把，是冰凉的。

“庆子，不进来吗？”

“不了。”

“不洗澡了？”

“不洗了。”

“冲冲汗，也好嘛……”

“我没出汗。”

“……”

“先生，对不起，请先生原谅庆子……”庆子的声音清澈爽朗。

“原谅……”音子接过庆子的话说，“是我不好，我给你赔不是。”

“……”

“你在那儿做什么呢？是站在那儿吗？”

“系腰带呢。”

“咦？系腰带？……你在系腰带？”

音子奇怪地问道，赶紧擦干身体。

打开杉木门出来，看见庆子打扮得漂漂亮亮，站在那里。

“哟，要出去？”

“是。”

“上哪儿？”

“上哪儿，还不知道。”庆子那依旧闪亮的目光里，隐含着忧愁。

音子似对自己光露着身体感到难为情，披上了浴衣。

“我也一起去吧？”

“哎。”

“不愿意吗？”

“哪儿的话，先生。”庆子背对着音子。镜中映出庆子的侧脸。“我等着您。”

“是吗？那我赶快准备好。你让开点。”

音子绕到庆子旁边，坐在梳妆台前。在镜中，与庆子面面相觑。

“去木屋町好不好？到阿房那儿……你先打个电话问问看。要是露天座订不上，就要楼上四张半席的小间。对了，什么房间都成，只要是朝河的……订不到朝河的座位就算了，再想想别处。”

“哎。”庆子点了点头，说，“先生，我去拿点凉水来吧，搁上几块冰箱里的冰块……”

“好啊。脸上显得很热吗？”

“嗯。”

“倒是去呀，我不会朝你摔化妆水瓶子的……”音子把右手瓶里的化妆水倒在左手心上。

庆子拿来的冷水，沁透音子的心底。

电话须到寺里人住的地方去借打。

音子急急忙忙换衣服的工夫，庆子已经回来了。

“阿房说，露天座八点半以后已有人定下了，八点半以前请尽管去。”

“八点半吗？”音子沉吟了一会儿说，“八点半……咱们倒也可以。若早些去，晚饭也能吃得更从容。”

于是，音子把三面镜两侧的镜子拉拢来，伸头进去照。

“头发这样就算了。”

庆子点点头，伸手到音子的腰带里面，轻轻拉平她背上的和服。

火中莲花

《京城名胜图绘》中《四条河畔夏夜纳凉》一节，曾写到鸭川纳凉的情景，常常为人引用。“……自东西之青楼，设凉台于河畔。几案罗列，华灯星灿，开琼宴于流光。少年俊逸，明月含羞；河风习习，紫帽翩翩；锦扇轻摇，儒雅风流；览琳琅以悦目，且开怀以尽欢。艺伎美妇，艳胜芙蓉，兰麝香薰，奔走趋奉意殷勤……”各类艺人也云集于此：

“马戏、滑稽戏、耍狗、耍木枕，乃至麒麟走索，状似秋千，一时间唢呐声喧。琼脂店内，滔滔喷泉，祛暑热以宜人；玻璃风铃，泠泠作响，招凉风以送爽。和汉之名鸟，深山之猛兽，荟萃此地，供游人以观赏；贵贱咸集，皆宴游于河上……”

元禄三年[1]夏，芭蕉[2]曾来此，亦有记载：

“且说四条河畔纳凉，月明之夜，自黄昏止于黎明，河上凉台成排，饮酒作乐，通宵达旦。女人衣带端庄，男人外褂齐整；僧俗老少，杂然而处；桶铺铁匠之学徒，亦偷闲放声高歌。诚乃京城之胜景也。

“习习河风爽，徐徐吹拂淡红衫，夏夜好乘凉。”

而“河畔，诸般杂耍，惊险杂技，手工玩意，兢扎戏棚，提灯、灯笼、篝火，照耀得如同白昼”。这一纳凉胜景，在明治末年，还增加了转木马和拉洋片，但到大正时代，因京阪电车在东岸行驶，河床掘深之后，禁止夏夜在河上纳凉，便成了现在这样，只有上木屋町、先斗町和下木屋町这一段相连的凉台了。音子看到记载古时河上纳凉的文字，其中，“少年俊逸，明月含羞；河风习习，紫帽翩翩；

---

① 即1690年。

② 松尾芭蕉（1644—1694），江户初期俳句诗人。将历来带有诣谑之趣，以文字游戏为主的俳谐，提高为一种精致的艺术，终成一代俳圣。俳风“闲寂枯淡”，而又不失风雅蕴藉。代表作见于《冬日》《葫芦》《旷野》《猿蓑》，以及《暴露荒野纪行》《奥州小路》等游记文。

锦扇轻摇，儒雅风流……”一段，印象颇深。想当年，“风流俊逸的美少年”，必也卓然立于月夜河畔，稠人广众之中。音子的脑海中，不禁浮现出那些美少年俊雅的丰姿。

——庆子最初出现在音子面前时，音子就把她看成这些美少年一般的少女了。

此刻，即便在阿房的“房记”茶楼的凉台上，音子仍在回忆当时的情景。那时，像少年似的庆子，恐怕还不如古时那些“风流俊逸的美少年”更像女人，更妩媚动人吧。使当年的庆子出落成今天模样的，正是自己——音子照例回想起这些往事来。

“庆子，你头一回来我这儿的事，还记得吗？”

“甭提啦，先生。”

“还以为来的是个小妖精呢。”

庆子抓起音子的手，把小指放在口中咬着，抬起眼睛瞟着音子，同时喃喃低语：

“春日黄昏，淡蓝色的暮霭，笼罩着庭院，在那暮霭之中，飘然而至……”

那是音子说过的话。还说，暮霭之中，看着格外像是小妖精。庆子记住了这话，方才又低声重复了一遍。

像方才这些回忆的话，两人以前也说过几次。每次提到这些回忆，自己对庆子的那份眷恋，音子深感悔恨、苦恼与自责。但庆子非常清楚，这反而会使眷恋更增添一分迷人的魔力。

挨着“房记”南边的一家茶楼，凉台上四角竖着灯笼，来了一个艺伎和两个舞伎，但只有一位胖胖的客人，年纪不大，却已经秃了顶。他眼睛望着河面，心不在焉地听着舞伎说话，点着头。是在等人呢，抑或是等夜色降临？灯笼老早便点上了，但黄昏残照中，灯笼倒显得不伦不类的了。

说是邻居，两家的凉台靠得很近，几乎伸手可及。而且，家家凉台都是朝着沿鸭川西侧石墙流过的御灌河搭的，凉台之间没有遮拦，不仅看得见隔壁的凉台，连远处的也能尽收眼底。相连的凉台，能彼此相望，才会显得河边凉爽。凉台自然是露天的。

庆子压根儿不理会隔壁凉台上人家的眼光，用力去咬音子的小指。小指痛得音子连小腹都有感觉，但音子一声不响，没有抽回指头。庆子的舌头正舐着指尖。庆子从口中拿出小指说：

“没一点儿咸味儿呢。先生刚洗过澡的缘故……”

"……"

鸭川，街对面的东山，开阔的景致，缓和了音子踢翻萤笼的烦躁，心情一旦趋于平静，连庆子与大木在江之岛过夜的事，也认为是自己的罪责。

——庆子来音子这儿，是她高中刚毕业不久。在东京看了音子的个人画展，又在一家周刊画报上看到音子的照片，据说便对音子生出仰慕之情。

那一年，京都举办关西画家的美术展览会，音子的参展作品，不仅获奖，而且评价颇高。这也许是得力于画的题材。

作品是根据明治十年（1877）祇园名伎加代的照片，描绘舞伎猜拳的姿态。照片采用特技手法，猜拳的两个舞伎，都是加代，衣服也相同。张开两手的舞伎，几乎是朝着正面，而两手握拳的那位，则略微侧着脸。两人的手形、体态、面孔的照应，音子觉得非常有趣。右边张着手的舞伎，拇指与食指分开，其余四指向后翘着。衣服从肩膀到下摆，是古色古香的大花（黑白照片，看不出什么颜色），音子也觉得非常有意思。两人之间，有一个木制方火盆，上置一把铁壶，此外还摆着酒瓶之类，显得很粗俗，有碍画面，音子给省去了。

当然，音子也把一个舞伎画成两人猜拳的场面。一个舞伎同时是两个舞伎，而两个舞伎又同是一个舞伎，或者说既不是一个人，也不是两个人，给人一种奇怪的感觉，这是这幅画的着眼点。即便那张陈旧的特技照片，也同样含有某种意蕴。音子为避免构思落入俗套，在舞伎的面貌上煞费苦心。照片里显得臃肿的衣服，那装饰性的花样，倒给音子作画时帮了忙，衬托得四只手活灵活现。音子虽然没按照片画得毫厘不差，但京都恐怕会有不少人，一眼便能看出，是根据从前名伎的特技照片画的。

东京来的画商，对这幅舞伎的画很感兴趣，便来拜访音子，并在东京展出了音子的小品。庆子看到音子的画，正在那时。否则上野音子这个京都画家的名字，像庆子这样的人，也不可能知道，实在是因缘际会。

周刊画报上之所以介绍音子，许是舞伎图在京都大阪获得好评的缘故吧，也是画那幅画的画家美貌的缘故吧。那家画报的摄影师和记者拉着音子，在京都各处跑来跑去，拍了不少照片。不，因为跑的都是音子喜欢的地方，是音子拉着画报的人跑的吧。大型画报用了三个版面，出音子的专辑。登了舞伎图的照片，也登了音子的照片，但看起来好像以京都风物为主，音子不过是点缀而已。画报的人，让音子挑她喜欢的地方，大概是想在京都女画家的向导下，把那些还不为人知的地方，而又有可能成为名胜的拍摄下来。音子倒也没有曲解为自己被人利用。自己的照片，人家毕竟登了三页，即令后面有背景，也不成其为京都的名胜照片。

可是，不熟悉京都的庆子并不明白，照片所拍的，是京都尚不为游客所知、极具魅力的所在。她在画报上，仅看到音子的美貌。而这个音子，却把她吸引住了。

在淡蓝色的暮霭中，庆子出现在音子面前，央求音子把她留在身边，教她画画，口气带些死乞白赖。当时的庆子，音子觉得像个小妖精，是冷不防被她抱住的缘故吧。那类似情欲的刹那勃发。

“这事太突然了，你父母同意吗？否则我没法答应下来。你说是不是？”音子说。

“父母都死了，我的事，我自己可以做主。”庆子回答说。

音子的目光重新打量庆子，说：

“那么你叔伯父母，或是兄弟姐妹呢……”

“我是兄嫂的累赘。自从他们有了孩子，就把我看成多余的累赘。”

“生了孩子，为什么你就成了累赘呢？”

“我很喜欢小孩子，可我的喜欢法，不中兄嫂的意呗。”

“……”

庆子在音子身边留了下来。四五天后，庆子的哥哥来了信，说妹妹是个疯疯癫癫而又任性的女孩，还抵不上一个女用人，切拜托云云，并且寄来了庆子的衣服和随身用品。从这些衣物看，庆子家里相当富裕。

庆子说，她对小孩子的喜欢法不中兄嫂的意，音子跟她住了几天，很快便知端的。那的确是异乎寻常。

庆子来后的第七天，还是第八天，说是要把头发梳成先生喜欢的样子，音子禁不住她的软磨，去摸庆子的头发，拉起一绺的时候：

“先生，再用力拉……”庆子说，“抓住头发，把我提溜起来……”

音子松开手。庆子回过头，把嘴巴贴在音子的手背上，牙齿紧挨着，说道：

“先生，头一回接吻是几岁？”

“怎么啦？突然问起这个来……”

“我是四岁。还记得很清楚。我的一个舅舅，是妈妈的远亲，当时有三十来岁吧，我挺喜欢他的，看他一个人坐在屋里，我摇摇晃晃地走过去，亲了他一下。舅舅吓了一跳，还用手擦擦嘴呢。”

——她幼时吻人的事，音子在鸭川的凉台上也想了起来。四岁时吻过男人的嘴唇，仿佛已属于音子所有，现在常常衔着音子的小指。

“先生，您头一回带我上岚山的事，记得可清楚呢。那天正值春雨绵绵。”庆子说。

“可不是呢。”

“还有那家面馆……”

那是庆子来音子这儿两三天后的事，音子带她从金阁寺、龙安寺，一直转到岚山。在渡月桥前河边略高一点的地方，进了一家面馆。面馆的老婆婆说，真不巧，下雨了。

“下雨也挺好，这春雨多好！”见音子这样回答，面馆的老婆婆道谢说：

“哎哟，那就多谢您啦！”说着略微低了低头。

庆子瞅着音子悄声问：

“她是替天气道谢的吗？”

“什么？”音子因为老婆婆说得极其自然，没有留意，“是吧，是替天气……”

“真有趣，替天气道谢，怪不错的。”庆子接着说，“在京都，都这样吗？”

“这个嘛，说不好。”

不错，老婆婆的话，若认为是替天气道谢，固无不可。但音子她们特地到岚山来，偏巧赶上下雨，老婆婆是随口说的客套话吧。音子回答说“下雨也挺好”，并不仅是客套，其实心里想的，是春雨中的岚山挺好，所以才说好。于是老婆婆便谢了她，好像是在替天气或替雨中的岚山道谢似的。因为是在岚山开的店，总归是一种客套话吧，但庆子听了却透着稀罕。

“真好吃，先生。我喜欢这家面馆。”庆子说。这是出租车司机告诉她们的面馆。因为下雨，音子包了四个小时的车来的。

虽然是花季，时逢下雨，岚山一带，游客意外地少。这也是音子觉得“下雨也挺好”的理由之一。而且，春雨如烟，使河对岸的山峦愈发显得柔美。

从面馆出来，一边眺望青山，一边朝停车的地方走去，烟雨霏微，甚至不用撑伞，也觉不出淋湿。细细的雨丝，不等飘洒到河里，便消失得没些个痕迹。山上，绿叶嫩芽之间，樱花点点，万木虽已发芽抽叶，其色不一，春雨中，却更见莹润调和。

因春雨而格外美的，不独是岚山一处。苔寺，龙安寺，也同样如此。苔寺的庭园里，春雨打湿的青苔，色泽十分鲜艳，上面，马醉木一粒粒的小花，白花花地落了一片；绿的白的之中，间或落有一朵红的山茶花。茶花形状完好无缺，面朝上，宛如开在上面一样。龙安寺石园里的石头，经过雨淋，也各显其色。

“古伊贺瓷的花瓶，摆在茶会上，是要先淋湿的。这石头与花瓶也一样呢。”音子说。但庆子不懂什么伊贺花瓶，对眼前石园里石头的色泽，并没有多深的感触。

但园内路旁树上积的雨滴，经音子一说，看了一眼，倒留有印象。小松树的松针尖上，都雨珠挂零。每一枝松针尖上都带着一滴雨，松针好比花茎，宛如灿然开放的露水花。要是不留心，便会忽略过去，真是妙不可言的春雨之花。不单是松叶，枫树上刚抽芽还未舒展开的嫩叶上，也挂着雨珠。

松针尖上存着一滴雨珠，当然不限于京都，别处也会有，但庆子能留心切实去看，这还是头一回。于是便以为是京都所特有的。这样，松针上的雨珠，面馆老婆婆的寒暄，就都成为庆子对京都最初的印象了。也许是庆子新来乍到，又是音子初次带她出门的缘故。

“那家面馆的老婆婆，现在还硬朗吧？”庆子说，“那次以后，就没再去过岚山呢，先生。”

“可不是嘛。冬天的岚山与春秋别是一番光景，我觉得最好……潭水的水色也显得冷澈深幽。下回去看看吧。”

“还要等到冬天呀？”

“冬天，说话就到呢。”

“哪那么快呀。这往后要过夏天，还要过秋天……”

“几时去都成啊，”音子笑着说，“哪怕明天……”

“明天就去吧，先生。我会跟面馆的老婆婆说，夏天的岚山也挺好。她又该道谢说，哎哟，那就多谢您啦。这回是替热天道谢。”

“也替岚山，对吧？”

庆子望着河里说：

“先生，等到了冬天，河边上该不会有成双作对的人了吧？”

这里恐怕不能叫作河边。凉台下的御灌河与鸭川之间，以及鸭川与东边水渠之间，有两道河堤，成了散步道。河堤上，一对对的年轻情侣很多。可以说，不是来幽会的，几乎没有。领着孩子来的，简直难得见到。年轻的情侣，相偎相依地走着，或者厮靠着坐在水滨。随着暮色渐深，人数也越发多了起来。

“这种地方，冬天很冷，怎么待得了哇？”音子说。

“谁知道能不能持续到冬天呢。”

“持续什么……”

“他们的爱情……其中能有几对，固然说不好，但准有人，等到冬天，彼此已经连面都不愿意见了。”

“看着他们，你心里竟在想这些个？”对音子的问话，庆子只是点了点头。

“为什么非要想这些个呢？”音子接着问道，“你还那么年轻……”

“因为我才不像先生那么傻，对那个叫自己吃苦头的人，竟会相思二十年！”

"……"

"明明是给大木先生遗弃了，可先生究竟要到什么时候才真能明白过来？"

"别说得这么难听！"音子转过脸去。庆子伸出手，一边把音子后颈散开的短发拢上去，一边说：

"先生，您把我遗弃了试试看……"

"什么？"

"先生现在能遗弃的人，唯有庆子了。遗弃一下看嘛……"

"什么叫遗弃呢？"音子搪塞似的说，眼睛却与庆子对视着。自己用手把方才庆子拢过的短发又拢了上去。

"就像先生被大木先生遗弃那样。"庆子缠上身来，窥探着音子的眼色说，"先生给人遗弃了，自己又不肯承认，仿佛从来没想过似的……"

"遗弃啦，被遗弃啦，这话多难听呀。"

"说得明白些才好呢。"庆子目光妩媚地说，"那么先生，大木先生到底把您怎么的了？"

"离开了呗。"

"才没离开呢。先生心里，直到今天还有大木先生，而大木先生心里，也还有上野先生……"

“庆子，你到底想跟我说什么？你这人，真是莫名其妙。”

“先生，今天我还以为被您遗弃了呢。”

“方才在家里，我不是说是我不好，向你赔不是了吗？”

“是我先赔礼道歉的嘛。”

事后为了和解，音子才领庆子到木屋町的凉台来。然而，两人心里是否真的和解了呢？庆子似乎不安于没有波澜的情感，总要跟音子顶撞、斗嘴、闹别扭，这已成了家常便饭，但是今天却与平日不同，她坦白出与大木在江之岛过夜的事，实在伤了音子的心。她感到，一向以为在自己怀抱里的庆子，竟好似一头猛兽，向自己扑了过来。庆子虽然口口声声说，要替音子向大木报仇，音子倒觉得，庆子是在向音子报仇。同时，对身为男人的大木，音子感到新的恐惧与绝望。竟会有他这种人，居然能跟音子的弟子调情做爱。

“先生，您不会遗弃庆子的，是吗？”庆子又问。

“既然那么想让人遗弃你，遗弃了也好。这可是为你好，对不对？”

“不，我不爱听这种话。”庆子摇头说，“我从来没想过要为自己好。只要能待在先生身边……”

“离开我，于你有好处。”音子竭力平静地说。

“先生心里是不是要赶走庆子？”

“没有的事。”

“真高兴，先生。我还以为给遗弃了呢，好伤心。”

“那不是说的你自己吧？”

“说我自己……庆子要抛弃先生？”

“……”

“庆子就是死，也不会离开先生的。”庆子热情地说，抓起音子的手，又去咬音子的小指。

“好痛！”音子缩起肩，抽回手指，“人家不痛吗？”

“成心要咬得你痛！”

订的菜已经端到凉台上来了。女侍摆菜的工夫，庆子矜持地转过头去，望着比叡山上的一处灯火。音子有一搭没一搭地跟女侍搭讪，一只手盖住另一只手的手指，总觉得庆子的牙印还留在上面。

等女侍走进房子里，庆子用筷子将汤里的鳗鱼豁开，送进口中，低着头说：

“先生，把庆子遗弃掉，那多好。”

“你好难缠呀。”

"我呀，先生，总觉得自己会被喜欢的人遗弃掉。先生，我这人很难缠吗？"

"……"

音子没有回答，心里寻思，女人跟女人，是不是比跟男人更难缠？一想这些，平日那种苦涩的滋味，不禁翻涌上来，有如针扎一般。庆子咬过的小指，本不该再痛，也似针扎样地痛。咬小指这些事，不也等于是音子教她的吗？

庆子刚住到音子身边不久，在厨房里炸东西，忽然急忙跑到音子那里说：

"先生，油溅了出来……"

"烫着了吗？"

"火辣辣地疼呢。"庆子把手伸到音子的面前，指尖发红。音子拿过她的手，说：

"这一点，还没到烫伤的程度。"说着就把庆子的那只手指含在口里。因为事出突然，等到舌头碰上庆子的手指，这才发觉。音子一怔，赶紧抽了出来。这回庆子自己倒把手指含进了口中。

"先生，舐舐会好吗？"

"庆子，炸的东西怎样了？"

"哎哟，真是的。"庆子说着向厨房跑去。

从那以后，也不知过了多久。夜里，音子有时把嘴唇贴在庆子的眼皮上，有时含着她的耳朵。耳朵怕痒，庆子扭动身子叫起来。正是那声音，诱使音子这样的。

对庆子这样做时，音子想起了往事。从前大木对音子也是这样的。也许因为音子还是少女吧，大木没有性急地去吻她的嘴。只是亲她的前额、眼皮、脸颊，让少女的音子习惯于此，放松下来。所不同者，庆子比那时的音子大两三岁，而且是同性。音子那时接受大木同样的爱抚。相比之下，庆子的反应更为强烈，很快便沉溺其中。

但是，音子一想到自己是用从前大木相同的做法对待庆子，不由得一阵揪心，深自内疚。与此同时，又感到一种令人战栗的勃勃生气。

“先生，不。先生，不。”庆子一面喊，一面将赤裸的胸脯靠到音子的胸脯上，“先生的身体不也一样吗？”

音子嗖地将身子躲了开去。

庆子跟着又靠了过来，说：“对吧，和我的身子一样哩。”

“……”

“一样是不是，先生？”

音子疑心庆子阅历过男人。冷不防庆子这样说，音子还很不习惯。

“不一样。”音子小声嘟哝着，庆子的手却朝音子的胸脯摸了过来。虽然没有一点犹豫，手指和手心却似带些儿羞涩的样子。

“讨厌！”音子抓住庆子的手。

“先生，你滑头，真滑头呀。”庆子指头上用了力。

二十多年前，十六岁的少女音子，胸脯给大木年雄摸的时候，曾喊过：

“先生，不。先生，不。”音子的这句话，大木在《十六七岁的少女》中，照实写了进去。即使没写，按理音子自己也不会忘记，但写上了，倒好像成了千古不变的话语似的。

可是，庆子方才也说了同样的话。会是因为庆子看过《十六七岁的少女》吗？还是在这种场合，女孩子照例都会这么说呢？

《十六七岁的少女》中，描写过音子十六岁的乳房。如此可爱之物，得以盈手一握，实乃人生之大幸，天赐之艳福。大木在对话中，曾写过这层意思。

音子生下孩子后，没有喂奶。乳头上还留着很深的颜色。十年过去了，那颜色才褪掉一点点。三十三四岁后，乳房眼看着瘪了下去。

洗澡的时候，那对瘪了的乳房，曾被庆子看见过，还用手去摸过，准是想试个究竟。音子以为庆子会说什么，庆子却压根儿什么也没说。而且，由于庆子的缘故，音子的乳房一天天重又丰满起来，两人明明知道，竟谁都不提。也许庆子把这视为自己的胜利，故而一声不言语，这倒显得有些反常。

音子有时觉得胸部的丰满，是受了病态而不道德的诱惑，陡然会感到莫可名状的羞耻。但是，一个快四十的人，身体有了变化，由此而来的惊诧，比什么都来得大。那种惊诧，比十六岁那年因大木的缘故，以及十七岁上怀了孩子，胸部发生变化所引起的惊诧，当然大不相同。

音子被迫与大木分手后，二十年来，没有让人碰过胸脯。这期间，音子作为女人韶光空度，年华似水。后来，能够碰音子乳房的，是同性的庆子的手。

随母亲搬到京都以后，音子也有过几次恋爱与结婚的机会。但音子一直逃避恋爱。一旦知道对方爱上自己，对大木的回忆，蓦然间会变得栩栩如生起来。那与其说是追忆，不如说等于现实。十七岁与大木分手时，音子曾立志终身不嫁。不，是悲哀乱了她的方寸，连明天的日子尚且顾及不到，遑论婚嫁之事。终身不嫁的念头，一经闪过脑海，年深日久，便成了不可动摇的了。

音子的母亲，当然希望女儿结婚。搬到京都住，也为的是远离大木，好让女儿的心能够平静下来。所以，并没有打算在京都长住。

来到京都以后，母亲一方面安慰女儿，一方面观察女儿的动静。头一回向女儿提出婚事，是音子二十岁的时候，仇野念佛寺举办千灯供养的那天晚上，在嵯峨的深处。

作为无主孤魂的坟墓标志，是那一座座小小的旧石塔，不计其数地排列在西院的河畔，飘荡着无常之感。看着石塔前供奉的“千灯”点亮，音子的母亲不禁泪水盈盈。那夜晚的一片漆黑，那微弱的点点灯火，给林立的石塔徒添人生无常的氛围。音子发觉母亲流泪，却没有作声。

两人回家走的田野小径，也暗幽幽的。

“真寂寞啊。”母亲说，“音子不寂寞吗？”

母亲说了两遍寂寞，但前一句和后一句意思似乎不同。母亲于是说出，东京的熟人来提亲的事。

“我不能结婚，觉得很对不起妈。”音子说。

“哪有不能结婚的女人？”

“有的嘛。”

“音子要是不结婚，妈妈，还有音子，将来都要变成孤魂野鬼了。”

“我不懂，变成孤魂野鬼是怎么回事？”

“就是死后没亲人供养了呗。”

“这我知道。但我不明白，那又怎么样？”

“……”

“反正是死后的事不是？”

“也不见得就是死后的事呀。没有丈夫孩子的女人，活着还不是像个孤魂野鬼似的？你想想看，我要是没你这么一个女儿，会怎么样？虽然音子还年轻……”母亲游移了一下，说，“你是不是常画婴儿的像？究竟打算画到什么时候为止？……”

“……”

关于男方的情况，母亲把人家告诉她的，尽其所知，一股脑儿都说了。据说是个银行职员。

“如果有意思相亲，就上东京看看吧，也好久没去了。”

“听了这种话，您知道我看见什么了吗？”音子说。

“看见了——什么？”

“铁格子！看见了医院病房窗上的铁格子！”

母亲倒抽了一口冷气，一声不响了。

后来，母亲在世期间，又提过两三次亲。

“对大木，你就算想他一辈子，不也没法告诉他不是？岂不是不能叫他了解你的心吗？你又怎么能对他尽那份情呢？”与其说母亲是晓之以理，倒不如说是在动之以情，劝她结婚，“那个大木等也是白等，你等他，就像等待过去一样，流水与时光是不会倒流的。”

“我没等什么。”音子回答说。

“仅仅是回忆吗？……仅仅是忘不了吗？……”

“不，不是的。”

“嗯？”

“……”

“不是有句话叫少不更事吗？可音子在少不更事、浑浑噩噩的时候，就让大木给抓住了，也许受的伤更深，伤疤也更难平复。对小女孩，做出这么狠心的事来，我那时真是好恨大木呀。”

母亲的这些话，留在音子的心里。她也曾想过，正因为是少不更事的少女，才可能有那样的爱的吧？十六岁的音子，的确还是个孩子，浑浑噩噩不懂事。但唯其如此，她那盲目的狂热，才能那么奔放无羁。一面哆嗦着，一面咬住大木的肩膀，连出了血都不知道。

音子那时已同大木分开。来到京都，读《十六七岁的少女》，最令她吃惊的，是大木每次与音子幽会，一路上都在琢磨来琢磨去，今天拥抱音子时该怎么弄她。而且，大体上都能照他想好的做去。大木写道，路上边走边想，心里高兴得直发颤。然而，男人会如此这般，音子唯有惊讶而已。身为被动的女人，何况是少女的音子，连想也想不到，那些方法和顺序，竟是男人事先筹谋好的，她们只是任其摆布，应其所求罢了。因为是少女，对大木反倒不觉得奇怪。而大木因此，却把音子写成异常的少女，是女人中的女人。他还写道，由于音子，他使尽拥抱女人的一切招数。

看到这些，音子因屈辱而非常恼火。可是，却又分明忆起那些拥抱的方式，简直遏制不住，浑身僵得竟要哆嗦起来。过了一会儿，渐渐平静下来，一阵欢喜与满足之感油然而生，遍布全身。往日的爱情，在现实中又复苏了。

从仇野千灯供养归来的幽暗小路上，音子所见到的，并不仅仅是病房铁格子窗的幻影，同时还浮现出自己被大木拥抱着的身姿。

倘如大木没写他使尽了拥抱女人的一切招数，自己被大木拥抱的身姿，经过漫长的岁月，恐怕也不会那么栩栩如生地留在记忆中。

在江之岛的旅馆里，庆子被大木拥抱，紧要关头时——

“不由得喊起‘上野先生，上野先生’来，结果竟没把我怎么样。”听到庆子这话，愤怒、嫉妒，加上绝望，使音子脸色发青，但其中自也感到，大木也忆起了音子。不只心里想起，会不会刹那之间，他连拥抱音子的姿态都清清楚楚浮现了出来呢?

随着岁月的流逝，与大木拥抱的姿态，在音子心里，渐渐地得到了净化。那姿态，已从肉体的变为心灵的了。如今的自己是不洁净的。如今的大木想必也是不洁净的。可是，二十几年前，两人拥抱的身影，现在在音子眼里是纯净的。是自己，而非自己；非现实，而为现实。那姿态，已由两人升华而为神圣的幻象了。

忆起往日大木对她的作为，现在又故技重演去拥抱庆子的时候，音子生怕那神圣的幻象被玷污以致消失，但神圣的幻象依然还在。

庆子当着音子的面，照样往小腿、胳膊、腋下涂脱毛剂。刚来这儿的时候，当然是背着音子的。那时浴室里逸出一种难闻的气味。

“做什么呢？有股怪味儿，是什么呀？”音子问，庆子也不理。音子不需要用脱毛剂，所以不知道是什么。她的皮肤光滑得连汗毛都没有。

头一次看见庆子竖着腿，涂脱毛剂时，音子吃了一惊，皱起眉来。

“好难闻，什么呀？难闻死了。”

药水擦去，毛也随之脱落。

“哎呀，真恶心人！别弄了，别弄了！”音子捂上眼睛，“寒毛都要竖起来了。”

音子真的打个寒噤，起了鸡皮疙瘩。

“做这么恶心人的事！干吗要做这种事呢？”

“哟，先生，别人不都这样做吗？”

“……”

“有毛，先生摸了，该多不舒服！”

“……”

“我是女人嘛，毕竟……”

她的意思是，为了让音子摸，才要把毛去掉的。即便音子是个女人，庆子也希望自己的肌肤，有女人的光滑细腻。音子目睹脱毛情景所感到的嫌恶，以及庆子话里那露骨的情爱，心中不由得苦闷起来。刺鼻的恶臭，直到庆子到浴室把药冲去之后仍未消失。

庆子回到音子身旁。

“摸摸看，先生。这下可滑溜了。”说着掀开下摆，伸出腿。庆子的白腿，音子只瞥了一眼，手没去碰。庆子自己用右手摸着小腿，一边说：

“先生，干吗那么愁眉苦脸的？”她盯住音子，眼色之间表示事已如此，何必后悔。倒是音子躲着她的目光。

“庆子，下次到别处去弄，别叫我看见。”

“我再也不想瞒着先生做什么事了，也没什么事好瞒着先生的了。”

“可是，我讨厌的事，别让我看见还不行吗？”

“这种事，见惯了也就不当回事了。跟剪脚趾甲一样嘛。”

“在人面前剪指甲，磨指甲，是没礼貌的。你一剪起指甲，掉到各处都是……下次剪，要用手接住，别乱掉。”

“好的。”庆子顺从地点点头。

从那以后，庆子除手脚毛没故意让音子看，但也没躲起来弄。而音子却总也瞧不惯，像庆子说的那样。不知是庆子换了别的脱毛药了呢，抑或是同一牌子的药有了改进，臭味不像以前那么厉害了。不过，庆子脱毛的样子，仍让音子感到恶心。擦去小腿和腋下的药时，毛也随着脱落下来，音子简直没法看，于是便躲到眼睛看不见的地方去。然而，嫌恶的背后，似有团小火在明灭不已。那团火又远又小，连心灵的眼睛都难以捕捉，但却不像色情的震颤，既静谧，又清纯。那静谧与清纯，是因为她想起了二十几年前的大木年雄，还有少女音子自己。音子看到庆子脱毛的光景感到恶心，恶心之中有种压迫感，那是女人与女人肌肤相触引起来的。每逢那时，未及反省，便欲呕吐。但是，只要想起大木，便会出奇地镇静下来。

被大木拥抱时，音子从没想过自己的腋毛，而且，也没想过身为男人的大木有没有。体肤相亲时也不知道。难道说是她糊涂吗？相比之下，音子对庆子，却要从容得多，她成熟而为一个可厌的中年女人了。从十七岁被迫离开大木，直到接触庆子，音子始终是独身一人。这期间，作为一个女人，音子已完全成熟，又因庆子而有了自觉，连她自己都惊愕不已。倘如音子接触的不是女人的庆子，而是男人的话，那么，一直藏在她内心深处对大木的一腔热爱——那神圣幻象，岂不瞬时便会打破？她有时甚至还这样担心过。

音子被迫与大木分开，曾自尽过，却未果。万一死成了，短暂的生命，何其完美！这个念头在音子心里，始终不失其真诚。她甚至还想，在自杀未遂之前，婴儿夭折之前，要是难产死掉，就无须给关进精神病房的铁窗里，那就更完美了。悄然流逝的漫长岁月，净化了大木所造成的创伤。

“在我，你实在是可爱得我不配领受。这简直是人间天上，奇迹般的爱。要回报这幸福，唯有以死相酬，难道还有其他？”大木的这些甜言蜜语，音子至今还记忆犹新。这娓娓动听的情话，已是大木的小说《十六七岁的少女》中的对话，这话甚至使人觉得，已不属于作者的大木，或是模特儿的音子，似乎成为人世间永恒不朽的话语了。换言之，曾经相爱过的两人，往日的音子和大木，或许已经消亡，但他们的爱，却永存于文学作品之中，而成为不朽。音子的悲哀里，既有安慰，也有留恋。

音子的母亲留下一把剃刀。连汗毛都没有的音子，虽然一年中用不上一次，不过，有时忽然想起来，会用母亲的剃刀刮刮后颈、前额和嘴角。有一次，看到庆子要脱毛，音子出其不意地说：

“庆子，我来给你刮。”从梳妆台里找出母亲的剃刀。庆子一见剃刀，便说：

“不！先生。多吓人哪，我怕。”赶紧逃走了。这一逃，反倒引得音子去追。

“不会有危险的。来，我给你刮。”

庆子给捉住后，并没有挣扎，勉勉强强地被带到梳妆台前。当音子在她胳膊上涂好肥皂，把剃刀挨上去时，庆子的指尖竟然直打战。为这点子小事，庆子居然会发抖，音子实在没有料到。

“不怕，没危险。别动，也别抖……”

可是，庆子的不安与畏惧，更刺激了音子，反是一种诱惑。音子也浑身发僵，从胸部到肩膀，都使上了力气。

“腋下，有点怕，就算了吧。脸上……”听音子这样说，庆子便说：

“等等，让我喘口气。”庆子一直屏着气的。

音子刮了庆子的眉梢，还有嘴角。刮前额的时候，庆子始终闭着眼睛。音子手托着庆子的脖子，庆子头上的重量靠在音子的手上，稍稍向上仰着脸。修长的脖颈，吸引住音子的目光。跟庆子的性情大不相似，那么纤细、柔弱、端正、娇嫩，闪耀着青春的光辉。音子停下手，于是庆子睁开眸子，问道：

“怎么啦，先生？”

如把剃刀扎进这可爱的脖子，庆子就会死去，音子忽然这样想。从这最可爱的地方，扎上一刀，顷刻之间，真是轻而易举。

虽然没有庆子的脖颈那么美，但音子的脖颈也像少女一般纤细，曾经被大木搂过。

“憋死了……会死的呀！”音子喊道，脖子给大木使劲勒得透不过气来。

那种窒息憋闷的感觉似又复苏，望着庆子的脖颈，音子几乎要晕过去。

音子给庆子刮汗毛，只有这么一回。后来庆子再也不肯，音子也不勉强。每次用梳子什么的，开梳妆台的抽屉，音子总要看到母亲的剃刀。有时会想起，刹那间脑海里闪过的那一丝杀意。当时，万一把庆子杀死，自己恐怕也非死不可。那丝杀意，微弱得连过路的魔障都算不上。事后倒觉得，像一个温和的魔障。这是不是又逃过一次死的机会呢？

音子知道，在那一闪而过的杀意中，依然潜藏着与大木之间早已逝去的爱情。而那时，庆子尚未见过大木，也未曾插身于大木与音子的爱情之间。

而如今，听说庆子跟大木在江之岛旅馆过夜，音子同大木往日的爱情，仿佛在音子的心中燃起一团莫名之火。在那团烈火之中，音子看见一朵盛开的白莲。她与大木的爱，庆子也罢，别的什么也罢，是任何物事都玷污不了的，那是梦幻之花。

一木屋町茶楼的灯火，辉映在御灌河上，音子的心目中，虽有一朵白莲，眼睛却望着河上的点点灯火。她低头俯视良久，然后，抬头眺望祇园对面的东山，那一脉黑黝黝的连峰。山的线条沉稳而圆浑。山上笼罩着的夜色，好似悄然向音子倾泻过来。对岸河畔路上来往的车灯，河堤上幽会的情侣，此岸这一排茶楼凉台上的灯火与顾客，这些音子都视而不见，唯有东山上的夜色，在音子心中弥漫开来。

“婴儿升天图得赶紧画了，趁现在就画好，要不快些画，没准儿会画不成呢。以后即便能画出来，说不定会画得不一样，缺少爱与悲哀的情思……”音子心里在这样念叨。这突然的心血来潮，许是看见了火中莲花之故吧？

她那澎湃的心潮，很是纯净，连庆子这姑娘也觉得像火中莲花一样。为什么火中会盛开白莲呢？白莲在火中为什么不会枯萎呢？

“庆子，”音子喊了一声，“心情好了吗？”

“只要先生心情好，我就开心了。”庆子讨好似的说。

“直到现在，庆子最悲哀的事是什么……”

“是什么呢？”庆子不经心地接过音子的问话说，“多得很，我也不清楚，等我一件件想起来，回头再跟先生说。不过，我的悲哀都很短暂。”

“短暂？”

“是啊。”

音子凝视着庆子的面庞，沉声说道：“只有一件事，今晚我要求你。求你别再去见镰仓的人了。”

“是大木先生吗？还是他儿子太一郎？”

音子叫这意外的反问，刺了一下。

“两个都是。”

“我只是为替先生报仇，才去见他们的。”

“又来这一套。你这人，真想不到，太可怕了。”音子几乎变脸，忽然莫名其妙地竟要流出眼泪来，于是闭上了眼睛。

“先生是胆小鬼，先生是胆小鬼……”

庆子说着站起来，绕到音子身后，两手按住她的肩膀，然后抚弄她的耳朵。音子感到一片寂静，随即耳中听到河中潺潺的流水声。

青发千丝

“哎哟！老爷，老爷。”妻子在厨房喊大木，“有位玉体硕大的鼠太太光临，躲到煤气灶下面去了。”

“是吗？”

“好像还带着鼠少爷呢。”

“是吗？”

“唉，请老爷移步过来看看就好了，方才……”

“……”

“方才，鼠少爷还露了露他那可爱的尊容呢……”

“哦。”

“用一双亮晶晶、黑溜溜的美目瞧着我哩。”

“……”

大木正在起居室里看早报，飘来一阵酱汤的香味。

“哎哟，漏雨啦，在厨房的上面。听见了没有？

我说大老爷。”

起来时即已下雨，骤然间竟变成滂沱大雨。与此同时，大风摇撼着小山上的树林和竹丛，忽而一转，向东刮来，雨脚横斜。

“听不见哪，外面的风雨那么大……”

“过来看看好不好？”

“嗯。”

“雨珠小姐摔在屋瓦上，缩起娇躯，通过窄缝，直落到天花板上，必是痛得很哩。状似泪珠的雨珠小姐，会不会真的摇身一变而成眼泪，哭起来呢？”

“言之有理。”

“今晚放上捕鼠笼子吧。铁笼子在储藏室的架子上搁着。我够不着，回头你给拿下来吧。”

“让鼠太太母子屈尊，关进笼子里，这样好吗？”大木眼睛不离报纸，慢吞吞地回答。

“漏雨怎么办？”文子问。

“厉不厉害？是不是风雨交加的缘故？等明天我上房顶看看再说。”

“那多危险，您老先生……房顶让太一郎爬吧。”

“谁是老先生？”

“五十五，在公司，或在报社，不是该退休了吗？”

“说得好。那就让敝人也退休吧。”

“请吧，悉听尊便……”

“小说匠究竟该到多大年纪退休？”

“直到死也不退休。”

“你说什么？”

“对不起。”文子道了歉，恢复平时的声调说，“我的意思是说，可以一直这样写下去。”

“这种期望，可太要命了，老婆的期望则更加要命……好像魔鬼挥舞着烧红的铁棍，站在身后一样。”

“说谎的本事倒越来越大了。我几时打过你屁股来着？……”

“哼。捣乱总有过吧。”

“捣乱？……”

“各个方面，包括嫉妒。”

“嫉妒在女人是免不了的，苦口良药中含的毒药，剧毒，托您的福，从年轻时起就全领教过了。”

“……”

“还有多刃妖刀……”

“伤害对方，也伤害自己……”

“不管你再有什么事，我现在也不会跟你离婚，或是去寻死了。”

“老人离婚令人讨厌，但老人殉情，却最为可悲。那要是上了报，年轻人会憧憬年轻恋人的殉情，而与之相比，老人看到老人自杀的消息，那悲哀岂不更为深切！”

“提到寻死，是因为你曾深切地考虑过……尽管是很久以前，年轻时的事……”

“……”

“不过，愿意一起殉情，或想一起寻死，你这种深切的心情，好像没好好向对方少女表示过，对吧？现在想起来，当时要是告诉她，是不是会更好？她虽然自杀过，大概做梦也没想到，你也有殉情的心思。岂不怪可怜的？”

“她没自杀。”

“虽然未遂，可也是真心哪，跟自杀还不是一回事！”

文子显然说的是音子。似乎在炒猪肉圆白菜，炒锅里的油吱啦作响。

“酱汤煮过火候了。”大木说。

“是，是，知道了。阁下的贵酱汤，我总是……这么多年里，为了贵酱汤，不知挨过多少骂。就因为你，把各地的大酱全搜罗了来……”

“……”

“你是想把糟糠妻弄得一身酱臭，对吧？”

“你知道大酱用汉字怎么写吗？”

“可以用平假名嘛。”

“连着写三个御字：‘御御御酱’。”

“是吗？跟‘御御御足’一样，要写三个御字？”

“自古以来，凡是连写三个御字的菜，都是珍馐美味，火候和味道最难掌握呢。”

“今朝的‘御御御酱’，未能精心做成美味的御酱汤，致令阁下心中不悦吧。”

文子连大老鼠、漏雨等词儿，也一味滥用敬语，常常以此来调侃丈夫。外地出身的大木，至今还写不好东京土话中地道的敬语，有时越弄越糊涂，便向在东京土生土长的文子讨教。但妻子告诉他，又不肯老老实实听，往往从刨根问底的议论，变成无休无止的争吵。大木硬说，东京土话不是标准语，是传统不深、粗俗鄙野的方言，是乡下土话。关西土话，不管议论什么人，习惯上总是用敬语，而东京土话说到别人，却非常没有礼貌。关西土话，对鱼虾、蔬菜、山川、房屋、道路，以及日月星辰、天时气候，全用敬语。大木对妻子，毫不让步。

“你既然这么说，去跟太一郎商量好了。太一郎可是国文学家哩。”文子抢白道。

“太一郎懂得什么！在国文学家里，他也许算个小角色，但从没研究过什么敬语法。他们那帮学者，彼此交谈，首先，既杂乱又粗俗，简直不堪入耳。至于他的研究与评论，更写不出道地的日文来。”

其实，大木写东京土话，不乐意找儿子商量，或接受指教，是他嫌麻烦，问妻子要随便亲切得多。可是，对于敬语，大木刨根问底一追问，连文子这个东京人也会给问糊涂。

“一个国文学家，能写出格调纯正、文理通顺的日文的，也许只有从前的那些汉文修养深厚的人。该劝劝太一郎才是……”

“那同平时说的话不一样嘛。日常会话里稀奇古怪的新词儿，每天如同鼠太太生小少爷似的造了出来，不管三七二十一，连重要的东西也乱咬一通，变得叫人眼花缭乱……”

“结果寿命很短，即便留下来也成了古董……

同我们的小说一样，能保留五年的，极其少见。”

“流行的时髦话，能保留到明天就不错了。”文子一边说，一边把早饭端到起居室，同时，脸上不露声色地说：

“我这条命，从你想跟那位小姐一起寻死时起，倒居然还能苟延残喘到今天。”

“为人妻者，也没有退休的嘛，好可怜……”

“但可以离婚哪……一辈子哪怕一次也好，我也曾想尝尝离婚的滋味呢。”

“现在也为时不晚嘛。”

“已经没那个兴致了。俗话说，后脑勺一秃，机会全要丢。”

“你后面的头发可是又密又没白。”

“但你脑门上也秃了，连抓住前面头发的机会也丢了。”

“我前面的头发帮我防止离婚，成了牺牲品。上哪儿找这样不会拈酸吃醋的太太哟……”

“我要生气啦。”

这对中年夫妇，一边斗嘴说些无聊的话，一边照例吃他们的早饭。文子看起来挺高兴。从方才的话里也能肯定，她想起了《十六七岁的少女》中的音子，但今天早晨似乎无意于深究下去。

暴风雨般的大雨已过，渐渐停息下来。然而，尚未云开日出。

“太一郎还在睡吗？叫他起来。”大木说。

“嗯。”文子点点头说，“不过，我去叫，他不会起来的。准会说，学校放暑假，让人家睡嘛……”

“今天他要去京都吧？”

“在家吃过晚饭，直接去机场就行了。”

“……”

“京都那么热，去做什么？”

“你问太一郎不好吗？说是突然想去二尊院的后山，看三条西实隆的墓，似乎想围绕《实隆公记》进行研究，打算写学位论文……你知道实隆是什么人吗？”

“是朝廷的大官吧？”

“那是当然的了。应仁之乱[1]前后，在足利义政的东山时代，当官一直当到内大臣，同连歌师宗祇一些人交往密切。总之，乱世之时，一些大官竭力

---

① 室町时代的应仁元年（1467）至文明九年（1477），京都发生权力之争，长达十一年之久。而后，幕府失去权威，群雄割据的战国时代开始了。

保护文学艺术，使之流传，他是其中之一。留下一部庞大的日记——《实隆公记》。为人似乎很风趣。太一郎大概想以《实隆公记》为主，去调查东山文化吧。”

“是吗？二尊院在什么地方？”

“小仓山的……”

“小仓山在什么地方来着……你好像带我去过吧？”

“很久以前啦。不就是《小仓百人一首》那个小仓山的山脚下吗？附近，传说有许多藤原定家的遗迹。”

“啊，是嵯峨呀！想起来了。”

“太一郎说要把那些可以写成小说的逸闻，连同无聊的细节都搜集来，让我写篇小说。真是无稽之谈。这些无聊的细节，大抵都是编造出来的，是越编越玄的口头传说。太一郎倒认为这能把小说某些部分写得生动活泼。看他说话的神气，自以为是个了不得的学者哩。”

文子没有表示什么，只微微点点头，露出一丝温和的微笑，几乎让人察觉不出来。

“去叫学者先生起床吧。”大木说着站了起来，

"老子都要坐下来开始工作了，哪有儿子还在睡懒觉的。"

"是。"

大木年雄走进书斋，独自以手托腮，重新回味方才"小说匠退休"的玩笑话，这回可没有一点戏谑的意思。洗脸间响起漱口的声音。太一郎一边擦脸一边走了进来。

"这么晚才起。"父亲责备道。

"早醒了，躺在床上胡思乱想来着。"

"胡思乱想？……"

"爸爸，皇女和宫的墓发掘出来了，您知道不知道？"太一郎说。

"和宫的墓给挖了？"

"要说是挖呢，也可以这么说……"太一郎想使父亲的震惊平息下来，说道，"是发掘。为了学术调查，不是常要发掘古墓吗？"

"嗯。不过，和宫的墓，算不上古墓吧？她是什么时候去世的？……"

"是一八七七年。"太一郎明确地说。

"一八七七年？……那不是连一百年都不到吗？"

"是啊。可是，据说和宫已完全成了一堆白骨。"

"……"大木皱起了眉头。

"听说枕头和衣服都没有了，连殉葬品也一样不剩，唯有一堆白骨。"

"那太惨了。把那样的东西挖出来……"

"据说那姿态就像一个玩倦了的孩子，在那里打盹，又天真又优美。"

"那堆白骨……"

"是的。据说在头骨下面，有一束短发，黑黑的头发依旧散发出年轻女性的高贵。"

"你说胡思乱想，就是在想那堆白骨的事？"

"是啊，但也不光想那白骨的事。白骨之中，自有一段优美、妖艳和幻化无常的故事……"

"什么故事？"大木仍然提不起兴致，没去附和儿子。不幸的皇女三十岁上死去，挖开她的坟墓，调查她的白骨，大木觉得无礼，很是反感。

"什么故事……那是无法想象的。"太一郎说，"对了，我想让妈也听听，叫她来好吗？"

大木对拎着毛巾站在那里的太一郎，轻轻点了点头。

太一郎一边大声说着，一边把母亲带到书房来，将方才对父亲说过的话，又对母亲说了一遍。

大木为弄清事实，从走廊的书架上抽出一本《日本历史大辞典》，翻到和宫那页，然后点了一支烟。

见太一郎拿着一本薄薄的东西，像是杂志，便问：

“是出土调查报告书吗？”

“不，是博物馆的杂志。博物馆有位姓镰原的，在题为《美焉能消失》的随笔中，写到和宫那梦幻一般的故事，调查报告里恐怕不会有。”太一郎顿了一下，盯着随笔，一边往下看，一边说，“和宫的两臂之间，发现一块玻璃板，比名片稍大。据说那是墓中跟白骨在一起仅存的一样东西。因为发掘的是芝增上寺德川将军家的墓葬，所以和官的墓也要打开来看看……那块玻璃板，听说，负责染织的人想弄清楚，究竟是化妆镜还是湿板照片，便用纸包起来，拿回博物馆去了。”

“湿板，玻璃照片？……”母亲问。

“嗯。在玻璃板上涂上什么乳剂，趁湿显像……从前就有照片不是？就是那种。”

“哦，是那个？我也见过。”

“在博物馆里，染织学者将那块变得透明的玻璃板，对着光从各种角度去透视，说是看出一个男人的像来……结果还是照片哦。是个穿着武士礼服，戴着黑漆礼帽的年轻男子。像已经有些模糊了……”

“是家茂将军的照片吗？”大木也给太一郎引起兴趣，便问。

“嗯，可以这么认为吧。和宫是抱着先她而逝的丈夫的照片，化成了白骨，染织学者也这么认为。所以，打算第二天同文化遗产研究所商量，要设法把照片弄得更清晰些。”

“……”

“可是，第二天早晨，在光线下一看，影像竟然消失不见了。一夜之间，就变成了一块普通的玻璃。”

“哟！”母亲望着太一郎的面孔。

“是因为长年埋在土中，接触到地上的空气和阳光。”父亲说。

“正是。染织学者绝不是因心理作用看到什么幻象，那确实是照片，还有证人。他正在看的时候，恰好警卫过来巡逻，便给他看了一眼。警卫也说，确是位年轻男子的像。”

“是吗？”

“随笔里这样写道：‘实是一件幻化无常之事。’”

“……”

“可这位博物馆馆员是个文学家，文章并不以‘幻化无常’做结束，他还加以想象。要说和宫真正爱的，该是那位有栖川亲王吧。白骨所抱的照片，会不会不是她丈夫家茂将军，而是情人有栖川亲王呢？也许是临终之际，和宫偷偷吩咐侍女，把情人的玻璃照片跟自己的遗体葬在一起的吧？这样，才与悲剧性的皇女更相符。他是这么写的。”

“嗯？纯属想象吧。若真是情人的照片，从墓中挖了出来，倒是一夜之间便消失了的好。”

“随笔里也是这样写的。应该让那张照片秘密地，永远埋在地下。出现在地上，一夜之间便影像全无，那应是和宫皇女所希望的。”

“就是嘛。”

“我以为，作家应捕捉这须臾即逝的，予以再现，将其升华而为甘美芳醇的作品——这是随笔的结尾。爸爸要不要写一写？”

“这，我未必写得了呢。”大木说，“从发掘现场起笔，写成一篇紧凑的短篇小说倒不错……不过，那篇随笔不是写得挺好吗？”

“是吗？”太一郎有些抱憾地说，“今早我躺在床上看，一时遐想联翩，便想跟爸爸说说这事。回头您看看吧。”说着把杂志放在父亲的书桌上。

“好吧，我看看。”

太一郎站起来要走。

“和宫皇女的白骨……她的遗骸后来怎么样了？”文子问，“总不至于送到大学或是博物馆那种地方，当研究资料用吧？否则就太惨了。会不会照原样埋到坟里呢？”

“这，随笔倒没写，我也不知道。大概会照原样埋起来吧。”太一郎回答说。

“可抱着的照片没了，遗骸不是寂寞了点吗？”

“啊，这我却没想到。”太一郎说，“爸爸，要是小说，结尾会写到这一层吗？”

“那就会流于感伤了。”

太一郎离开书房。文子也要起身走开：“你该工作了吧？”

“不，听了这故事，要不散散步，心里不好受。”大木说着，离开书桌，“天晴了吧？”

“云还未散，不过暴雨之后，倒挺凉快的。”文子站在廊下，望着天空，说道，“从厨房出去吧，顺便看看漏雨的地方。”

“刚才还说和宫皇女是不是寂寞，马上又叫人去看漏雨。”

厨房门口的鞋柜里，也有散步用的木屐。文子一边给丈夫摆好木屐，一边说：

“太一郎讲起坟墓，便要到京都看坟去，这好吗？”

“什么？”大木诘问道，“这有什么……不好的？你说话真是前言不搭后语。”

“谁前言不搭后语啦？听他讲和宫皇女时，就在寻思他去京都的事。”

“那是好几百年前室町时代的墓葬呀。三条西实隆等人的墓……”

“太一郎去京都，是去看那位小姐的。”

大木又是一个意外。文子蹲在地上，给丈夫摆木屐，自然是低着头说太一郎去京都的事，现在站了起来，与正在穿木屐的大木，脸离得很近。文子的眼睛，盯住大木。

“那位美得惊人的小姐，你不觉得是个可怕的女人吗？”同坂见庆子在江之岛过夜的事，大木一直瞒着妻子，猛不防给问得张口结舌。

“我有种不祥的预感。”说话时，文子始终盯住大木的面孔，“今年夏天，还没打过一次像样的雷呢。”

“又说些莫名其妙的话……”

“像方才那样的骤雨，今晚若再下一场，保不准雷会打到飞机上呢。”

“胡说些什么……雷击飞机的事，日本还没有过呢。”

大木从妻子跟前逃也似的出了家门。那么大的一阵雨，竟没把雨云拂掉，天空阴沉，湿气浓重。然而，即使雨过天晴，恐怕大木也无心抬头看天。儿子到京都去会庆子的事，始终盘旋在大木的脑海。是不是去幽会固然不能断定，可没料到，经妻子一说，越发认定儿子是去幽会的了。

他离开书房，说要去散步的时候，本来打算在北镰仓众多的古寺中，随便去一处走走的，可听了妻子那番古怪的话，便又打消了这个念头。那里好像有坟墓，此刻觉得厌恶。大木登上一座离家较近杂木丛立的小山。雨后的山上，散发出夏天的树木与泥土的气息。等自己的身子整个儿隐没在树叶之中，不禁想起庆子的身体。

庆子那美丽的身躯，赫然先浮上眼帘的，是她的乳头。那乳头是粉红的，粉红中带些透明。日本人虽然是黄色人种，但有些女人细皮白肉，比白种人还要柔嫩光滑。白白嫩嫩的肌肤，仿佛自内往外透露出女人的韵味。较之西方少女白中透粉、光光溜溜的肌肤，好似更加妙不可言。乳头上的那一点粉红，更是任何一国的女人，即便是少女，恐怕也是绝无仅有的。粉红色中，似有一种无可形容、若有若无的色泽。庆子的肌肤并不那么白，可乳头上的那一点粉红，润泽得像洗过一般，在浅棕色的胸脯上，宛如含苞欲放的花蕾。没有一些难看的小皱纹和小颗粒。衔在口中，与其说是大小可爱，不如说是小得可人。

然而，大木之所以先想起庆子的乳头，并不仅仅因为它美。在江之岛的旅馆里，她只让大木抚弄右边的乳头，却避开了左边的。大木刚要去摸左边的，庆子的手掌便紧紧地捂在上面。大木抓住她的手想拉开来，庆子扭动着身子，似要跳起来一样。

“不，不要嘛！求您了，求您了……左边的不行……”

“什么？”大木停下手，“为什么左边的不行？”

“左边的没出来。”

“没出来？……”对庆子的话，大木感到迷惑不解。

“不好。我不愿意。”庆子仍喘着粗气。这话也让大木一时难以意会。

庆子说的“没出来”，是什么没从乳房里出来？“不好”，是什么不好？难道是指左边的乳头凹在里面没出来？还是说瘪塌塌的变了形？是不是庆子多虑，认为是畸形？要不然，左右乳头形状不一样，怕人看了，年轻女孩儿感到难为情？这时，大木恍然想起，方才庆子给抱起来放在床上，胸和腿缩成一团，弯着左肘，好像左乳确实比右乳压得更紧。但是，在这之前以及后来，大木都曾见过庆子的胸脯和两乳。虽非有意察看两只乳头是否两样，若是左乳头有什么异样，该会引起大木的注意的。

结果，大木使劲拉开庆子的手一看，左乳头其实没什么两样。仔细察看之下，左乳头只不过比右边的好似稍小一些而已。左右乳头略有不同，在女人来说，并不奇怪。何以庆子对左边竟避讳到如此地步呢？

越是遮掩撑拒，越是想去摸，大木死乞白赖地要摸她的左乳头，一面说：

“是不是左边的只让一个人摸？有那样的人吗？”

“不是那么回事。没那样的人。”庆子摇头否认，并睁大一双眼睛，凝视着大木。因为大木的脸挨得太近，故而看不大出。她的眼睛濡润朦胧，纵非泪水，却也满含悲哀的神色，至少不是接受爱抚的眼神。然而，庆子立即闭上眼睛，放弃挣扎，让左边也随大木去弄，俨然一副“绝望”的样子。大木见状松开手，庆子怕痒似的动了动胸脯，起伏喘息。

是不是庆子的右乳是半处女，左乳是处女呢？这回大木知道了，庆子左右两边的感觉是不同的，也明白了庆子所说的左边“不好”的意思了。倘如是初次接受男人爱抚的女孩子，她的话是够大胆的。但这也许是年轻女孩耍心眼使的小把戏？女人左右两边不同的快感，反更能勾引男人，非亲自去体验一下不可。即使这种不同是与生俱来，不能治愈的，但女人的这种异常，唯因其异常，才更能刺激男人，更能留下深刻的印象吧。左右乳头感觉会有如此不同的女人，大木还从来没碰到过。

每个女人当然有其愿意受人爱抚之处，和爱抚的方式。这因人而异，可像庆子这样左右不同，是不是太极端了呢？而且，一个女人的喜好，其实就是男人的喜好，换句话说，是男人的癖好和习惯养成了女人这样，这种情况不在少数。倘或如此，庆子无感觉的左乳头，对大木反倒更具诱惑力。并且，庆子左右之不同，恐怕是哪个不懂女人的生手给造成的吧？岂不是使庆子的半边还保留着处女吗？她的左乳头，格外地撩拨大木。不过，要想使她左右一样，得多次重复才行，要费相当的时日。大木不知道，以后是不是有那么多机会，能跟庆子常常幽会。

何况今天初次拥抱庆子，强求她不愿意的左乳头，是愚不可及的。于是大木避开，去找庆子身上她喜欢的地方。他找到了。等他动作狂猛起来，忽听：

“先生，先生！上野先生！”庆子在喊音子，大木一惊，有些畏缩，给推到一边。庆子脱开身，庄重地站了起来，好像在梳妆台前整理蓬乱的头发。大木简直没脸转过头去。

雨声又大了起来，使大木陷入孤独。孤独是何其恣肆骄横啊。

“先生，能不能老老实实地抱着我睡觉？”庆子回到大木面前，妖媚地说，一边从底下瞅着大木的脸。

大木的左臂搂着庆子的脖子，躺在那里什么也没有说。他对音子的回忆不断兜上心头，倒是庆子把身子靠了过来。过了一会儿，大木突然冒出一句：

“闻到庆子的味儿了。”

“庆子的味儿……”

“女人的味儿。”

“是吗？怕是闷热的缘故吧……难闻是不？”

“不。不是因为闷热，是女人的香味……”

给一个不讨厌的男人搂着，过上一会儿，女人的肌肤自会散发出一种气味来。只要是女人，哪怕是少女，自己也无法抑制那股气味。这气味不仅能挑起男人的欲望，还能使他安心，得到满足。是女人衷心愿意以身相许，从体内散发出来的吧。

大木当然不能说得那么露骨，只把脸贴在庆子的胸脯上，让她自己体会这股香味。然而，庆子喊过音子之后，大木虽然笼罩在庆子的香味中，却只是静静地闭起眼睛。

所以，此刻大木在杂树林中，虽然想起庆子的身体，但最终留在印象中的，仍是庆子的乳头。不，与其说是留在印象中，不如说是庆子的乳头重又鲜明地浮现在眼前。

“不能让太一郎去会庆子！”大木斩钉截铁地自语道，“不能让他去！”

大木使劲抓住身边一棵树干。

“怎么办好呢？”他摇着树干。树叶上还挂着的零星雨滴，纷纷落到大木头上。地面上依旧积着雨水，木屐尖也给沾湿了。大木扫视一眼荫庇自己的绿叶。那覆盖在头上的绿色，骤然间令人感到窒息。

为了不让太一郎在京都跟庆子见面，大木似乎只能把自己与庆子在江之岛过夜的事告诉儿子了。如果不愿意这样做，那么给音子，或是直接给庆子，拍个电报行不行呢？

大木急忙赶回家里，进门便问：

“太一郎呢？……”

“太一郎去东京了。”

“东京？这会儿就走了？不是夜里的飞机吗？不是先回家一趟，然后再走吗？”

“不是。机场在羽田，回来再走太麻烦。”

“……”

"说是走之前，先要到研究室绕一下，所以老早就出门了。搁在研究室里的资料，他说要带一点走……"

"奇怪！"

"你怎么啦？脸色好难看。"

"……"

大木躲着文子的目光，进了书房。既没能告诉太一郎，也没打电报给音子或庆子。

太一郎搭六点的飞机到了大阪。在伊丹机场，庆子一个人来接他。

"这实在是……"太一郎不知怎么寒暄才好，"没想到你会来接我。真抱歉。"

"你不说谢谢我吗？"

"谢谢你。太抱歉了。"

看到太一郎的目光炯炯发亮，庆子温柔地垂下眼睛。

"是从京都来的吗？"太一郎笨拙地问。

"是的，从京都……"庆子柔顺地回答，接着又说，"我在京都住，不从京都，从哪儿来呢？"

"可不是。"太一郎笑了笑，打量着庆子，直到腰带那里，说，"简直美得光艳照人，这会是来接我这样的人吗？我都怀疑起自己的眼睛来了。”

“你是说的衣服吗？……”

“嗯，衣服，腰带，还有……”太一郎想说，还有头发和脸庞。

“夏天，我觉得衣服穿得整整齐齐，腰带束得服服帖帖，才凉快。热天，穿着随随便便的，我不喜欢。”

并且，庆子的衣服和腰带好像都是簇新的。

“夏天我喜欢穿得素净些。腰带，挺素的吧。”

太一郎朝旅客行李领取处走去，庆子紧跟在他身后说：

“这腰带，还是我自己画的呢。”

太一郎回过头来。

“你看像什么？”庆子问。

“嗯，是水吗？是河里的流水？”

“是虹，是无色的虹……只有墨色浓淡的曲线，也许谁都看不出来，但我想让夏天的虹缠在身上。这是垂暮时分，高悬山头的虹。”说着，庆子转过身去，让太一郎看她身后薄绢素地圆鼓鼓的腰带结。鼓形结上，是起伏的青山。山上，一抹淡淡的暗红，渐渐地隐去，那是夕天暮色。

“前后不大调和吧，因为是个古怪的姑娘画的，所以是条古怪的腰带。”庆子依然背着身子说。渐渐隐去的那抹暗红的色彩搭配，以及后面头发拢上去后露出的修长的脖颈，吸住了太一郎的眼睛。

去京都的旅客，日本航空公司免费用出租车送到御池日航办事处。前面一辆，已有四位旅客先乘了上去，太一郎正游移，又开来一辆，只剩下他和庆子两人了。汽车一出机场，太一郎这才想到，说：

“这个时候从京都来，你还没吃晚饭吧？”

“瞧你！说话总那么见外。”

“……”

“中饭就没想吃。到了京都再吃吧。咱们一起吃。”庆子又悄声细语道，“我呀，从你一出飞机口，就一直看着你。你是第七个出来的吧。”

“第七个？……我是第七个吗？”

“是第七个呀。”庆子确切地重复说，“你下来只顾盯着自己的脚下，就没朝我这边瞧过。要是想到有人来接，一迈出飞机，眼睛就会往接机的人群里找。谁都这样……可你只管低着头，心不在焉地走路。我来接你，简直窘死了，真想躲起来呢。”

“因我没料到你会到伊丹来接我。”

“为什么？那又何必在快信里写上飞机的时刻呢？”

“我是想证明，我确实要到京都来。”

“何况信像电报一样短，除了飞机时刻，别的什么都没写。我还以为是试试我呢。看我能不能来伊丹接你，难道你不是在试探我吗？可我，明知道是试探我，却还是来接你了。”

“哪儿的话……如果是试探你的话，就该像你说的那样，一出飞机便找你，看来没来。”

“你又没写上京都哪家旅馆，要不来机场接，咱们怎么见面呢？”

“我……”太一郎嗫嚅地说，“只想让你知道，我要到京都来。”

“讨厌，这种话，我不爱听。什么意思呀？我不明白。”

“我考虑过，也许会挂个电话。”

“也许……也许没挂，就那么回北镰仓了。你只想让我心里惦着，您太一郎先生来京都了是不是？那封快信，只是为了戏弄我，出我的洋相，对不对？你人都到了京都，竟不让我见上一面……”

“不是的，寄那封快信，是给自己鼓劲，好有勇气见你。”

“有勇气见我？……”庆子一怔，转而柔情蜜意地说，“我是高兴好呢，还是该悲哀好？你说怎么好？”

“……”

“好了，不用你说了……幸好来接你。我，并不是你需要勇气才能见面的那种女孩子……不过，却是个常常一心想死的女孩子。你尽管瞧不起我，甚至一脚踢开好了。”

“你突然说的什么呀！”

“不是突然。我就是这么个女孩子嘛。你要是那种人，能打掉我的自尊心才好呢。”

“我好像不是那种人，我尽量不去伤害别人的自尊心。”

“看样子也像，但那不行……你得狠狠地作践我才行。”

“你为什么要说这种话？”

“不为什么……”风从车窗吹了进来，庆子一只手轻轻按着头发说，“也许是我悲哀的缘故吧……方才你下飞机，挺忧郁的样子，低头朝候机室走去。有什么事好让你寂寞的呢？庆子来接你，等你，可你心里却没有她，是不？”

不是的。太一郎方才是一边走，一边想着庆子。但这却不能告诉庆子。

“这也使我悲哀。因为我很任性……要叫你心里想着念着，这世上还有庆子这样一个女孩子，我该怎么办才好呢？”

“我是朝朝暮暮都在想你呀。”太一郎声音有些生硬，“现在见了面也在想……”

“现在见了面也在想……”庆子嘟哝着，“现在见了面也在想，是吗？我在你身旁，真不可思议。因为不可思议，我就不再吱声了。你说点什么吧。”

汽车穿过茨木市和高槻市等地的新工厂区。山崎一带的山里，三得利工厂浮现在灯火之中。

“飞机没颠簸吗？”庆子问，“傍晚，京都下了一阵瓢泼大雨，我还担心来着。”

“倒没太颠簸，不过，飞机像差点要撞到山上似的，好吓人呢。从窗里看出去，一座黑魆魆的山挡在前面，飞机简直像一头扎过去一样。”

庆子的手向太一郎的手摸了过去。

“我把黑云看成山了。”太一郎说，手背按在庆子的手掌上，一动不动。庆子的手也半天没动。

汽车驶进京都市内，从五条向东拐去。没有风，连柳条也纹丝不动。也许是阵雨初霁，天并不那么闷热。夜色方浓，宽阔的马路两旁，绿柳低垂，一直伸向远处，尽头便是东山。浮云沉沉的暗夜，天山共色，难以辨别。将近五条的西头，太一郎即已感到京都的情调。

沿着堀川向北，便到了御池日航办事处。

太一郎已在京都饭店订好房间，于是说：

“总之，先把行李放到饭店里。前面不远都看得见，走过去吧。”

“不，我不愿意嘛。”庆子摇头，坐进停在日航门前的出租车里，并催着太一郎。

“去木屋町，三条北。”庆子吩咐司机说。

“顺路请在京都饭店稍停一下。”太一郎嘱咐司机时，庆子拦住说：

“不用了，不用停，请照直走。”

木屋町的一家小茶楼，要从一条窄窄的小巷进去，太一郎觉得别有情趣。他们给领进一间四张半席的房间，正好朝着鸭川。

“这里真不错。”太一郎不由得眼睛望着河水说，“庆子小姐居然还知道这样的地方？”

“先生常上这儿来。”

“你说的先生，是上野先生吗？”太一郎转过头来问。

“是啊，是上野先生。”庆子边说边起身走出房间。太一郎心想，是订菜去了吧？过了五六分钟，庆子才回来，一坐下便说：

“不嫌弃的话，就住在这儿吧。饭店的房间，已经打电话退掉了。”

“什么？”

太一郎惊愕地望着庆子，而庆子则温顺地低下眼睛说：

“对不起。我，是想让你住在我熟悉的地方。”

太一郎无言以对。

“求你了，就住在这儿吧。你在京都，不是只待两三天吗？”

“是的。”

庆子抬起眼睛。她压根儿没有描眉。短短的眉毛，周整的弧线，又漂亮又可爱，覆在黑溜溜的眸子上面，显得一片天真，使人觉得，这眼眉，颜色似比睫毛还要淡。口红的颜色也很淡，只浅浅地涂了一点。嘴唇的形状不大不小，娇艳妩媚，简直叫人不能相信是嘴唇。脸上看不出搽过香粉和胭脂来。

“讨厌！你盯着看什么呀？”庆子眨了眨眼睛。

“你的睫毛真浓……”

“我可没装假睫毛。不信你拉拉看。”

“我倒真想揪住拉一下呢。”

“好哇，请吧……”说着庆子闭上眼睛，把脸凑过去，一边又说，“因为有些弯，看着也许就显得长。”

庆子的脸，一动不动地等着。可太一郎终究不好意思去拉她的睫毛。

“张开眼睛吧。往上一点，眼睛再张大些。”庆子照太一郎说的，张开眼睛。

“要我正脸瞧着你吗？……”

女侍送来日本酒和啤酒，还有下酒的小菜。

“日本酒？还是啤酒？”庆子松下肩来，说，“我不会喝酒。”

朝凉台的纸拉门半掩着，看不见外面，但凉台上几位客人似乎已有醉意，夹杂着艺伎，声音渐渐高了起来。下面河边的路上，卖唱的胡琴声渐走渐近，倏然静了下来。

“明天打算做什么呢？”庆子问。

“先去二尊院，参拜后山的陵墓，是三条西家的陵墓，相当不错呢。”

“陵墓？……那我能陪你去吧？我还想请你带我去琵琶湖坐汽艇呢，不一定非明天不可。”庆子望着电扇说。

“汽艇？”太一郎似乎有些犹豫，“我没坐过，不会开呀。”

“我会开。”

“会不会游泳呢，你？……”

“你怕汽艇万一翻了是吗？”庆子看着太一郎说，“那就请你救我。你肯救我吧？我会死死抓住你的。”

“死死抓住可不行。给抓住了，就没法救你了。”

“那怎么办呢？”

“我要抱着你才行，从后面，手臂伸进腋下……”说着太一郎好像晃眼似的移开了目光。在水中抱着这美丽的姑娘，那种感觉涌上了心头——如果不能抱住庆子浮起来，两人的性命便危险了。

“翻了也不要紧。”庆子说。

“能不能救得了，我也没把握呀。”

“救不了，会怎样呢？”

“别说这种话了。坐汽艇，我有点担心，算了吧。”

“不会翻的。我想坐嘛。人家一直高兴地盼着呢。”庆子给太一郎的杯里斟上啤酒。

“不换上浴衣吗？”

“不，不用了。”

房间的角落里放着浴衣。男用的和女用的叠放在一起。太一郎的目光一直避开那里。房间当然是庆子订的，但摆着女浴衣，却是怎么一回事呢？

这间四叠半的房间没有套间。太一郎终究不能当着庆子的面脱光衣服换上浴衣。

女侍送来菜肴，没看庆子，也没说什么。庆子也默不作声。

河下游稍远的凉台上，传来了三弦声。这家茶楼的凉台上，觥筹交错，热闹非凡。大阪方言的说话声，太一郎他们听得一清二楚。卖唱的拉着胡琴，唱着流行歌曲，那感伤的旋律已渐渐远去。

坐在房间里，看不见鸭川。

“你来京都，先生知道吗？”庆子问。

“家父吗？知道的。”太一郎回答，“不过，你到伊丹接我，我能和你坐在这里，他恐怕想不到吧。”

“真开心。太一郎少爷居然肯背着慈父，来跟我幽会……”

“并不是瞒着家父……”太一郎支支吾吾地说，“难道这会是瞒着他吗？”

“那当然啦。”

“你的那位上野先生呢？……”

“我什么也没说。不过，大木先生和上野先生，说不定凭直感会看穿这套把戏。那就更让人高兴得心跳啦。”

“那不可能。我的事，上野先生不是不知道吗？你跟她说过什么了吗？”

“我告诉过她，从北镰仓府上回来，你陪我去过镰仓。我说我喜欢你，上野先生脸色变得好青哟。”

“……”

“你想，那场恋爱伤透她的心，对她的情人大木先生的少爷，她能不关心吗？我甚至还听先生说过，她不得不跟大木先生分手之后，你妹妹就出生了，她简直悲哀极了。”庆子黑溜溜的眼睛熠熠发亮，两颊绯红。

太一郎无言以对。

“上野先生正在画一幅《婴儿升天图》呢。婴儿的姿势是坐在五色的彩云上。但先生对我说过，其实这孩子是不会坐的，八个月就早产死掉了。”庆子顿了顿，又说，“那孩子要是活着，就是你的妹妹啦，是你亲妹妹的姐姐呢。”

“为什么要对我说这些？”

“我要替上野先生报仇。”

“报仇？……向家父吗？”

“是的。还有你……”

“……”

太一郎剥不下盐烤香鱼的肉。筷子尖似乎发僵。庆子便把太一郎的盘子移到自己面前，一边灵巧地给他剔鱼刺，一边说：

“大木先生说过我什么吗？”

“没有，什么也没说……因为我不跟家父谈你的事。”

“为什么？这为什么？”

在庆子的逼问下，太一郎面显阴沉，好像心口上被人用湿手摸了一把似的。

“我跟家父从不谈女人的事。”太一郎终于吐出这么一句来。

“女人的事？……你是说……女人的事吗？”庆子笑靥如花。

“你说为上野先生还要向我报仇，这个仇怎么报法呢？……”太一郎声音干涩地问。

“怎么个报法，说出来就没意思了，但也不过如此吧。”

“……”

“我所说的报仇，或许就是喜欢上你……”庆子的眼睛，似在遥望对岸的河滨大路，“你觉得奇怪吗？”

“不。让我喜欢上你，就是你所谓的报仇？……”

庆子点点头。那是如释重负，直截了当地点头。

“是女孩子的嫉妒呀。”庆子低低地说。

“嫉妒？……嫉妒什么？……”

“因为上野先生至今还一直爱着大木先生……让她吃了那么大的苦，却一点都不怀恨……”

“你那么爱上野先生吗？”

“嗯，爱得要死……”

“家父很久前的往事，我没法儿弥补，但我能与你这样相会，难道同上野先生和家父往日那段情缘，非要连上吗？不这样认为，就不成吗？”

“非这样不成。”

“……”

“假如我不在上野先生那里，对我来说，这世上就像没太一郎少爷这个人似的，哪儿会相遇呢……”

“我不愿意这么想。一个年纪轻轻的小姐，有这样的念头，是叫过去的亡灵给缠住了。所以，你脖子才细。虽说细才美……”

“脖子细是因为没爱过男人……这是上野先生说的。我才不喜欢脖子变粗呢。”

太一郎想去搂庆子娇美的脖颈，但他克制住了这种冲动，说：

“这是魔鬼的私语吧。你还在咒语的束缚之中呢。”

“不，我是在爱情之中。”

“我的事，上野先生什么都不知道吧？”

“不过，在北镰仓府上见到你后，回来对上野先生说，太一郎少爷可能跟令尊大木先生年轻时一模一样。”

“哪儿的话，那……”太一郎激动地说，“我才不像家父。”

“你生气了？说你像令尊，你不高兴吗？”

“从机场见面以后，你就一直对我说谎，对吧？你骗我，好让我猜不透你的本意究竟何在，是不是？”

“我没有说谎呀。”

“那你就是那种人了，非要那样子说话，是吗？”

“你说得太过分啦。”

“哪怕作践你也不要紧，这是你亲口说的吧？”

“不能作践她，你就认为这姑娘没说实话，是不是？可我并没有说谎呀，只不过你还不了解我罢了。本意究竟何在，深藏不露的，岂不是你太一郎少爷吗？真叫人伤心。”

“是真的伤心吗？”

“真的。伤心得很。究竟是伤心，还是高兴，我弄不清。”

“为什么同你在这里，我也弄不清。”

“不是因为你喜欢吗？”

“这我知道。可是……”

“可是？……”

“……”

“可是什么？可是什么？”庆子拿起太一郎的手，握在两手当中，摇着说。

“你还什么都没吃呢。”太一郎说。庆子只吃了两三片生鲷鱼片。

“婚礼酒宴上，新娘子恐怕是不能吃东西的。”

“瞧，你这人，专说这种话。”

“那不是你吗，提起什么吃东西的事来？”

苦夏

音子是苦夏的体质。

在东京时，正当少女，从不在意苦不苦夏这类事，而且也记不得了。搬到京都以后，在二十二三岁上，才确乎知道自己苦夏。那还是母亲告诉她的。

“音子也苦夏哩。你这体质是秉承我的遗传呀。”母亲说，“差的地方竟然像得很哪。虽然觉得你这丫头性格刚强，体质上毕竟是我的孩子。真是没说的。”

“我哪儿刚强呀？”

“性子可烈呢。”

“才不烈呢。”

刚强啦，烈性啦，母亲说这些，准是想起同大木恋爱时的音子。然而，那早已超越了性情的刚强或软弱，不正是一个少女的一往情深，一种痴情吗？

迁居京都，母亲的心思也是为了排遣和消解音子的悲哀。所以，母女俩谁都避免提起大木年雄的名字。但是，在这人地两生的城市里，只有两个伤透了心的人相依为命，相互厮守，这就愈发要窥探彼此心里的大木。母亲把女儿看作是映照大木的镜子，女儿也把母亲看作是映照大木的镜子。结果这镜子便将母女两人都映了进去。

音子写信时翻开国语辞典，那页上的“思”字，赫然映入眼帘。日语的“思”字，有恋慕的意思、难忘的意思，也有悲哀的意思。音子眼睛看着，心头却似揪紧一般的痛楚，连字典也不敢随便去翻了。她怕那辞典，再也没去碰过。国语辞典里也有大木在！辞典里有不计其数的词语，都能让人想起大木来。只要音子一息尚存，所见所闻，无不与大木连在一起。音子怎么也不能想象，除了大木所爱的，还会有别样的自己。

母亲想让女儿忘掉大木，音子自然心里透亮。母女两人形影相随，那恐怕是母亲唯一的愿望吧。可是，做女儿的，音子却不想忘掉大木。既然忘不了，倒不如想着他，甚至成为她精神的支柱。要不这样，岂不成了行尸走肉?

十七岁的音子能走出有铁格子的精神病房，并不是因为与大木相爱的伤痛得到平复，似乎是因为这一切已沉潜在她的内心深处。

“我怕。要死了，我要死了。别这样，别这样，别再……”音子曾在大木的怀里，不顾一切地拼命挣扎。大木一松手，音子睁开眼睛。一双张大的眸子，莹润有光。

“我看不清宝贝儿的脸，好像荡漾在水中，模模糊糊的。”当时，十六岁的小姑娘，竟管三十一岁的大木叫“宝贝儿”。

“我呀，要是先生死了，我也不活了。真的，没法儿活下去了呀。”音子的眼角，泪光闪闪。那不是悲哀的泪水，是她人松弛下来后，眼睛更加莹润所致。

“音子若死了，就没人能像音子这样想着我了。”大木说。

“所爱的人儿死了，再去想他，我怎么受得了。我办不到啊。还不如死了好。好吗，让音子也死掉吧……”音子把脸贴在大木的喉咙上，晃着头说。

大木权当这是少女的枕边情话，沉默了片刻才说：

“如果有手枪对着我，或是刀子捅过来，能为我挡着的，恐怕只有音子你了。”

“嗯，不论什么时候，我都情愿替你去死……”

“不是那样想着替我死，而是在我意外碰到危险时，眨眼之间能不顾一切去保护我……顿时就能奋不顾身。”

音子点点头，说：“会那样做的，一定会……”

“能为我这样做的男人，一个都没有。肯拼命保护我的，却只有你这个小小的女孩子啊。”

“不小。我，不小了。”音子说了两遍。

“不小的地方，在哪儿？……”大木去摸音子的胸脯。

那时，音子怀上自己的孩子，大木也想过这事。甚至还想到，万一自己有什么不测死掉了，这孩子难免要随着音子一起消失的吧？——这是后来，音子读了大木的《十六七岁的少女》才知道的。

不记得是二十二还是二十三岁那年，母亲说，音子也会苦夏，这或许是音子已到了那个年纪，或许是母亲以为，音子已不会因相思大木而消瘦了。

音子尽管溜肩瘦骨，天生苗条，却从不生病。虽说大木的孩子小产了，同大木的恋爱吹了，自杀未遂，又住精神病院等，那时，人自然瘦弱，眼神也异乎寻常，但身体却比精神恢复得快。可她那颗尚未平复依旧破碎的心，对自己年轻而结实的躯体，毋宁说感到厌恶。若非因思念大木，眼含忧愁，别人恐怕看不出这姑娘内心的悲哀吧。她那含愁的目光，别人以为是年轻女孩对未来的憧憬，反使她平添风韵。

母亲苦夏，音子从小便知道。给母亲揩后背和胸口上的汗，是音子尽孝心之一法。一边揩，一边看着消瘦的母亲，嘴上却不说什么，她已看惯了母亲这样苦夏。然而，音子秉承母亲苦夏的体质，直到母亲告诉她之前，自己却从未想到过，也许是年轻粗心的缘故。还不到二十岁，音子大概已有些苦夏的征兆了。

在京都，二十五岁以后，音子一直穿和服。穿裙子或长裤，虽然能让人一眼看出身段的苗条，却也能叫人看清浑身上下苦夏的那份消瘦来。并且，每逢苦夏，必然使她想起母亲。

随着年纪大起来，音子也越发苦夏，更加怕热。

“治苦夏，什么药好？报纸上登了许多广告，妈，您用过什么药没有？”有个夏天，音子问过母亲。

"是啊，好像都管用，又好像都不管用。"母亲回答得含含糊糊。隔了一会儿，郑重其事地说：

"音子，对于女人的身体，结婚比什么药都强。"

……

"女人生在世上，天赐的良药，便是男人。这是女人人人都须品尝的呀。"

"如果是毒药呢？……"

"毒药也得尝。音子虽然不知道，却已尝了毒药，可你现在，并不认为那就是毒药吧？不过，解毒的良药倒确实有，而且，还有以毒攻毒的药呢。男人这剂药尽管苦口，可以闭上眼睛，一口气咽下去试试。虽说有的药叫人恶心想吐，咽不下去……"

男人，这剂女人的良药，音子终于没有尝，便和母亲永别了。女儿这件事，肯定成了母亲的遗憾。音子也没像母亲说的那样，把大木看作是毒药。即便在有铁格窗的病房里，也没有恨过大木。只因思念，令她心智错乱。音子想死，喝过烈性毒药，但很快便清除得一干二净，体内没留下一点儿痕迹。倘或认为大木年雄和他未出世的孩子，已从音子的体内清除殆尽，固然未尝不可，即便留下些许痕迹，也无伤大雅。其实，音子心里对大木的爱，既未消失，也未淡薄。

唯有时间在流逝。对一个人来说，时间之流，是不是仅此一条呢？一个人的时间，会不会分向几处流去？好比河流，时间这条河，在人生里，时而流得快，时而流得慢，时而停滞不动。对众生而言，同速流逝的唯有上天，而千差万别，不能同速流逝的，则是众生。时间的流逝，对于众生是一律的，而众生则在各自不同的时间中流逝。

昔时十七岁的音子已经四十岁了。可在音子的心里，大木所占据的一角，是不是时间停滞不流了呢？或者也可以说，像落花随流水，无止境地漂流一样，音子也随内心的大木一起，在时间中流动。在大木的时间之流中，音子是如何流动的，她自己并不清楚。大木尽管不会忘记音子，她虽与大木同时流动，但至少，他俩的时间之流，恐怕是不会一样的。纵然是现在相恋的情人，两人的时间之流也有所不同，那是命中注定、无法摆脱的。

今天音子醒来，也与每天早晨一样，先用指尖轻轻地揉一揉额角，然后再摸摸脖子和腋下，湿漉漉的。连天天更换的睡衣，也好像浸上了皮肤中渗出来的汗湿。

庆子喜欢音子身上这种汗湿，觉得肌肤更加滑溜好闻，所以常要帮着音子脱内衣。而音子却极其讨厌汗臭。

可是昨晚，庆子过了十二点半才回来，躲着音子的视线坐在那里，两腿也没个坐相。

音子躺在床上，用团扇遮着天花板上的灯光，瞧着挂在墙上的四五张婴儿素描，仿佛全神贯注在上面，只朝庆子看了一眼，说：

“你回来了。这么晚！”

在产院里，那个八个月的早产儿没给音子看过，只听说头发长得黑黑的。音子问过母亲，孩子长得什么样，母亲说：

“是个很可爱的孩子呢，似乎挺像音子的。”

音子也知道，这不过是安慰自己罢了。再说，音子从没见过刚生下来的婴儿。这几年照片倒是见过，好像都很难看。令人意外的是，呱呱落地时的照片，甚至脐带还与母体相连的照片，也并非没有，只是很瘆人。

所以，音子想象不出来，自己亲生婴儿的模样和姿态，仅是心中的幻象而已。音子自己也十分清楚，《婴儿升天图》中的婴儿，长相绝非八个月早产死的婴儿，而且，她也不打算画成写实的。音子只是衷心企盼，在绘画里，对那尚未成形即已逝去的东西，表示自己的哀怜与爱惜之情。这一企盼，是她多年的夙愿，作为憧憬与幻想，一直藏在心底。每当悲哀的时候，心中所想的，便是对这死去的婴儿的幻想。自己能够活到今天，要借这幅画予以象征。同大木相爱的那爱之美丽与悲哀；也须在这幅画里表现出来。

可是，婴儿的面庞，音子却怎么也画不好。圣母怀中的基督以及小天使的像，音子当然见过，他们大多形象鲜明，像个小大人，或者是纯属虚构的圣人面孔。音子想画的，并不是那种强烈而鲜明的脸。那是今生与来世都没有的，在朦胧的梦幻中，有背光辉映的灵魂。他的形象，是能让人人都变得亲和温柔的小精灵。然而，画像本身却蕴含着无限的悲哀。但在画法上，音子又不愿意流于抽象。

对于脸部，音子抱着这样的期望，那么，婴儿不足月的小小身躯，又该怎么画好呢？怎么设置背景和点缀才妥当？音子一再翻看雷东[①]和夏加尔的

① 雷东（Odilon Redon，1840—1916），法国象征派画家。

画册。夏加尔那天真乐观的幻想，诱发不出音子东方式的灵感。

音子的脑海中，又浮现出古时的《稚儿太子图》，比西洋画还要鲜明。——稚儿太子的图像，是根据弘法大师传里的故事画的。画面上，年幼的大师，梦中坐在八叶（八个花瓣）莲花内，正与佛陀谈话。稚儿太子端坐于莲花上的姿态，已成固定的样式。在最早的画里，太子的形象极纯洁无瑕，时代愈往后，愈趋于艳丽妩媚，有的甚至会错把“稚儿”看成美少女了。

五月的满月祭那晚，庆子说：“您画我吧。”音子曾想，照“稚儿太子”的样子，画成一幅古典式的《圣处女像》。之所以起这念头，是不是当时心里想到了《婴儿升天图》呢？这纵然不错，可后来音子又生起新的疑窦。就是说，音子画死去的婴儿也罢，或者画庆子也罢，构思的时候都先想起《稚儿太子图》，这固然说明音子对这幅画十分倾心，但是她也怀疑，这会不会是自己孤芳自赏，过分自负的一个迹象呢？在稚儿太子身上，音子看到的难道不是她憧憬中的自画像吗？实际上，无论在死去的婴儿的画里，还是在庆子的画里，不都暗含着音子自画像的夙愿吗？她幻想中的稚儿太子式的圣幼儿像、圣少女像、圣处女像，岂不只能是幻想中的圣音子像！这个疑窦，好似一把尖刀，音子不由自主，亲手扎进了胸口，但她没有进一步剖开胸膛去看。她拔出了利刃，留下伤痕，时时作痛。

音子当然无意照搬《稚儿太子图》的样式，去画死去的婴儿或是庆子。虽然如此，构思这两幅画的当初，稚儿太子首先浮现在眼前，所以，不论哪一幅，音子要画的时候，稚儿太子总不免会藏在她的心底。《婴儿升天图》《圣处女像》，从画的标题，就能感觉得到。音子想用自己的画，对死去的婴儿和庆子的爱，予以净化，甚至使之神圣化。把庆子的肖像画题为《圣处女像》，音子有些难为情，曾和庆子开玩笑说，题为《一个抽象派青年女画家》，是不是更有意思？不过，庆子的画，在今天的意义上，能否算作抽象画一类，音子并未认真想过。但是那天晚上，她说，要满含爱心，画成佛画那样，倒是当真说的。

庆子初次来音子这里时，曾把音子母亲的肖像画，看成是音子美丽的自画像。后来母亲的画像仍一直挂在墙上，看到画像，与其说音子有时会想起庆子的看法，毋宁说是忘不了庆子出此观感所说的话。把母亲画得既年轻又美貌，以至于将母亲的肖像画看作是自画像，那是音子出于对母亲的怀念，但也说不定，画中实已流露出音子的孤芳自赏。那恐怕不纯是音子与母亲长得相像的缘故。也许音子一边画母亲，一边也在画自己。

对于画家来说，不论静物画，抑或风景画，一切绘画，不言而喻，都是画家心灵的自画像、性格的自画像，即画家的自我表现。就音子而言，画母亲的肖像，自会流露出骨肉的亲情与甜蜜的悲哀，那倒正成了音子自己的画像了。若说甜蜜，《稚儿太子图》不能说不甜蜜。比《稚儿太子图》更杰出的佛画或仕女图，日本的古画中也多得很。而音子之所以特别想起《稚儿太子图》来，或许是幼儿像端庄秀丽之故吧。此外，会不会因为画像既虔诚又不乏甜美之意呢？并不信奉弘法大师的音子，难免无意中把自己的那份孤芳自赏、那种自负，寄托在稚儿太子的画像上。画像的甜美，自能容纳她的悲哀。

音子至今仍在爱大木年雄，爱死去的婴儿，爱自己的母亲。这种种爱，同当时那一切都还触手可及的现实相比，难道就一直毫无变化吗？那爱的本身，有没有在不知不觉中，变成音子的自恋呢？当然，音子自己并未发觉，既没有怀疑过，也没有自问过。音子与婴儿死别，同大木生离，又与母亲死别，他们虽然至今仍活在音子心中，其实，活在她心中的，并不是他们，而是音子自己。音子心中大木所在的一隅，恐怕还不能说，时间之流停滞不动了吧？音子的时光，是随着心中的大木一起流逝的。这一来，对大木爱的回忆，便染上了音子自恋的色彩，或者说已化成了自恋。音子没去想过，往日的回忆，或是妖魔鬼怪或是饿鬼亡灵。十七岁被迫与大木分离，直到四十岁的今天，音子既没再恋爱，也没想结婚，作为单身女人，她珍重并爱惜那段令人悲哀的爱的回忆，也许是顺理成章的，可她的爱惜之情，带上自恋的色彩，恐怕也是自然而然的。

音子之沉溺于这个同性的女弟子庆子，尽管是庆子先缠上身来的，但是，难道那不也是音子孤芳自赏、过分自负所取的另一种形式吗？否则，庆子说：

“先生，您画我吧……趁我还没变成您所谓的妖妇之前……求您了，裸体也行。”音子也不至于要斟酌，是照佛画那样画庆子呢，还是照稚儿太子的样子？抑或是把她画成坐在莲花萼上的“圣处女”一类？把庆子画成那样的少女，岂不正是音子想借以净化自己，使人怜爱吗？爱恋大木的十六七岁的少女，一直在音子的心里，似乎没有长大。但音子却没意识到，也没动脑筋去想过。

——音子对自己身上的气味，特别是汗臭，有种洁癖，而京都的夜晚，闷热难当，像今早这样，皮肤上的汗渗在睡衣上，一旦醒来，会立即离开被窝的，但她依旧拥枕面壁，对昨晚看过的婴儿素描，又盯着瞧了一会儿。八个月早产的婴儿，虽然在世上只活了短暂的一瞬，音子却想把他当作未能出生世上，未曾活在人间的孩子，也即当作精灵之子，来画这幅《婴儿升天图》的。所以，素描很难把握，也无法定稿。

庆子背对着音子，还在酣睡。夏用的麻布薄被，褪到胸脯下面，被头则裹在腋下。因为是侧着睡的，两腿虽没有放肆地叉开，脚脖子却伸到了被外。庆子穿和服的时候居多，不大穿高跟鞋出门，所以脚趾细长而直溜。脚形算得上秀气周正一类。但细细的脚趾，骨头似乎很长，音子觉得好像与自己的不同，因此，对庆子的身体，尽量避免朝她脚趾那里看，这已经成了习惯。如果不去看，就把她的脚趾握在手里，会出奇地感到一种惬意，觉得是从前自己身上所没有的，甚至像握着一个与人不同的生物的脚趾似的。

庆子身上有股香味儿。以一个年轻女孩儿来说，这香水味似乎太浓了。庆子偶尔用这种香水，音子当然知道，但昨天，庆子为什么巴巴儿地要用它呢？音子不禁纳闷。

昨儿晚上，庆子过了半夜才回来，她究竟上哪儿去了，音子并没怎么过问。因为一心只顾瞧着墙上挂的婴儿素描来着。

庆子也没去浴室擦擦身，便匆匆忙忙钻进被窝睡了。音子还以为庆子睡着了，说不定倒是她比庆子先睡着的。

音子一起来便绕到庆子的床铺那头，薄明之中，俯身看了看庆子的睡容，然后拉开木板套窗。庆子起床一向利落，早上即使比音子后醒，只要音子拉套窗的声音一响，马上起来帮忙。可今早，庆子却在被窝里抬起半个身子，光看着音子动。等拉门和套窗全都打开了，音子回到屋里时，庆子说：

“对不起，先生。昨晚儿都快三点了还没睡着……”一边站起来，先收拾音子的床铺。

“是因闷热，睡不好？”

“嗯……”

“睡衣别收，要洗的。”

音子挟着睡衣到浴室擦身去了。庆子也到浴室的洗脸池那里，好像匆匆忙忙地刷了牙。

“庆子，你也洗个澡吧。”

“哎。”

“昨儿你连香水都没洗掉就睡了。”

“是吗？”

“什么是吗！”庆子心不在焉的样子，音子不放心地问，“你昨晚儿上哪儿去了？”

“……”

“洗洗吧，不难受吗？”

“嗯，回头再洗……”

“回头再洗？”音子盯住庆子。

音子从浴室出来，庆子正拉开衣橱的抽屉，在挑衣裳。

“庆子，你要出去？”音子声音严厉起来。

"是。"

"跟谁有约会吗？"

"嗯。"

"谁？"

"太一郎少爷。"

音子一时没明白过来。

"是大木先生的太一郎少爷。"庆子毫不示弱，明确地回答，只省略了"儿子"一词。

"……"音子一时哑然。

"太一郎少爷昨儿到了京都，我去伊丹机场接他来着，说好今儿个陪他逛京都。也许是请他陪我逛呢……先生，我什么都不瞒您。今儿先去二尊院，太一郎少爷说要去看山上的陵墓。"

"陵墓？……山上？……"音子说，自己从来没听说过。

"是的。说是东山时代朝臣的墓。"

"是吗？"

庆子脱下睡衣，赤裸的后背朝着音子，一边说：

"还是得穿长衬衣吧。今天大概要热，可仅贴身穿件衬衣，太不成体统了，是不是？"

音子默默地看着庆子穿和服。

“带子要系得紧一些……”庆子把手绕到后背，使劲地拉。

音子从镜中看见庆子薄施脂粉的脸庞，庆子似乎也看见了音子映在镜中的面孔，说：

“先生，别那么板着脸呀……”

音子霎时回过神来，想尽力缓和一下不悦的神情，但脸上依旧很不自然。

庆子对着三面镜边上的一面，用手指抿好耳朵上边的头发。耳形很漂亮，这是庆子化妆完毕最后的修饰。她刚站起身，又跪了下去，拿起香水瓶。

“你身上不是还留着昨天的香水味吗？”音子紧蹙眉头。

“不碍事的。”

“庆子，你好像心神不定似的。”

“……”

“你为什么要去见他？”

“他说要到京都来，而且连飞机到的时间都告诉我了。”

“……”

庆子过来，把方才挑出来的三件单衣中，剩下没穿的两件马马虎虎叠了叠，塞进衣橱里。

“好好叠一叠再收起来。”音子说。

“哎。”

“重叠一下。”

“哎。”可是，庆子对衣橱压根儿看都不看一眼。

“庆子，你过来！”音子厉声地叫她。

庆子坐到音子面前，直视着音子。音子倒躲开视线，言不由衷地说：

“早饭也不吃就去吗？”

“昨晚吃得很晚，早饭不吃了。”

“昨晚？……”

“嗯。”

“庆子，”音子郑重地说，“见了面，你打算怎么办呢？”

“不知道。”

“是你想见他的吗？”

“是的。”

“是你想去见他的，对吗？”从庆子那神不守舍的样子也能明白，音子似在给自己一个确认，“为什么呢？”

庆子没有回答。

“不见他不行吗？”音子眼睛看着自己的膝盖

说，“我不愿意你见他。别去见他吧。”

“为什么？这同先生有什么关系？”

“有关系。”

“您又不认识太一郎少爷。”

“去过了江之岛的旅馆，你那样还好意思见他吗？”

音子责备庆子，跟父亲去旅馆开房间，又急急要跟儿子幽会。只不过“大木先生”或“太一郎少爷”的名字，音子避而不说罢了。

“大木先生虽然是您从前的情人，但太一郎少爷您并没见过，跟您可没关系。他只是人家大木先生的儿子嘛，”庆子说，“又不是您的儿子。”

“……”

庆子的话刺伤了音子。她想起十七岁时怀了大木的孩子，早产死掉了；后来，大木的妻子又生了一个女孩儿。

“庆子！”音子喊道，“你，在勾引他吧？”

“是他告诉我飞机时刻的。”

“去伊丹接他，还陪他一起逛京都，你和他有那样的交情吗？”

“真烦人，先生。什么交情不交情的。”

“不是交情，是什么？关系？……”音子苍白的额上沁出冷汗，用手背抹了一把，“你这人太可怕了。”

庆子的眼睛愈益放出妖艳的光芒。

“先生，我呀，顶讨厌男人了……”

“别去了。我要你别去了。要去见他，就甭回来。走了，就别再回到我这儿来。”

“先生！”庆子有些眼泪汪汪的样子。

“你究竟想对太一郎做什么？”音子放在腿上的手直颤，口里头一回说出“太一郎”的名字。

庆子霍地站了起来，说：“先生，我走了。”

“别去！”

“先生，您打我吧。像到苔寺那天一样，再打我吧……”

“……”

“先生！”庆子站在那里，但一转身走了出去。

音子忽地感到浑身冷汗涔涔，一动不动地望着院里的方竹，竹叶在晨光中辉映。她朝浴室走去。水龙头大概开得太大，水声把她吓了一跳。她慌忙拧小水龙头，水流放得很细，擦了擦身子，略微平静一些。但脑子里仍有一处发紧，便用湿毛巾捂在前额和后颈上。

回到屋里，音子在看得见母亲肖像和婴儿素描的地方坐了下来。一种自我嫌恶的感觉直透后背。那种自我嫌恶的感觉，虽来自与庆子的共同生活，但扩展而为自己整个的存在，与其是悲哀，毋宁说更感到可耻，她失去了力量。活到今天，究竟为了什么？为什么要活着？

音子想呼唤母亲，蓦地脑海中浮现起中村彝的《老母像》。《老母像》是这位画家一生最后的作品，中村留下老母离开了人世。《老母像》成为中村的绝笔，因此，这幅画印在了音子的心上。音子只在画册里看过这幅画，没有见到原作，无法准确理解。可是，音子是倾注了自己的感情，去看这幅画的照片的。

年轻的中村彝，把情人画得丰满有力。色调偏红，带有雷诺阿风格。此外，众所周知的名作《爱罗先珂像》，冷静地表现出盲诗人的高贵与忧愁，虽充满虔诚之意，但色调温暖亮丽。然而，绝笔《老母像》的色调却阴冷晦暗，笔触也变得简洁朴素。瘦小干瘪的老母，侧身坐在椅上，背景是墙壁，木板墙裙有墙的一半多高。老母对面墙上的壁橱里放着水瓶，老母头后的墙上挂着温度计。温度计是原有的呢，还是画家为了画面特意画上去的，音子当然无从知道。可是，这支温度计，和老母轻放在腿上手指中挂着的那串念珠，却都留在音子的印象中。使人感到，这仿佛是象征画家先于母亲辞世时临死的心境。画的本身就是这样。

音子从抽屉里取出中村彝的画集，将《老母像》同母亲的肖像加以比较。音子把母亲画得很年轻，不是老母像，是母亲先去世的，所以也不是绝笔。母亲的肖像中，没有流露一丝死亡的阴影。而且，西洋画和日本画虽然不同，把《老母像》的照相版摆在面前，音子一目了然，自己所画的母亲像那么肤浅，不禁闭上眼睛。她用力闭得更紧。脸上的血色似乎也在消退。

音子画母亲的面容时，一心只顾沉湎于对亡母的眷恋，只觉得母亲又年轻又美貌。那似乎是音子的祈祷。倘如中村彝的《老母像》中，也有画家临死时的祈祷，那么音子的画，该是何等的浅薄幼稚！音子的一生，岂不也是这样吗？

音子的画，不是直接看着母亲画的，是母亲死后照着相片画的，画得比相片还年轻美丽。音子有时一边画，一边照镜子，看看自己那张与母亲相似的面庞。画得幼稚而美丽，那是当然的。不论如何，母亲的肖像画里，没有寓以深刻的灵魂。

提起照片，音子想了起来，来到京都以后，母亲未曾单独拍过照。那次杂志的卷首要刊用音子的照片，杂志社的摄影家专程从东京来，希望还拍一张音子与母亲的合影，母亲逃掉了，简直像躲起来一样。如今音子刚意识到，那不也是母亲悲哀的流露吗？母亲好似隐姓埋名忍辱偷生似的，带着女儿搬到京都，与东京的亲人几乎断了来往。音子并非没有隐姓埋名的想法，但她来京都时只有十七岁，跟母亲的孤独与离群索居毕竟不同。她与大木的爱情，虽令她伤心欲碎，却一直还拥有这份爱。这也与母亲不同。

音子心想，是不是该重画一张母亲的像呢？她审视母亲的肖像画，再去审视中村彝的《老母像》。

音子觉得，庆子去会大木太一郎，仿佛远离自己而去，止不住心里乱成一团。

今早的庆子，嘴上也没像平时那样，口头禅似的说要“报仇”的话。倒是说了一句，她讨厌男人，但这不能当真。用一个牵强附会的理由，说什么昨晚吃得晚了，连早饭也等不及便出了门，看来她是自相矛盾。庆子要对大木的儿子做什么呢？两人会怎么样呢？二十四年来，自己一直生活在与大木的爱的罗网之中，应该怎么办才好？音子简直坐立不安了。

音子没能拦住庆子去会太一郎，此刻去追庆子，自己也去见太一郎，说不定能避免发生什么危险。但是他们在哪里会面呢？太一郎住在什么地方呢？音子却没听庆子说起。

湖水

庆子到了木屋町的“房记”茶楼，太一郎已换上外出的西服，正在凉台上。

“你早！昨晚休息得好吗？”庆子走近太一郎，靠着凉台的栏杆，“是在等我吧？”

“我老早就醒了。听见河水声，引得我躺不住便起来了。”太一郎说，“我看到东山日出了呢。”

“那么早？……”

“嗯。不过，山离得太近，不大像日出。只是随着太阳升起，东山上愈发一碧澄明，鸭川的水，在晨光中波光粼粼……”

“你就一直看着这些？”

“眺望对岸的街市，居民起来忙忙碌碌，好有趣呢。”

“那你没休息好吧？这家旅馆不行是不是？”

随后，庆子又悄声低语道：“你没睡好，要是为了我，我该多高兴……”

“……”

“难道你不肯说是为了我？”

“是为了你呀。”

“让我逼得没办法了才说的，对吗？”

“可是，你睡得很好吧？”太一郎看着庆子的眼睛问。

庆子摇摇头，说：“不好。”

“看你的眼睛，睡得很好嘛，像点着两盏明灯，闪闪发亮……”

“那是因为我心里有一盏明灯呀，是因为太一郎少爷。即使一夜两夜不睡，眼睛也是乐意的。”

庆子那闪亮的星目，柔和而温润，凝视着太一郎。太一郎拿起庆子的手。

“好凉的手。”庆子悄悄地说。

“好暖和的手。”太一郎说着，挨个儿摩挲庆子的手指，那么柔嫩，直透心底。纤细得简直不像是人的手指，在太一郎的手里好像要化掉似的。轻而易举不就咬断了吗？太一郎真想把庆子的手指含在嘴里。从这手指上，能感觉得出女孩儿的柔弱。而且，庆子侧面那漂亮的耳朵和修长的脖颈，就近在眼前。

“用这样细的手指去画画？”太一郎把庆子的手指举到嘴边。庆子看着自己的手指，泪眼盈盈。

“庆子，你难过了？”

“我是高兴呀，是乐极而生悲……今早，不论你摸我哪儿，我都会流泪的。”

“……”

“我觉得好像有什么事要结束了。”

“是什么？……”

“你坏，问这事！”

“那不是结束，而是开始。凡结束，必有开始，不是吗？”

“可是，结束归结束，开始归开始……这是两回事呀。女人这样想，就会新生为另外一个女人。”

太一郎想把庆子搂过来，摩挲庆子手指的手反而松了开来。庆子软软地靠在太一郎身上，太一郎抓住了凉台的栏杆。

下面河边上，传来尖利的犬吠声。一位中年女人，像是这一带店家的人，领着一只小猎狗，碰到一只大秋田犬，于是狺狺狂吠起来。秋田犬压根儿不予理睬。牵着秋田犬的年轻人，样子像是小饭馆的厨师。中年女人蹲下去，抱起小猎狗。小猎狗在她怀里挣扎，仍叫个不止。女人转身背朝着秋田犬，小狗便像对着太一郎和庆子叫似的。中年女人按住小狗的头，仰脸看着凉台，讨好地笑了笑。

“真讨厌。清早遭狗叫，今天不吉利。我顶讨厌狗了。”庆子躲在太一郎的背后说。狗不叫了，她仍不动，把手轻轻搭在太一郎的肩上。

“太一郎少爷，见到庆子高兴吗？”

“高兴。”

“能有我这么高兴吗？……恐怕没我这么高兴吧？”

“……”太一郎没想到，庆子口中会说出这种十足女人味儿的话，而随着庆子的话语，一股年轻女人的芬芳气息，直冲太一郎的脖颈。庆子的胸脯，也似乎轻轻挨到太一郎的后背。虽然不是紧紧贴上来，但胸背之间，没有一点缝隙。软软的，一种温馨之感传了过来。庆子已属于自己，这种感觉在太一郎的心中弥漫开来。庆子已不是一个异乎寻常、不可理解的姑娘了。

“我多想见到你，你是不会知道的。我还以为，不去北镰仓就见不到你呢。”庆子说，“能这样，真是不可思议。”

“是不可思议。”

“我说的不可思议，是指天天想着你，虽然隔了这么久才见面，却觉得像是常常见面一样，这真是不可思议。你大概早把我给忘了。要上京都来，这才忽然想到我，是不是？”

“庆子说出这种话，才叫不可思议呢。”

“真的？那你偶尔也想起我来？”

“每想起你来，在我，尽管多少总有些痛苦。”

“哟！为什么？……”

“由你，总会联想起你的先生吧。于是也就想到家母年轻时的痛苦了。那时我还不懂，不大清楚。不过，家父在小说里写得很详细。书里写着，家母抱着婴儿的我，黑夜里在街上彷徨，饭碗从手里掉下去，她哭倒在地。也许抱得不舒服，家母走出家门，婴儿的我仍哭个不停，哭声越传越远。连孩子的哭声，家母都听不见。据说家母的耳朵听不见，牙根也松动了。当时家母才二十三四岁呢。可是……”太一郎有些吞吞吐吐。

“可是，家父描写上野先生的小说，至今还很畅销。要说是讽刺呢，确也是个讽刺，那本小说多年的版税，贴补了一家的生计，还贴补了我的学费和妹妹的嫁妆。”

“那不挺好吗？”

“事到如今，再计较也没用了，不过，想想也很奇怪。小说把家母写成嫉妒得发狂，丑恶不堪。我这做儿子的，很讨厌那本小说。再说，小说还出了文库本。至今，每次增印，出版社都送印数检验证来。而五千、一万地盖图章的，则是家母。家母已人到中年，为了一本把自己写得丑恶不堪的小说再次增印，竟会满不在乎地咚咚往上盖章。”

“……”

“对家母来说，也许风波已经过去，家庭重又风平浪静。作为小说作者的妻子，世人本该蔑视家母才是，可是看起来，反倒挺受尊重。真是怪事。”

“因为是大木先生的太太嘛。”

“可是，你的先生，至今不是还生活在那本小说里吗？也没有结婚……”

“可不是嘛。”

“这事也不知家父家母是怎么想的。在他们的生活里，似乎把上野音子这个人全忘了。有时一想起，我也在享用那本小说的版税，心里好难受啊。牺牲了一个十六七岁的少女的一生……你说为上野先生，还要向我报仇……”

“好了，别说了。我的仇已报完了。”庆子的脸颊贴在太一郎的脖子上，“我是我。”

“……”

太一郎转过身，抱住庆子的肩膀。

庆子小声说：

“我挨上野先生说了，叫我甭回去。”

“为什么？……”

“因为我说要来见你。”

“你说啦？”

“说啦。”

“……”

“先生说，我要你别去。要去，就甭回来……”

太一郎松开庆子的肩膀，忽然发现，对岸的街上，来往的车辆多了起来。东山的颜色也变了，深绿浅绿已判然分明。

“我不该说是吗？”庆子探询地察看太一郎板着的脸。

“不。”太一郎顿了一下，说，“这不有点成了我替家母向上野先生报仇吗？”

说着，太一郎从凉台进了房间。

“替令堂报仇？……我做梦都没想到哩。你说话真莫名其妙。”庆子跟在太一郎的身后说。

“走吧。不，你还是回去的好。”

“哟，真忍心！”

“这次是我这个儿子出来，代家父打扰上野先生的平静了。”

“是我不好，昨晚说什么要报仇的。别见怪。”

在旅馆前，叫了一辆出租车，庆子也乘了上去，太一郎觉得这是理所当然的。可是汽车开过一条条街道，直到嵯峨的二尊院，一路上这么久，什么话也没说。

“把窗子全打开好吗？”问过这句话后，庆子也默然不再作声，只是把手按在太一郎放在膝盖的手上，敲着食指。庆子的手没出汗，但有点潮，很滑溜。

二尊院的山门，据说在庆长十八年（1613年），由当时的豪门贵族角仓氏，从伏见的桃山城移过来的。作为一座城门，煞是气派。

“瞧这太阳，今儿个要热的。”庆子说，“我这是头一回进二尊院……”

“定家的情况，我稍微查了一下……”太一郎一面登上山门的台阶，一面回头去看庆子的脚下。庆子和服的底襟在款款摆动。

“他肯定在小仓山的山脚住过。但号称时雨亭的山庄，遗迹却有三处，哪一处是真的，目前似乎还没弄清。挨着二尊院的后山，旁边是常寂光寺，然后是厌离庵……”

“厌离庵，先生也带我去过。”

“是吗？那座尼庵里，有一口井吧？定家写《小仓百人一首》时，据说就是用那口井的水研的墨。”

“不记得了。”

“叫柳水，很有名的井水呀。”

“真用过那口井的水吗？”

“定家相当于诗歌之神，在他名下会编出许许多多的传说吧。尤其在室町时代，把他奉为和歌之神、文学之神。”

“定家的墓也在二尊院的山上吗？”

“不，定家的墓在相国寺。但在厌离庵，相传有他一座小塔，叫荼毗冢……”

“……”

太一郎发现，庆子对藤原定家几乎一无所知。

方才车过广泽池，望着对岸的松山，山容秀丽，倒映水中，在太一郎看来，嵯峨所蕴含的千年历史与文学，已化为风景而存在。从池边还看见小仓山，在岚山面前，显得低矮而平缓。

野山的景致，诱发了太一郎思古的幽情，尤因有庆子相伴，更觉情满于怀。他深感，这才真正到了京都。

可是，庆子今早是跟音子吵了架出来的，这姑娘激动的情绪，想必会在美景中得到缓和吧，太一郎心里寻思着。想到这里，便去看庆子。

“别那么奇怪地瞧着我……”庆子的眼睛忽闪着，伸出了手。太一郎轻轻碰了碰她的手说：

“是奇怪啊。居然能跟庆子一起，在这样的地方走……这是什么地方呢？”

“是什么地方呢？这个人是谁呢？”庆子握住太一郎的手指，使劲攥着，“我不知道哇。”

山门内，宽阔的参拜路上，松影匝地。路两旁是美丽的红松，枫树夹杂其间。地上，松树枝头的影子静静的。随着庆子的走动，松影才在她白色的和服与面庞上摇曳。枫枝低垂，几乎要碰到头顶。

路的尽头连着石阶，等看到石阶上的瓦顶泥墙时，也听到了水声。拾级而上，沿墙左拐，水从墙脚流了下来。墙上随便开了一扇门。

“一个人也没有！”庆子站在石阶上面的门口说。

“在名刹古寺当中，这儿来的人大概少吧。不过也奇怪得很。”太一郎也停下脚步。

小仓山展现在眼前。铜屋顶的正殿，一片肃静。

“左手那棵树挺美吧？是棵细叶冬青的古树，号称西山的名树呢。”说着，太一郎走到树前。细叶冬青老节累累，从根到梢，树节突兀的枝丫伸展开来，绿叶郁郁葱葱。树枝虽都不长，却强劲有力。

“我喜欢这棵古树，所以记得很清楚。有好几年了吧，没这样看这棵树了。”

太一郎只顾说细叶冬青树，对正殿悬挂的御笔钦赐的匾额“小仓山”和“二尊院”，以及二尊院寺名的由来等，却未加说明。

来到辨天院的右面，太一郎仰望高高的石阶说：

“你能上去吗？穿着和服……”

庆子微微露出齐整的牙齿，摇了摇头。

“我可上不去。”

“……”

“要你拉着我的手，再背着我。”

“那就慢慢上吧。”

“是在这上面吗？”

“是的。实隆的墓须登上石阶，在最顶上。”

“你是为了这座墓才来京都的，才不是来看我的呢。”

“是啊，一点不错。”太一郎松开庆子的手，“我一个人上去，你在下面等我吧。”

“我上得去！这几级台阶算得了什么，你就放心吧……哪怕上到小仓山顶上，不回来都不要紧。”说完，庆子拉住太一郎的手，开始登石阶。

石阶好像不大有人走，一级一级古旧的石阶，从根上长出了青草和羊齿。脚旁开着小黄花。上到石阶旁有一排排墓碑的地方时，庆子问：

“是这儿吧？”

“不，还在上面。”太一郎答道，然后走向旁边的墓地，说，“这三座石塔都很精彩吧？叫三帝陵，石刻艺术十分出色，相当有名。我前面这座宝箧印塔，中间的五重石塔，造型实在优美。”

庆子也颔首观赏。

“时代的痕迹已印在石上……”

“是镰仓时代的吗？”庆子问。

“嗯，是镰仓吧。对面那座十层石塔，像是南北朝的。据说原先是十三层宝塔，上面几层没有了。”

石塔典雅优美的格调，凭庆子绘画的天赋，自然能领悟通达。在这里，两手依然相握，庆子浑然忘了似的。

“这一带有许多公卿的陵墓，如二条、鹰司、三条等人的，还有角仓了以、伊藤仁斋的墓，但像这样的石塔杰作，却只有三帝陵而已。”太一郎说。

从那里再往上登，到了石阶顶上，有座叫开山庙的小佛堂。佛堂里，仅竖了一块高高的石碑，上刻复兴二尊院湛空上人的事迹，倒是很新颖别致。

但太一郎并不想看佛堂，径自朝佛堂右面那一排排墓碑走去。

“是这儿！三条西家的墓葬。右面边上这座，就是实隆的。你看，上面写着‘前内大臣实隆公’。”

庆子一看，一座高及膝盖简朴无华的墓边上，立块石头，刻着实隆的名字。隔壁的墓旁，也立着细细的石标，刻着“前右大臣公条公”的字样。左边的，认得出是“前内大臣实枝公”。

“像内大臣、右大臣这样的人物，陵墓会这么简陋？”庆子说。

“是的。唯其朴素，才获我心。”

倘若没有这些刻着名字与官职的石头，墓碑便与仇野念佛寺中那片无主孤坟的墓碑毫无两样了。墓碑已长满青苔，古旧破败，加上泥土侵蚀，岁月销溶，已不成个形状。这些石碑，默然而立。因其默然，仿佛要倾听石碑窅远的低语一般，太一郎蹲下身去。两人的手握在一起，庆子也给拉着蹲了下去。

“这些墓，很平易近人吧。”太一郎的口吻，想使庆子也提起兴趣，“我正在研究实隆的生平。实隆长寿，活了八十三岁，从二十岁到八十二岁，一直写了六十二年的日记。这是有关东山文化的一份浩繁的史料。此外，还有实隆的各亲友诸公卿的日记，在连歌师的日记中，也常常提到实隆的名字。实隆生活的时代，正值乱世，却把文化传统保存了下来，得到振兴。研究起来，真感兴味无穷。”

“因为你正在研究，所以对这墓才觉得亲切，对吧？”

“是啊。”

“你研究几年了？”

“三年，不，有四五年了吧。”

“从这座陵墓，你生发出什么灵感了吗？”

“灵感？哦，灵感？……”太一郎像在自问，猛地，庆子的胸脯倒在他腿上。太一郎晃了一下。庆子的两手，搂住他的脖子。

“在太一郎所珍重的墓前……好吗？”

“……”

“让这座墓也成为我的纪念……成为我珍贵的回忆……太一郎的心已被这墓迷住了。不再是坟墓了……”

“不再是坟墓了吗？”太一郎心不在焉地重复着庆子的话，“一座墓，倘历经数百年，便不成其为坟墓了……”

“你说什么？我听不见呀。”

“石头坟墓，的确也有失去坟墓的寿命之时啊。”

“我听不见呀。”

“耳朵离得太近了……”太一郎把嘴唇凑近眼前的耳朵。

“不，不，痒得很呀。”庆子摇着头说。

"……"

"气吹在上面，特痒。你坏！"庆子乜斜着眼睛，仰脸瞟着太一郎的面孔。庆子的脸斜着贴在太一郎的胸前。

"你这人，吹女人的耳朵，真讨厌。"

"我没吹。"

太一郎刚要笑，这才发觉，自己正抱着庆子的后背。手臂上，抱着庆子的感觉愈来愈强。大腿上，庆子的身子重了起来，但又是那么轻巧柔软。

因为太一郎正蹲着，是庆子把胸脯猛地倒在他腿上的，所以，太一郎的姿势不得劲儿。一会儿脚尖用力，一会儿脚跟用力，免得仰面摔倒。这么做，自己都没注意。

庆子搂着太一郎，袖子当然褪到胳膊肘那里。润泽滑腻的肌肤，紧紧贴在脖子上，感到了一丝凉意，说明太一郎已经意识来复。

"哪里敢吹美人的耳朵呢。"大概是自己喘气太重了吧，太一郎心想，一面让呼吸平复下来，一面说。

"我耳朵怕风。"庆子轻声细语道。

庆子的耳朵很诱惑太一郎。太一郎用指尖捏了捏。庆子睁着眼睛，一动不动。太一郎便抚弄起她的耳朵来。

“宛如一朵奇妙的花啊。”

“是吗？”

“听见什么没有？”

“听见啦。那是……”

“那是什么？……”

“是什么呢？是蜜蜂停在花上的声音吧……不是蜜蜂，也许是蝴蝶。”

“我只是轻轻摸了一下。”

“你喜欢摸女人的耳朵？”

“什么？”太一郎的手指停了下来。

“你喜欢是吗？”庆子依然温柔地轻声细语道。

“因为，我从没见过这么漂亮的耳朵……”太一郎说得很勉强。

“我喜欢给别人掏耳朵。奇怪吧？”庆子说。

“因为喜欢，所以掏得好。待会儿给你掏掏吧？”

“……”

“一点儿风也没有。”

“是没有风，只有阳光的世界啊。”

“可不。这样的日子，一清早，在古墓前，由你抱着，会让人留下回忆的。古墓织成回忆，多不可思议呀。”

“古墓本就是为留下回忆才修的吧。”

“你的回忆一定很短暂，转眼就会消失的。”

说完，庆子一只手扶着太一郎的腿，要站起来。

“难受死了。”

“你为什么以为转眼就会消失？”

“这么蹲着太难受了。”庆子想离开，太一郎又把她抱了过去，嘴唇轻轻碰了她嘴唇一下。

“不行，不行，不行，嘴巴可不行！”

庆子厉声拒绝，使太一郎一怔。是要把嘴巴藏起来？庆子随即把脸紧紧贴在太一郎的胸脯上。太一郎去摸庆子的头发，摸到前额时，想从胸脯扳开一些，庆子却不肯。

“好痛哇！那么按我的眼睛，都要冒金星儿啦！”说着，庆子的脸终于抵不住太一郎的手劲儿。

庆子仍闭着眼。

“按你哪只眼睛啦？”

“右眼。”

“还痛吗？”

“好像还痛呢。眼泪没出来吧？……”

太一郎看了看庆子的右眼，眼皮上没留下什么红指印。太一郎情不自禁地俯下头，去吻庆子的右眼。

“啊！”庆子小声叫了一下，但没有撑拒。

太一郎的嘴唇，感觉到庆子长长的眼睫毛。

像碰到什么可怕的东西，太一郎挪开了。

“眼睛行吗？刚才说嘴巴不行……”

“哟，你使坏！我才不知道呢。你尽捉弄人！”庆子推了太一郎的胸脯一下，险些把他推倒，就势站了起来。白手提包掉在地上。太一郎拾起来，站起身，说：

“好大的包呀。”

“嗯，里面装着游泳衣。”

“游泳衣？……”

“不是说好了要去琵琶湖的吗？”

“……”

“右眼模模糊糊看不清呀。”

庆子从太一郎递给她的手提包里，掏出一面小镜子，照着眼睛说：

“倒还没红。”

她用手指揉了揉右眼皮。发现太一郎正呆呆地瞧着自己，脸上唰地红了起来，眼睛不胜娇羞地低了下去。手指轻轻点了一下太一郎的衬衫，那里淡淡地蹭上一点庆子的口红。

“怎么办呢？”太一郎抓住庆子的手说。

“怎么办也擦不掉的。”

“不是，这个吗，扣上外衣扣子就遮住了。我是说，咱们现在怎么办？”

“现在？……”庆子侧着美丽的脖子，“不知道。我也不知道啊。”

“下午去琵琶湖好吗？”

“这会儿几点了？”

“十点差一刻。”

“还那么早？……瞧树叶像中午似的……”庆子环顾周围的树丛，“岚山就在附近吧。夏天去岚山的人可多呢，为什么谁也不上这儿来呢？”

“即使来二尊院，能上到这儿的人，恐怕也不多吧。”

太一郎掩饰地说，心里轻松一些，用手帕擦了一把脸上的汗。

“一起去看看时雨亭的遗迹好吗？说是有三处，哪一处是真的，我倒不想调查，就连二尊院这儿的，我也没去过。这儿我以前上来过两三次，看见过路牌子……”

去时雨亭的木头指路牌，在山后的山脚下。

“还要往上爬吗？”庆子仰起头看着山说，“好吧，哪怕到山顶，我也爬。不好走就光着脚。”

在一面分开树枝一面往上走的小径上，庆子的和服拂着树枝，簌簌作响。太一郎转过身，抓住庆子的手。

路随即分成两条。

“走哪边的呢？好像左边。”太一郎说。然而，朝左走的这条路，与其说是沿着山腰走，毋宁说是走在悬崖上了。太一郎有些游移。

“太危险了。”

“我害怕！”庆子的两手抓住太一郎的右手，“穿草履太滑，会掉下去的。朝右走吧，好吗？”

“朝右走？……我也不知时雨亭在右边还是在左边……右边倒像是上山的路。”

这条路隐蔽在树丛里。太一郎被庆子柔软的手拉着往前走。忽然庆子站住了，说：

“你让我穿着和服，在这种树丛里走吗？”

低矮的树木遮住两人的身影，对面高高挺立着三棵松树。松树之间望得见北山，北山之下匍匐着城郊。

“那是哪儿？”太一郎刚要指，庆子靠了上来。

“不知道。”

太一郎踉跄了一下，但随着庆子款款地倒下，他也坐了下去。庆子给他抱着，用右手理好凌乱的下摆。

太一郎把嘴凑近她的眼睛，庆子闭上了眼帘。他又把嘴从庆子的眼睛移到她嘴上，庆子没有躲。但她却把嘴巴抿得紧紧的，不肯张开。

太一郎抚摸庆子又嫩又细的脖颈，想把手伸进领子里面去。

“不行，不行！”庆子两手抓住太一郎的手。太一郎的手虽被抓着，手掌却隔着庆子的衣服，搁在她胸脯隆起之处。庆子的手又把太一郎的那只手，从胸脯的右边移到左边。蓦地，眼睛眯起一条缝，看着太一郎。

“右边不行。我不乐意。”

“什么？”太一郎有些莫名其妙，搁在庆子左胸上的手，一下子缩回来。庆子仍旧眯着眼睛说：

“右边，我会难过的。”

“会难过？……”

“是的。”

“为什么……”

“我也不知道为什么，因为右边没有心吧。”说完，庆子羞答答地闭上眼睛，先从左胸把身子贴到太一郎的胸脯上。

“一个女孩子，没准儿哪儿会有点畸形。那点畸形要是没了，也会难过的。”

“……”

庆子在江之岛的旅馆里，不让太一郎的父亲摸她的左乳头，太一郎当然想不到。与当时相反，让做儿子的太一郎摸左边的，右边的不许摸，太一郎当然也无从知道。而庆子说，女孩子身上，没准儿哪儿会有点畸形，太一郎越发觉得她可爱而刺激。

但是，从庆子方才的话里，太一郎也听得出来，以前她让别的男人摸过她的胸脯，她的话就是明显的证据。这对太一郎倒更是个诱惑了。他稍微用了点力，满手抓着庆子的头发，吻了她。庆子的前额和脖子忽地冒出汗来。

两人走过角仓家的墓前，下了山，又去祇王寺。然后，踅回来，慢慢散步到岚山。

在吉兆饭馆吃的午饭。

“让您久等了，车来了。”女侍过来说。

太一郎险些“啊”地叫出声来，看着庆子。方才以为她是去化妆室，这才发现，原来是付账和叫车。

车进了城，快到二条城的时候，庆子突然说：

“想不到这么早就能去了。”

“去哪儿？……”

“瞧你，心不在焉的……不是说好去琵琶湖吗？”

“……”

车朝着东寺的高塔，经过七条京都站的右侧，从东寺前面驶了过去。是一条向南绕的路。路的下方，有一段是鸭川，但已不像鸭川，水势湍急。路的前方有座山，司机说：

“好像是叫牛尾山。牛尾巴的尾字。”

车从牛尾山的左面开过，又越过东山的南麓。

左面，往下看去，湖水漫然一片。

“是琵琶湖！”庆子不容争辩地说，声音透着兴奋，“我终于把你带来啦。终于……是不是？”

比起庆子的声音，湖上的帆船、汽艇、游轮之多，更引起太一郎的注意。

汽车开进大津这座古老的小城。从琵琶湖展望台向左拐，经过赛艇场，穿出湖滨小城大津的市街，然后驶入琵琶湖宾馆的林荫路。林荫路的两侧，停着成排的私家车。

庆子上车时，以及上车之后，并没告诉司机要去的地方，看来在吉兆饭馆叫车时，便吩咐过要来琵琶湖宾馆。太一郎很是惊讶。

宾馆的侍应生出来迎接，给他们开门，太一郎不得已，只好进去。

庆子没有看太一郎，径自朝服务台走去，直截了当地说：

“由岚山的吉兆代订的，叫大木……”

“是，是，知道了。”客房管理人回答说，“是住一夜吧？”

庆子未置可否。她默默地退到后面，意思是叫大木在住宿人登记卡上签名。要不要用假名，太一郎心里已顾不上去考虑，何况庆子已经说出“叫大木”，所以便写上真名，和北镰仓的实际住址。而庆子那栏，只在自己的名下填上“庆子”二字。写上“庆子”，太一郎感到稍微宽心一些。

侍应生拿着房间钥匙，站在电梯旁边，等候两人进去。其实不必乘电梯，房间在二层。

“房间真好……”庆子说。

是个套房，里间是卧室，外间一边是一览无余的湖水，一边可眺望与京都交界的山峦。也许是为了与桃山风格的山墙顶上封檐板相称，房间的窗外环绕着红栏杆。墙壁与窗下的裙板，粗粗的玻璃窗框与窗棂，都显得古色古香，沉稳凝重。观景的玻璃窗有整面墙那么大。

女侍很快送来热茶，随即退出房间。

庆子站在面对湖水的窗前，两手拉着白花边窗帘的一端，没有回头。

太一郎坐在长沙发的中间，望着庆子的背影。庆子没穿昨天那套和服，只有腰带还和昨天去伊丹机场接他时的一样，是画着虹的那条。

庆子背影的左侧是湖水。帆船点点，风帆都朝着一个方向。白帆居多，也有红的、蓝的和紫的。一艘艘汽艇，溅起一片水花，拖着水的尾巴，向前飞驶。

汽艇马达的声音，旅馆游泳池的人声，院子里的剪草机声，在窗口都听得见。房间里还有空调的风声。半晌，太一郎似在等庆子开口。

“庆子，喝茶吗？……”说着，自己拿起桌上的茶杯。

庆子摇摇头说：

“你怎么什么也不说？为什么一声不响？你真忍心！太狠啦！”她晃着窗帘，身子也似在摇摆。

“这景色，你不觉得美吗？”

“美呀。可我觉得你的背影更美。你的后颈，你的腰带……”

“在二尊院的后山，你腿上的东西，还记得吗？”

“你问我还记得吗？……方才的事？……”

“那你准是在生我的气吧？一定很惊讶是不是？非常意外对吗？我就知道。”

“惊讶倒是很惊讶。”

“我自己都很惊讶我自己嘛。说起女人的拼命劲儿，可怕得很哪。”接着，庆子放低声音说，“因为可怕，你就不肯过来是吗？”

太一郎站起来走了过去，把手搭在庆子的肩上。随着他的手，庆子乖乖地走到长沙发前，依偎着太一郎坐了下来。低眉垂目，不看太一郎。

“给我喝茶。”太一郎拿起茶杯，送到庆子面前。

“用嘴……”

太一郎愣了一下，然后含了一口热茶，一点一点地从庆子的唇间灌进去。庆子闭起眼睛，仰着头，只是用嘴吮，喉咙咽，手脚和身子哪儿都不动。

“还要……”仍是一动不动地说。太一郎又含了一口茶，送进她嘴里。

“啊，真好喝。”庆子睁开眼睛说，“这会儿就是死掉我也情愿。这茶要是毒药多好……要完了，我要完了。你也要完了，完了。”

接着，庆子说：

“转过身去！”说着，把太一郎的肩膀转过去一半，脸贴在他肩胛上，温柔地搂住太一郎，去摸他的手。太一郎拿起庆子的一只手，五个手指从小指一只一只地摩挲着，瞧着。

“对不起。我恍恍惚惚的，没想到……”庆子说，“洗个澡就好了。我给你放水吧？”

“好吧。”

“冲个淋浴也成……”

“有汗味儿吗？”

“我喜欢。这么喜欢闻的气味，在我还是头一回呢。”

“……”

“不过，你还是喜欢痛痛快快洗一下对吧？”

庆子站起来，走进卧室，太一郎听见里面浴室里放水的声音。

太一郎正看游船在旅馆旁边靠岸，庆子对好洗澡水回来。

太一郎身上在嵯峨出了汗，用肥皂好好洗了一下。

不料浴室里响起敲门声。会是庆子要进来？太一郎不禁缩起身子。

“太一郎少爷，电话。你的电话，来接一下吧……”

“电话？找我的？不可能。哪儿打来的？一定是打错了。”

“你的电话。”庆子只是这么叫他。

“奇怪。谁也不知道我在这儿啊。”

“不过，是找你的……”

太一郎不等擦干身体，披上浴衣便出了浴室。

“是找我的电话？……”满脸的狐疑。

看见两张床的枕边有电话机，太一郎正要走过去，庆子招呼说：

“在这屋。”

听筒已经摘下，放在电视机旁的茶几上。太一郎拿起来放在耳边的工夫，庆子说：

“是北镰仓府上来的。”

“什么？”太一郎的脸色变了，“怎么会？又是？……”

“令堂在接电话。”

“……”

“是我打过去的。”庆子声音透着紧张，继续说道，“我说跟太一郎少爷来到了琵琶湖宾馆，还说，他已经答应同我结婚，希望得到你们的同意。”

太一郎透不出气来，只是瞅着庆子的脸。

庆子说的这些话，母亲当然听得见。刚才太一郎进了浴室，关上卧室的门，又关了浴室的门，再加上水声，庆子打电话的声音，自是听不见。把太一郎轰进浴室，敢情是庆子的诡计啊。

“太一郎，太一郎！太一郎在吗？”太一郎紧握手里的听筒，母亲在喊。

太一郎盯着庆子，庆子也不眨眼地盯着太一郎。她的目光闪闪发亮，仿佛能射穿太一郎，美极了。

“太一郎，太一郎在不在？”

“我是太一郎，妈！”太一郎把听筒贴在耳朵上。

“太一郎，是太一郎吧？”明知是太一郎，母亲又说了一遍，压低的声音忽然高了起来，“离开……太一郎，离开她！”

“……”

“那姑娘，是个什么人，你知道吧？你应该知道，对不对？”

“……”

庆子从背后搂住太一郎的胸脯，用脸蛋拨开太一郎搁在耳边的听筒，嘴巴堵住他的耳朵眼。

“妈妈……”庆子喊了一声，然后说，“庆子为什么给您打电话，您能明白吗？……”

“太一郎，你在听吗？是谁在听电话？”母亲说。

“是我呀。”

太一郎躲开庆子的嘴，把听筒按在耳朵上。

“什么话，真不要脸！太一郎在那儿，自己倒先开了腔……是她叫你打的电话吗？”母亲连珠炮似的说，“太一郎，马上回来！现在马上离开宾馆回来……她在偷听吧？听见也不怕。听见了倒好。太一郎，只要是她，你就得离开。她是个可怕的女人呀。我清楚得很，不会错的。你不要再把我折磨疯了。这回，我会死掉的啊。还不单单因为她是上野音子的弟子呢。”

太一郎一方面有庆子的嘴吻在后颈上，一方面听着电话。庆子在他耳后悄悄地说：

“要不是上野先生的弟子，我还见不着太一郎少爷呢。”

“她是个害人精。我怀疑她是不是勾引过你爸。”母亲接着说。

“咦？”太一郎哼了一声，电话里几乎听不见，他想回头看庆子。庆子的嘴巴贴在太一郎的后颈上，太一郎转动脖子，庆子的脸也随着转动。太一郎寻思，一面让庆子吻着，一面听母亲的电话，这对母亲是极大的侮辱。但自己又不能挂断电话。

“等回到镰仓，再详细同您说。”

“是吗？马上回来，你不会跟她干出什么错事来吧？绝不至于要在那儿过夜吧，对不？”

“……”

“太一郎！”母亲喊道，“太一郎，你瞧瞧那个人的眼睛！再想想她说的话！她是上野音子的弟子，她会跟你说，要跟你结婚……你不想想，这是怎么一回事？你难道不认为这是害人精在害你吗？也许她平时不这样，对咱家来说，可是个害人精呀。妈最清楚了。这可不是妈胡思乱想。你这次去京都，妈就有种不祥的预感。她果不其然。你爸也说奇怪，脸色都变了。太一郎，你要不回来，我就跟你爸两人，马上飞到京都来。”

“知道了。”

“你知道什么呀！”母亲叮嘱道，“你回来是不是？真的回来？”

“嗯。”

庆子一转身，躲进里面的卧室，关上了门。

太一郎在窗前凝立，望着湖水。一架小型飞机，大概是游览观光吧，低低地从湖面上斜掠过去，渐飞渐远。许多汽艇，有的船头高高昂在水面上，颠簸奔驰；有的拖着水上滑板，滑板上站着女人。

游泳池里传来人声。窗外草坪上，躺着三个着游泳装的年轻女子。是故意躺在那地方的吧，好叫人从客房里看见那大胆的姿势。

“太一郎！太一郎！”庆子在卧室里喊道。太一郎一开门，见庆子穿了一件白游泳衣。太一郎不禁倒抽一口凉气，移开视线。游泳衣的白毛线仿佛看不见了，庆子那略呈小麦色的肌肤，辉然发亮。

“好美呀。”庆子朝窗边走去。穿着泳装的后背，整个露了出来。“山顶上的天空，多美！”

山顶上，空中的一道道光线，犹如金刷子用力刷过一般。

“是比叡山吧？”太一郎问。

“是比叡山呀。看着好像一柄长枪，扎进我们的命运，所以我才叫你过来。令堂的电话，怎么办……”庆子转过身，看着太一郎，“我倒希望令堂来这儿，令尊也来……”

“胡说什么！”

“真的呀！我是说的真话。”

庆子猛地扑在太一郎身上。

“你来呀！我要下水。下到冰凉的水里去，好吗？你不是答应过的吗？你还答应坐汽艇的嘛。去伊丹接你时不就说好了吗？”庆子靠着太一郎，像倒在他身上似的。

“你要回去？就凭令堂一个电话，便要回镰仓去？那会走两岔的。因为他们两位准会上这儿来……也许令尊不愿意来，但令堂会逼着他来的。”

“你有没有勾引过家父？”

“勾引？……”庆子把脸贴在太一郎的胸脯上，摇着头，“那我勾引你了吗？勾引了没有？”

太一郎的手臂搂着庆子赤裸的后背，说：

“不是说我，是家父。别打岔……”

“你才别打岔呢……我勾引你了吗？我在问你呢。你是不是以为只是我在勾引你？”

“……”

“自己怀里抱着女孩子，却问她勾引过他父亲没有，天底下竟有这种男人！有哪个女孩儿会遇到这种叫人心碎的事？”庆子哭了，“你要我怎么回答你？我，不如在湖里淹死算了……”

太一郎搂着庆子颤抖的肩膀，手碰到游泳衣的背带，把背带拉了下来。一边的乳房露出半个。另一边的背带也拉下来了。庆子挺起裸露的胸脯，晃了一下。

“不，右边的不行！饶了我，右边的，饶了我吧……”

庆子闭上泪眼，不停地说。

用一条大浴巾裹着胸背，庆子走出浴室。太一郎也随她从大厅的一侧来到院子里。眼前一棵高高的树上正开着白花，像是芙蓉。太一郎只脱掉外衣，摘下了领带。

来到面朝湖水的院子，左右两侧都是游泳池。右边一个在草坪中间，里面有很多孩子。左边一个在草坪边上，地势稍高。

在左边游泳池入口处的栅栏旁，太一郎站住了。

“你不进来吗？”

“不，我等你。”庆子的身体颇引人注目，与她做伴不免感到难为情，有些逡巡不前。

“是吗？我只想稍微泡一下。今年这还是头一回，看看我能不能游得好。”庆子说。

湖边的草坪上，一棵垂柳，一株垂樱，间隔着种了一排。

太一郎坐在一棵老糙叶树下的长椅上，望着游泳池。没有找到庆子，但过了一会儿，只见站在跳台上的，竟是她。跳台不高，庆子摆好姿势准备要跳，她身后是琵琶湖的水面，水的对岸是远山，衬托出她那健美的身影。远山笼罩着雾霭。水色渐浓的湖面上，若有若无，好似荡漾着一抹淡淡的桃红。不久，小船上的风帆，也染上一片静静的暮色。庆子跳了下去，溅起一片水花。

庆子从游泳池出来，租了一条汽艇，来叫太一郎。

“天快黑了，明天再来好不好？”太一郎说。

“明天？……你说明天？”庆子的眼睛炯炯有光，“你肯待到明天吗？你真打算留下来？……明天……谁知道怎么样？你说是不是？怎么样，只有一点，你得遵守诺言……就乘到那里，立即回来。在那片刻，我想跟太一郎离开陆地，漂在水面上。一往无前，穿过命运的波浪，沉浮于波浪之间。明天不知身在何处呢。唯有今朝。”庆子拽住太一郎的手，“不是还有那么多汽艇和小船吗？”

大约三小时之后。

上野音子从收音机的新闻里，听到琵琶湖上汽艇出了事故。驱车赶到旅馆时，庆子已给安置在床上了。

从收音机的新闻里，音子已经知道，庆子被救上了小船。音子一面进卧室，一面朝像是护理庆子的女侍问：

“是没苏醒过来？还是正在睡着？要不要紧？”

“啊，打了一针镇静剂，让她睡了。”女侍回答说。

“镇静剂……这么说已经救过来了？”

“是的。大夫说不用担心了。小船给送到岸上的时候，就像死过去一样。给她把水吐掉，做了人工呼吸，就缓过气来了。她喊着同伴的名字，像发疯似的闹腾……”

"她那个同伴怎么样了？"

"还没找到。正在尽全力寻找呢。"

"还没找到？……"音子的声音发颤了，退到面朝湖水的窗边，向外望去。夜空下，旅馆左面那一大片辽阔的水面上，灯火通明的汽艇，正匆忙地四处游弋。

"除了我们的汽艇，附近的汽艇全出动了，连警察的船也开出来了。岸上大概还点了篝火吧。"女侍说，"恐怕是没救了……"

音子抓住了窗帘。

任凭那灯光摇曳不定的汽艇穿行移动，有的游船点缀着一溜红灯，径自悠悠然向旅馆的岸边靠近。湖对岸，焰火腾空而起。

音子一觉出两腿在抖，从肩膀到胸口竟也战栗起来。游船上的装饰灯，在眼里直晃，身子也好像在摇晃。她站稳脚跟，转过身。卧室的门开着，便把目光投向庆子的床上，浑然忘记自己是刚从那间卧室走出来的，急忙又奔向庆子的枕边。

庆子静静地睡着，呼吸平稳。

音子反而有点不安，问道："就这么让她一直睡着？"

“是的。”女侍点头答道。

“几时能醒呢？”

“我也不知道。”

音子摸了摸庆子的额头。额上有点潮乎乎的冷汗，沾在音子的手掌上。脸上煞白，没有血色。脸蛋儿倒隐隐透出一点红晕。

水里浸湿的头发，大概被随便地擦了擦，蓬乱地散在枕头上。那么黑，好像还是湿的。嘴唇缝里，露出整齐的牙齿。两臂伸开，放在毛毯里面。庆子仰面睡着，那张娇憨的睡脸，打动了音子的心。她的睡脸，似在向音子、向生命告别。

音子伸出手，正要把庆子推醒，听见隔壁有敲门声。

“哎！”女侍出去开门。

大木年雄和他太太文子走进房间。一碰到音子的目光，大木便站住不动了。

“是上野……上野小姐吧？”文子说，“是你吧？”

音子与文子是头一回见面。

“让她杀死太一郎的，是你吧？”文子静静地说，声音几乎不带一点感情。

音子只是嘴唇动了动，没有出声。一只手拄在庆子的床上，撑着身体。文子走了过来，音子缩起肩膀，好像躲着她似的。

文子两手放在庆子的胸上，一边摇晃一边喊道："起来！起来！"文子手的动作越来越粗暴，庆子的头也随着来回摇动。

"还不起来？还不起来？"

"给她吃了药睡的……"音子说，"不会醒的。"

"我有事要问她，与我儿子性命攸关的大事。"文子还想把庆子摇醒。

"回头再问吧。很多人都在帮咱们找太一郎呢。"说完，大木紧搂着文子的肩膀，走出了房间。

音子痛苦地喘着气，倒在床上，凝视着庆子的睡脸。泪珠从庆子的眼角流了出来。

"庆子！"

庆子张开眼睛，泪光闪闪，仰望着音子。

一九六一年至一九六三年